2018 年度江苏高校哲学社会科学研究基金项
《儒林外史》英译中文化信息的翻译研究"（编号：2018SJA1121）

20 世纪英美小说多维研究

杭 宏 著

四川大学出版社

责任编辑:陈　纯
责任校对:黎伟军
封面设计:优盛文化
责任印制:王　炜

图书在版编目(CIP)数据

20 世纪英美小说多维研究 / 杭宏著. —成都：四川大学出版社，2018.8
ISBN 978－7－5690－2232－2

Ⅰ.①2… Ⅱ.①杭… Ⅲ.①小说研究－英国－20 世纪②小说研究－美国－20 世纪 Ⅳ.①I516.074②I712.074

中国版本图书馆 CIP 数据核字（2018）第 183114 号

书　名	**20 世纪英美小说多维研究**
著　者	杭　宏
出　版	四川大学出版社
地　址	成都市一环路南一段 24 号 (610065)
发　行	四川大学出版社
书　号	ISBN 978－7－5690－2232－2
印　刷	三河市华晨印务有限公司
成品尺寸	170 mm×240 mm
印　张	11.5
字　数	188 千字
版　次	2019 年 3 月第 1 版
印　次	2019 年 3 月第 1 次印刷
定　价	48.00 元

◆读者邮购本书，请与本社发行科联系。
　电话:(028)85408408/(028)85401670/
　(028)85408023　邮政编码:610065
◆本社图书如有印装质量问题，请
　寄回出版社调换。
◆网址:http://press.scu.edu.cn

前言

PREFACE

　　20 世纪的英美文学流派，具有个性鲜明、大胆创新的特点，在小说、诗歌、戏剧、散文、文学评论等各个方面都取得了举世瞩目的成就，深刻反映了 20 世纪英美社会、文化、政治、经济、军事、科技等领域的精神面貌，既为英美和世界人民提供了 20 世纪英美发展的历史画卷，又为他们在新世纪的思想和行为提供了有益的启示和参照。

　　20 世纪英美文坛上涌现出一大批优秀作家，他们创作的小说成为英美文学史上一道引人注目的风景线。本书以 20 世纪英美小说的代表性作家作品为研究对象，共分为九章，运用赛义德的东方主义、本雅明的寓言理论、萨特的存在主义、艾丽丝·沃克的妇女主义、雅克·拉康的精神分析批判及原型批评、后殖民主义、叙事学、后现代主义等多种文学理论视角，深度剖析解读了 E.M. 福斯特的《霍华德庄园》、托马斯·哈代《德伯家的苔丝》、F. 司各特·菲茨杰拉德的《了不起的盖茨比》和《夜色温柔》、托里·莫里森的《宠儿》、艾丽丝·沃克的《紫色》、约瑟夫·康拉德的《黑暗的心》、安妮·恩莱特的《聚会》、弗兰纳里·奥康纳的《善良的乡下人》、弗拉基米尔·纳博科夫的《微暗的火》以及安吉拉·卡特的短篇小说《梵舟记》《烟火》《染血之室与其他故事》等。最后，除解读文本小说所运用的西方文学理论之外，本书对其他重要的西方文学理论流派进行了综述和扩展。考虑到 20 世纪英美小说的多元化发展特点，本书所选作家不仅在文学史上占有显著的地位，而且在主题、文体风格等方面具有一定的代表性。所选篇目都是该作家的小说经典代表作。例如，选取的不仅有主流白人男性作家，还有少量的杰出黑人女性作家如托里·莫里森和艾丽丝·沃克；不仅有现实主义作家，也有采用实验手法创作的小说家；不仅大量选取 20 世纪英美知名作家的经典之作，也有俄裔美国作家弗拉基米尔·纳博科夫的巅峰之作《微暗的火》，该作与其闻名遐迩的《洛丽塔》迥然不同，被誉为"最完美的超高难度实验文本"。

本书旨在从文学自身发展和社会发展角度进一步阐明 20 世纪英美小说是如何继承传播文学经典与传统的，从多维度解读和剖析 20 世纪英美小说的文学形式和本质内涵，使英美文学学习者和爱好者以 20 世纪英美小说多维研究为出发点，逐步增进对英美当代经典文学作品的了解，提高自身文学修养和文化素养，加深对西方社会的认识，促进中西方文化交流，为文学理论和文本研究做出积极贡献。

　　早在本科学习阶段，笔者就对小说艺术产生浓厚兴趣，阅读了很多欧美文学名著。在硕士研究生学习期间，积累了大量理论知识、相关学术资料和科研经验。近年来已在核心期刊和省级学报上发表英美文学学术论文近 20 篇。本书在撰写过程中参考了国内外出版的许多相关专著和期刊论文，详见参考文献。鉴于笔者水平和经验有限，本书难免存在不足之处，敬请读者与同行批评指正。

江苏农林职来技术学院

杭宏

2018 年 6 月

目录
CONTENTS

绪　论

　　20世纪英美文坛上涌现出一大批优秀作家，他们创作的小说成为英美文学史上一道引人注目的风景线。本书以20世纪英美小说的代表性作家作品为研究对象，运用赛义德的东方主义、本雅明的寓言理论、萨特的存在主义、艾丽丝·沃克的妇女主义、雅克·拉康的精神分析批判及原型批评、后殖民主义、叙事学、后现代主义等多种文学理论视角，深度剖析解读了E.M.福斯特的《霍华德庄园》、托马斯·哈代的《德伯家的苔丝》、F.司各特·菲茨杰拉德的《了不起的盖茨比》和《夜色温柔》、托里·莫里森的《宠儿》、艾丽丝·沃克的《紫色》、约瑟夫·康拉德的《黑暗的心》、安妮·恩莱特的《聚会》、弗兰纳里·奥康纳的《善良的乡下人》、弗拉基米尔·纳博科夫的《微暗的火》以及安吉拉·卡特的短篇小说《梵舟记》《烟火》《染血之室与其他故事》等，旨在从文学自身发展和社会发展角度进一步阐明20世纪英美小说是如何继承传播文学经典与传统的，从多维度解读和剖析20世纪英美小说的文学形式和本质内涵，使英美文学学习者和爱好者以20世纪英美小说多维研究为出发点，逐步增进对英美当代经典文学作品的了解，陶冶和提高自身文学修养和文化素养，加深对西方社会的认识，促进中西方文化交流，为文学理论和文本研究做出积极贡献。

第一章 原型批评视角

《德伯家的苔丝》圣经原型解读

摘要：《德伯家的苔丝》是 20 世纪英国现实主义作家托马斯·哈代的著名作品，讲述了主人公苔丝的曲折爱情和悲剧一生，表达了哈代对虚伪社会道德的谴责与控诉。哈代曾立志当一位牧师，他深受宗教文化影响，熟稔《圣经》，《圣经》中的许多人物、典故与故事情节都在他的文学作品中留下深刻烙印，《圣经》也是他创作灵感的源泉。本文通过分析《德伯家的苔丝》中主要人物的圣经原型，故事情节的圣经原型与主题思想的圣经原型三方面，运用原型批评理论探讨苔丝悲剧命运的根源、重现救赎与重生的神话主题。

1. 引言

托马斯·哈代的著名长篇小说《德伯家的苔丝》围绕命运多舛，带有强烈悲剧色彩的女主人公苔丝展开，她出生贫苦，为了一家的生计过早地承担起家庭的重担，却又遇人不淑，被纨绔子弟阿历克骗去童贞。此后虽然遇到了真爱，但却由于过去的阴霾，一直处于内疚与自责中，鼓足勇气的坦诚也只换来偏见与摒弃，最后由于杀人走上绞刑台。青少年时期的哈代是虔诚的基督徒，在浓厚的宗教气氛中成长，曾立志当一位传经布道的牧师。他第一本熟知的书籍就是《圣经》，他最喜欢的部分是《创世纪》《约伯记》《诗篇》《传道书》（Springer，1983）。这些成长经历影响了他的文学创作，他的作品中有许多基督教圣经的原型典故和思想，在《德伯家的苔丝》这部作品中，哈代暗示了许多关于圣经典故的情节、人物与话语，用数量相当多的神话词语比喻来丰富写作艺术技巧、增强表达力和刻画人物性格。他把圣经故事作为文学创作的源泉，探讨了主人公悲剧命运的社会根源，还原了伪善的社会面貌，抨击了资本主义经济制度下的阶级剥削现象。

2. 圣经人物原型解读

在主人公的塑造上，哈代植入了他关于宗教的深刻烙印，《德伯家的苔丝》中的主人公都能在圣经中找到相关原型。"原型可以是意象、象征、主题、人物，也可以是结构单位，只要它们在文学中反复出现，具有约定性的联想"（叶舒宪，1987）。在《德伯家的苔丝》中，哈代生动地刻画了像纯真少女夏娃一般的女主人公苔丝，和引诱她堕落的那个如撒旦般邪恶的花花公子阿历克。

2.1 纯洁的少女夏娃：苔丝

《德伯家的苔丝》这一小说的副标题是"一个纯洁的女人"。在哈代的心中，"纯洁"一词是最能形容苔丝的品质的，尽管受到了接二连三的劫难，她仍然是纯洁无瑕的善良的农村少女。哈代在小说中，多次向读者暗示：苔丝就是一个夏娃式的悲剧人物。最初，苔丝也如夏娃般，生活得悠闲简单。夏娃在被逐之前一直生活在伊甸园中，与自然是平等、同一的关系，生活平静悠闲。夏娃是众生之母，是人类女性的原型，是美的象征，在偷食禁果之前还是"天真"和"纯洁"的象征。而布莱克穆尔谷的苔丝亦是纯情少女，没有受过人情世故的熏染，一如当初天真美丽的夏娃（徐江清，2007）。但是夏娃听从了撒旦的引诱，偷食禁果，被驱逐出伊甸园，从此开始了艰辛的人间生活，她需要辛苦劳作来换取生存的可能，需要承担生育的责任，承受生育过程的痛苦，还要经受上帝给人间带来的疾病灾难。苔丝在遇到阿历克之后，也经历了相似的过程。被诱骗而失去童贞，内心遭受创伤，失去了爱情，一直活在内疚与自责中。经历诱骗之后遭受了一系列的磨难与困苦，二者的命运何其相似。在小说中，哈代也直接描述了苔丝和夏娃的相似之处："塔尔波特斯奶场淡紫色或粉红色的黎明时分、幽眇凄清、晨光熹微、雾气弥漫的空旷草场使苔丝和安琪儿产生与世隔绝之感，仿佛他们就是亚当和夏娃。安琪儿离开数日重返塔尔波特斯奶场时，苔丝看安琪儿的样子，大概就跟夏娃第二次醒来瞧亚当时的情形差不多。"（托马斯·哈代，1993）

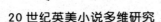

2.2 恶魔撒旦的引诱：阿历克

小说中造成苔丝悲剧一生的罪魁祸首是阿历克·杜伯维尔，他是个玩世不恭的花花公子，他贪图苔丝的美色，便不断地纠缠，利用苔丝家的贫穷，骗她去饲养家禽，像幽灵一样围在她的身旁，不怀好意，最终在猎苑诱奸了苔丝。四年后，苔丝因为坦白了自己的失贞，她的丈夫安琪儿·克莱尔离开了她，在苔丝痛苦凄凉、生活艰难困苦之际，阿力克又出现在苔丝的面前纠缠不休，利用她一家老小无家可归的弱点霸占了她。阿历克劣迹斑斑，是个虚伪、狡诈的恶魔，就像是圣经中引诱夏娃偷食禁果的撒旦，浑身上下散发着一股邪恶的味道。圣经旧约约伯记第二章中，撒旦见耶和华称赞约伯"完全正直，敬畏神，远离恶事"。撒旦不满回答耶和华："人以皮代皮，情愿舍去一切所有的，保全性命。"他从耶和华面前退去，击打约伯，使他从脚掌到头顶长毒疮。撒旦的恶毒可见一斑。阿历克也自称是"撒旦"，尽管有戏谑的成分，但却更加暴露了他内心的恶魔思想。"我要是想开玩笑的话，不妨说，'啊，好一片伊甸园风光！'"他歪着脑袋望着她，想入非非地说。……"好开玩笑的人可以说这里很像是伊甸园。你就是夏娃，而我便是那幻化作低等动物来诱惑你的老家伙"。（托马斯·哈代，1993）

阿历克是新兴资产阶级的代表，拥有气派的庄园，过着富足而安逸的生活。作为男权社会主流话语的掌握者，凭着自己所拥有的财富和地位，他轻而易举地霸占了苔丝，对苔丝的抗拒和痛苦不以为然，他是个完全利己主义的伪善小人（蒋橹，2006）。尽管他曾浪子回头宣扬福音，却更加暴露他内心的狡诈和邪恶，在再次见到苔丝的那一刻，所有的宗教信仰，教人行善都变得不堪一击，他心中只想再一次霸占年轻貌美的苔丝。他对苔丝所谓的爱也仅仅出于对苔丝美色的占有，他从来没有想过和苔丝步入婚姻殿堂，只是想霸占苔丝，出于完全自私和卑鄙的爱。

3. 圣经情节原型解读

3.1 伊甸园神话再现

在《德伯家的苔丝》中，不仅人物塑造有圣经原型，在故事情节的安排设置上，也能从《圣经》中寻到原型。哈代传记作者皮尼恩指出，"没有别的作品，甚至莎士比亚的作品，能像《圣经》一样对哈代的思想和性格有着如此深远持久的影响"（Pinion，1976）。在小说中，哈代设置的塔尔波特斯奶场场景就与《圣经》中的伊甸园有异曲同工之妙，许多情节也是伊甸园神话的再现。

3.1.1 伊甸园与塔尔波特斯奶场

"圣经中的伊甸园是原始、僻静、安宁和丰产的象征，是树和水的绿洲意象。园中物产丰饶，风景优美，生长着各样果树，流淌着生命之河，滋养万物"（Fyre，1982），亚当和夏娃在偷食禁果之前，在伊甸园中过着逍遥自在的日子，不愁生活，不用劳作，整日嬉戏，无忧无虑。在小说中，苔丝离开阿历克去往塔尔波特斯奶场，在那里遇到了自己的倾心所爱安琪儿，也度过了一段美好而快乐的日子。《新约·启示录》记载生命之河"明亮如水晶……以后再也没有诅咒……不再有黑夜"。在小说中塔尔波特斯奶场位于芙伦谷中，那里的芙伦河"却和那位福音教授看见的生命之河一样地清澈，和天上的浮云的阴影一样地飘忽，它里面铺着石头子的浅滩，还一天到晚，对着青天喋喋不休"（托马斯·哈代，1993）。作者在塔尔波特斯奶场也设置了与伊甸园一样的生命之河，苔丝相信自己是贞洁的，毅然跨进这条芙伦河，因为她认为任何不贞不洁和令人厌恶的东西，都不能进入这条流经天国的生命之河，她需要以此证明自己仍然贞洁，想要检验自己的清白。哈代用这样的情景再现，生动刻画了主人公苔丝的悲剧命运，使人们联想到夏娃的苦难，将小说置于宗教色彩之中，更加增添了小说的神秘感与宗教的沉重感。

3.1.2 禁果诱惑：食草莓的情节

伊甸园中最著名的情节当属撒旦诱惑夏娃偷食"智慧之果"了，正是这一关键的举动，夏娃与亚当受到上帝的责难，贬入人间，从此遭受尘世之苦，可以说是亚当夏娃命运的转折点。在《德伯家的苔丝》中也有此情节的再现：恶魔的化身撒旦阿历克哄骗苔丝吃草莓，也揭示了苔丝悲惨命运的开始。

"已经成熟了，"杜伯维尔弯下身去采摘了各种品种的草莓转身递给她。过了一会又挑了一枝特别优良的"英国女王"种，站起来拈着把儿塞到她嘴边。"不！——不！"她赶快说，把手指放到他的手和自己的嘴之间。"我自己拿着吃吧！""废话！"他坚持。她微觉狼狈地张开嘴接受了草莓。（托马斯·哈代，1993）

从这一诱骗的情节开始，苔丝便开始了自己的悲剧人生，代表恶魔形象的阿历克手中伸向苔丝唇边的草莓，正像《圣经》中诱使亚当与夏娃上当并堕落的"禁果"。

"虽然小说情节与圣经关于人类堕落的故事构架基本吻合，但哈代对于圣经典故的应用绝不是简单的重复，而是在坚持现实主义创作原则基础上的借鉴、发展和再创造"（马弦，2002）。夏娃的堕落是因为违背了上帝的旨意，在基督教的教义里，人类是要遵从上帝的旨意，不然就会受到诘难和惩罚，夏娃的悲剧是由处于弱势的人类与上帝之间的冲突造成的。但是苔丝的悲剧是由弱势地位的小农阶级与受现代文明腐蚀的资产阶级的矛盾造成的，苔丝的弱势地位使她没办法抵御阿历克的引诱与凌辱，是现实社会的腐败造成了苔丝的堕落与毁灭。

3.2 沉重的十字架

仔细品读苔丝悲剧的一生，可以发现她与《圣经》中的耶稣基督有着相似的经历。耶稣为了传教布道四处奔波，不被理解遭人唾弃，历经苦难，最终走向十字架，以死亡唤醒人类沉睡的良知。《德伯家的苔丝》中也多次出现了圣经典故"红色十字架"和"荆棘之冠"，令读者想到苔丝与耶稣的相似之处。苔丝为了追求自己内心渴望的真爱而遭受到身心双方面的创伤和磨难。她先失身，后结识安琪儿以为遇到一生的幸福，却由于在新婚之夜坦诚过往而遭到摒弃，从痴心等待到追随爱人，最后为了保全爱情杀死阿历克，她头戴"荆棘之冠"，背负心灵的"十字架"，最终走向人生的终点。

这些圣经情节的再现，不仅深化了主人公苔丝的悲剧色彩，更激发了人们内心深处的同情与怜悯。哈代在小说中对资本主义的伪善进行了赤裸裸的控诉，他以苔丝的故事向人们展示主人公受凌辱的命运，展示了维多利亚时代小农阶级的艰辛与不易。

4. 圣经主题原型解读

救赎与重生主题

弗莱指出"文学是移位的神话"，"对原型的研究是一种文学人类学，关于文学受仪式，神话和民间传说这些先于文学存在的类别的影响方式"。（Fyre，1957）《德伯家的苔丝》是圣经神话的再现版本，不仅仅体现在人物设定、情节设置，连思想主题都能在《圣经》里看到原型。

救赎与重生是《圣经》的主题思想，因为亚当和夏娃的偷食禁果之错，人生而带有原罪，人的一生在于洗刷自己天生的罪孽，救赎与重生的主题贯穿于《圣经》之中。

苔丝的救赎主题在苔丝生命历程中所暗含的探求与涉世中得到了进一步的体现。在探求中，人物常常要经历某种漫长的跋涉，期间要战胜难以克服的困难。在涉世中，人物常常遭受一系列难以忍受的磨难，最终从幼年走向成年，从天真走向成熟。（Wilfred L.Guerin，1966）苔丝在受到阿历克的诱骗之后，内心始终处于煎熬之中，她认为自己是有罪的，在她摆脱阿历克毅然返乡时，看到一位同路人在墙上写下的"你不要犯奸淫，你的惩罚必将速速到来"的宗教诫语时，她不住地惊恐，"这些话太可怕了"。"太厉害了！简直要人的命"！（托马斯·哈代，1993）哈代在设置苔丝在一片田野的劳作中怀抱新生的婴儿，与夏娃所受分娩痛苦与劳作辛苦的惩罚惊人的相似。此后的苔丝不停地奔波劳顿，劳作的场景有的是在马洛村做农活，有的是在塔尔波特斯奶场当挤奶工，有的是在燧石坳做苦工，她的艰辛程度可以显见，巨大的精神创伤、家庭的流离失所、不停的奔波以及艰辛的劳作就是苔丝自我救赎的历程。在最后的结尾，苔丝终于奋起反抗，杀死了一直压榨她的阿历克，跟自己内心的所爱安琪儿一同逃走，她精神的枷锁得到释放，虽然生命即将走到终点，但却获得了思想与精神的重生，苔丝在结尾说道："安琪儿，我几乎还感到高兴——是的，高兴！我的快乐是不可能长久的。我太快乐了，我也心满意足了。"（托马斯·哈代，1993）此刻的苔丝对自己的内心异常的坚定，她对自我价值、对善恶以及对传统的道德观念有了清醒的认识，她不再迷惘惊慌，而是笃定勇敢。小说的最后，安琪儿和苔丝的妹妹——哈代称她为"圣洁化了的苔丝"结合在一起，也寓意着苔丝的灵魂得到救赎与重生，以另一种方式继续她的爱情。

5. 结论

根据弗莱的原型批评理论，文学原型是指"一种典型的或重复出现的意象"，最基本的原型是神话。神话表达了原始人类的欲望和幻想，并形成了一种形式的结构模式。文学的源头是神话，神话移位为文学而继续存在，关于神话的基本原型都在后世的文学作品中得到了反复呈现。

他将文学作品分成五种类型，"当主人公既不比他人优越，也不比他人所处的环境优越，他们是和我们类似的普通人，这是低模仿模式的对象，关于他们的故事是喜剧和现实主义小说"（Fyre，1957）。《德伯家的苔丝》就属于此类现实主义小说，哈代根据所处时代背景，应用圣经原型创作了《德伯家的苔丝》，借此深度剖析了苔丝悲剧的根源是当时虚伪腐败的资本主义的压榨，是苔丝所代表的农民阶级在寻求出路的过程中遭受的重重灾难，是男权主义社会下女性无法抗争的命运。小说《德伯家的苔丝》不仅是圣经悲剧故事的升华再现，更是哈代借助圣经悲剧采用独特视角的全新创作，映射了时代的特征与悲剧。

跨文化视野下中西方神话的差异研究

摘要：当今时代是跨文化的时代，文化间的价值差异造成了跨文化交流的需求。神话以其绚烂的描写与历史化的倾向反映了古代人类把强大的自然现象形象化的丰富想象力，反映了远古人类的生存活动和与自然进行的顽强斗争。神话是历史发展的瑰宝，不同文化间的神话有所差异。从跨文化的视角分析中西方神话的差异，有助于不同文化背景的人们了解彼此文化的内涵和价值观，增进理解与沟通。本书从中国古代神话与希腊神话的角度进行详细对比分析，阐述中国古代神话与希腊神话的差异与实质以及此研究对跨文化交际的推进作用。

1. 引言

在学术范畴，神话是指叙述人类原始时期，也就是人类演化初期所发生的一系列事件或故事。神话故事是先民对世界万物的解释，是其在原始思维基础上不自觉地把自然和社会生活加以形象化而形成的一种幻想神奇的故事（钟敬文，2006）。神话是原始的哲学和宇宙观，是古代人民在漫长的历史长河中对自然和社会进行探索的想象结晶，将自然拟人化，赋予神性。神话产生于原始氏族社会，是每个民族历史文化的重要源泉，由于每个民族诞生的地理环境不同，民族发展的历史和过程也有所区别，所以民族性情与民族价值观也大不相同，因而造就了不同民族不同神话的地域性和文化性。从文化差异的大环境来看，中西方神话自然就体现彼此相异的价值取向与文化观念。研究比较中西方神话的差异，能够更深刻地理解中西方内含的文化差异与价值体系。在现今这个知识爆炸、不同文化间交流日趋密切的时代，跨文化间的良好交际来源于对各自文化的深刻理解与熟知，通过解读与比较中西方神话差异也有助于理解中西方文化内涵，也有助于两者间更好地跨文化交际。

2. 中西方神话概述

2.1 中国神话概述

中国神话一般是指关于上古传说、历史、宗教和仪式的集合体，通常它会通过口述、寓言、小说、仪式、舞蹈或戏曲等各种方式在上古社会中流传，关于中国神话的最初文字记载可以在《山海经》《水经注》《尚书》《史记》《礼记》《楚辞》《吕氏春秋》《国语》《左传》《淮南子》等古老典籍中发现。从文学的角度来说，神话以故事的形式表现了远古人民对自然、社会现象的认识和愿望，是"通过人民的幻想用一种不自觉的艺术方式加工的自然和社会形式本身"（马克思，1859）。神话以神为主人公，它们包括各种自然神和神化了的英雄人物。神话的情节一般表现为变化、神力和法术。神话的意义通常显示为对某种自然和社会现象的解释；有的表达了先民征服自然、变革社会的愿望。中国神话内容丰富多彩，主要有：创世神话，用来解释人类由来和民族起源，如盘古开天辟地，女娲造人等；日月星辰神话，反映了远古人类对于天体的朴素认识，有后羿射日，嫦娥奔月，吴刚伐桂等；洪水神话，关于世界毁灭和人类再生的神话，中国古代关于洪水的记载，多和治水相联系，如大禹治水等；伏羲神话，是关于中国文化创造的神话，上古文明的曙光在传说中的伏羲时代就显露出来了。

2.2 西方神话概述

西方神话主要是指希腊古典神话，包括神的故事和英雄传说两个部分。神的故事涉及宇宙和人类的起源、神的产生及其谱系等内容。相传古希腊有十二大神：众神之主宙斯，其妻赫拉，海神波塞冬，智慧女神雅典娜，太阳神阿波罗，狩猎女神与月神阿耳忒弥斯，爱与美之神阿佛罗狄忒，战神阿瑞斯，火神与工匠神赫淮斯托斯，神使赫尔墨斯，农神得墨忒斯，灶神赫斯提亚。他们掌管自然和生活的各种现象与事物，组成以宙斯为中心的奥林普斯

神统体系。英雄传说起源于对祖先的崇拜，它是古希腊人对远古历史和对抗自然界斗争的一种艺术回顾。这类传说中的主人公大都是神与人的后代。他们体力过人，英勇非凡，体现了人类征服自然的豪迈气概和顽强意志，成为古代人民集体力量和智慧的化身。最著名的传说有赫拉克勒斯的十二件大功，伊阿宋取金羊毛等。

3. 中西方神话的比较与分析

3.1 神话体系比较

从神话体系来看，希腊神话很早就有完整的神话体系，有很强的逻辑连贯性。古希腊人从多姿多彩的社会生活中逐步形成了一个为数众多的神组成的谱系。神成为有生命行为的实体，被分作男女两大性别。在迷幻般的自然力量和生命现象的铁幕背后，神被赋予人的秉性。希腊诗人荷马给人类留下了两卷历史巨著《伊利亚特》和《奥德赛》。他的书中出现了一批神，每一个神都有分管名下的具体任务，各司其职（曹乃云，1995）。在希腊神话体系中，众神之间有着极强的血缘联系，因为在古希腊神话中，情感欲望表达相对开放，宙斯通过种种错乱的伦理关系将众神联系在一起，任何神的活动几乎都围绕主神宙斯产生。每位神都有自己的身份地位，他们的来源、成长以及一切行动都有记载。希腊神话故事的发展有着清晰的脉络，依据婚配生育，神又生神，以此便产生了神的氏族谱系。

此外，分工明确也是希腊神话的一大特色，宙斯是众神之神，他的妻子天后赫拉是掌管婚姻的女神，是生育及婚姻的保护者，海神波塞冬是宙斯的哥哥，负责掌管海洋，在水上拥有无上的权力。此外还有太阳神阿波罗，为人间带来光明；爱与美之神阿芙洛狄忒，象征爱情与女性的美丽；等等。因为古希腊处于巴尔干半岛南端，境内无大河，但海岸曲折，海湾深，港口多，古希腊很早就经营海上贸易，发展海上活动，特定的地理环境决定了希腊神话故事中很多都与海洋有关，由于海上交通贸易的发展，希腊得以吸收外来民族的文化，塑造希腊自己的文明。开放性的文化环境使得希腊神话呈现"系统性"与"丰富性"的特点。

和希腊丰富的神族谱系相比，中国神话篇章短小，神话零乱无序，更没有对众神之间的关系给予明确系统的介绍。在中国神话中，黄帝似乎是勉强能充当主神的职责，根据史籍记载，黄帝战胜炎帝，夺取中央天帝的地位，但他始终没能像宙斯一样统一神国，他虽然能令"仓颉作书，史皇作图，胡曹作冕衣，雍文作杵臼，夷牟作矢，胲作服牛，共鼓货狄作舟"（司马迁，1959），但是著名的女娲和盘古等神祇却与黄帝之间没有明确的关系。中国神话没有系统的神族谱系可寻，这与中国古代地理环境、生活方式大有关联。中国古代人采用农耕生活方式，自给自足，不需要商贸往来。此外，中国地大物博，地域的广袤与稳定造成了相对孤立的生活方式，不像希腊人那样海上贸易频繁，要经常与别族文明交流融合。中国神话故事仅仅停留在分散流传的零星阶段，主要依靠部族内部垂直传承，因而与古希腊神话在其相互交流融合的发展过程中不断补充、丰富，最终构成完整体系的传承路径迥然相异（赵新林，2004）。

3.2 神话塑造比较

3.2.1 神的外貌比较

在神话故事中，神有着人类所没有的力量和才能，他们高于普通人类，有些能够呼风唤雨，有些能洞察世事发展，掌控人心。中西方神话故事中，神都有着至高无上的能力，但在外貌上有所差别。中国古代神话中，神的外貌塑造通常是"半人半兽""人面兽神"，人们将神之外貌与一般普通人类区分开来，更彰显其高深的能力与令人崇敬之感。在神话古籍《山海经》中出现了四五百个神，人形神与非人形神的比例约为1∶4，重要的神话人物大多都为非人形神，如同被尊为人类始祖的伏羲、女娲，皆为龙身（蛇身）人首，中国神话中的武战神蚩尤，《述异记》云，蚩尤"食铁石"，"人身牛蹄，四目六手，耳鬓如剑戟，头有角"。瑶池圣母西王母，根据古书《山海经》的描写："西王母其状如人，豹尾虎齿，善啸，蓬发戴胜，是司天之厉及五残。"（意思是说：西王母的形状"像人"，却有豹子一样的尾巴，老虎一般的牙齿，很善于长呼短啸。）此外，连教人播种五谷，为民尝百草而丧生的神农也是牛头人身。从时代背景来看，中国神话产生于母系氏族社会，每个氏族都有自己的图腾，百姓崇拜图腾文化，图腾一般都以野兽作为标志，因而野兽被当时的人们视作神圣的物种，于是人们将神灵与野兽结合一起，出现了人兽合一的神的形象。

在古希腊神话中，神的形象更倾向于普通人。古希腊人民追求美和力量，因而神的形象较之于普通民众集合了更多美的元素，更彰显智慧与力量。众神之王与雷电之神宙斯有着浓密的如狮鬃般的波浪状头发，高鼻梁，浓眉大

眼，胡子卷曲，神情威严，头戴桂冠、橡木冠、橄榄冠，右手执雷电棒，左手托着维多利亚像。神后与妇女保护神赫拉拥有明眸皓齿，一张俊美的鹅蛋形脸庞，一手拿象征着丰饶的石榴，一手执杜鹃神杖。太阳与音乐之神阿波罗英俊潇洒、风华正茂，无须，希腊式挺拔的鼻子，一头垂肩发，瓜子脸，身材匀称，头戴月桂树、爱神木、橄榄叶的冠冕，手执奇特拉竖琴，成为人间男性美的象征。

3.2.2 神的性格比较

在中西方神话中，神的性格也大不相同。中国古代神话中，神是理智的、谦恭的、悲天悯人的，以拯救苍生为己任，无私而伟大。他们拥有至高无上的能力，能与自然抗衡，也保护无辜的百姓，福泽苍生。《淮南子·览冥篇》云："往古之时，四极废，九州裂，天不兼覆，地不周载；火爁焱而不灭，水浩洋而不息；猛兽食颛民，鸷鸟攫老弱。于是女娲炼五色石以补苍天，断鳌足以立四极，杀黑龙以济冀州，积芦灰以止淫水。苍天补，四极正；淫水涸，冀州平；狡虫死，颛民生；背方州，抱圆天。"女娲不辞辛苦造人之后再补苍天，而后却悄然而逝，不求任何回报，神话中充盈着的是一种劳动崇高伟大、劳动可以改天换地的观念和民族的伟大创造精神以及博大爱心（马敏，2008）。其他神话故事，诸如后羿射日，神农尝百草，大禹治水三过家门而不入等，都体现了中国神话故事中诸神的奉献精神，故事中神不奴役百姓，不凌驾于普通人类之上，他们修身养性，为人类排忧解难，造福苍生，他们是爱与伟大的象征。

希腊神话中的神按自己的意愿创造人类，在本质上他们更接近"人性"。他们与人类一样有喜怒哀乐、七情六欲。众神品性不一，有正直勇敢勤劳的神，也有贪婪、暴躁冷血无情的神。众神之神宙斯，就不是完美的神灵，他暴躁、独裁，还好色风流，经常掠夺凡间或神间美貌如花的女性。他曾变作一头公牛，巧取豪夺了腓尼基王国的女儿欧罗巴，与之生育了三个强大而睿智的儿子。神圣的婚姻女神赫拉美丽高贵，但却极其善妒，甚至手段狠毒。她痛恨叫埃葵娜的王国，因为这是与她争风吃醋的情敌的名字，勾起她的满腔宿怨。她给埃葵娜全岛送去可怕的瘟疫、瘴气，令人窒息的毒雾弥漫山野，阴惨惨的浓雾裹住了太阳，然而就是不下一场雨。最后，瘟疫灾害也降临到人的身上。全岛尸横遍野，一片恶臭。希腊神话从真实的社会生活出发，以人的欲望爱憎为想象蓝本，具有浓厚的人文气息，希腊中的神有着更亲近人类的爱恨情仇。

3.3 神话性质比较

3.3.1 集体主义与个体主义

从跨文化的角度出发，中西文化间的最大差别在于中国推崇集体主义，人们倾向于依赖他们所属的组织或团体，认为集体利益高于个人利益。而西方文化中，人们奉行个人主义，倡导冒险精神与个人奋斗，重视个人的独立性而非依赖性。弗雷泽指出："神话是文化的有机成分，它以象征的叙述故事的形式表达着一个民族或一种文化的基本价值观。"（叶舒宪，1987）神话作为文化的最初塑造者，必然在这一方面有所差别。中国神话中，主旨在于倡导"天下为公"的美德，神话故事也大多与神为人类奉献，牺牲自己的大无畏精神相关，歌颂了社会责任感与伦理道德，歌颂劳动人民的坚忍不拔与顽强拼搏。如盘古为开天辟地牺牲了自己的身体，化作天、地、星辰、山川河流，世间的万物都来自于他的奉献，为此他坚持了一万八千年，直到天地不会再合拢，再轰然倒下，他为创造世界殚精竭虑，呕心沥血。

而希腊神话中更多的是对个人英雄主义的歌颂，强调冒险精神，奉行个人权利，注重物质利益。如宙斯儿子帕尔修斯的勇敢之旅，杀死了骇人听闻的妖怪美杜莎，向权威的海神挑战，战胜鲸鱼怪，拯救了埃塞尔比亚王国的公主，赢得美人芳心。希腊的神话故事向众人呈现了一则则想象丰富、情节曲折的英雄冒险故事，歌颂了个人的伟大与努力，主人公只要拥有勇敢的信念、过人的智慧、丰富的经验，就能得到最终的奖励与成果。

3.3.2 人性本善与人性原罪

中国古语有云：人之初，性本善，意思是人一出生，本性善良，善恶是在此后的生命历程中发展起来的。而西方认为，人生而有"原罪"，此后人们都是抱着赎罪的心态生活着，以此求得上帝的饶恕，死后能够升入天堂。这种认识在二者的神话故事中也有体现。中国神话重视伦理道德，崇尚高风亮节。作为人类的祖先，神的善性十分明显，尧帝虽贵为帝王，却生活朴素，善心仁德。知道自己的儿子丹朱傲慢无能，将其贬于蛮荒之地，主动将王位禅让给有德之人舜。但在希腊神话里，人们是带着罪恶出生的。许多神话人物一出生就被打上弑父杀母的原罪烙印，如弑父娶母的俄狄浦斯，杀死自己外公的帕尔修斯等。另一个英雄赫拉克勒斯，也是带着赎罪的愿望去建立十二件奇功的，他希望不断创功立业以洗刷自己先天的罪恶。"本善"观与"原罪"观贯穿在两个民族的心理进程中，影响着各自对神话的编织（傅治平，1994）。

4.总结

从神话性质分析，希腊神话可以说是一本历史书或是一首豪迈英雄赞歌，中国神话则是厚重的道德伦理书。通过神话本身的塑造以及内容间体现出来的性质差异，表现了中西方在文化观念和价值观上的不同特点：中国重视集体主义，崇尚劳动之美，歌颂无私奉献的伟大精神；西方则关注个人价值，追求冒险精神，崇尚自由的人文关怀。这两种不同形态的文化对各自文明的发展产生了深远的影响。要在当今跨文化交流日趋频繁的时代充分理解与尊重别国文化，品读与分析不同文化的古老神话不失为一种有效的手段，因为神话作为最初的文化载体，在体现民族文化上有不可磨灭的作用，能够为从跨文化交际学的角度研究中西文化提供宝贵的历史素材与人文背景。因此，在今后的研究中，能否从神话文本中寻求新的角度来解读文化差异，也是一项全新的挑战。

希腊神话对现代的启示

摘要： 神话是人类早期文明最初的文化形态，曾经对世界文明产生了巨大的影响。20 世纪整个西方的文学艺术界都有一股潮流，即神话的复兴与回归。希腊神话是整个西方文明、文化和文学的源头，对西方社会的发展产生了巨大的影响。从希腊神话故事对于现代社会的意义和神话思维对于现代文学的意义两个方面来透析希腊神话对现代的影响，能够给我们带来某些启发，同时为 20 世纪神话的复兴和回归提供某种解释。

1.引言

马克思认为神话是人类的幻想，是用一种不自觉的艺术方式加工过的自然和社会形态本身。"神话是人类童年时代的产物，是人类初期慢慢催发的原始文化的精神蓓蕾。神话体现着初民的文化沉淀和人类的集体无意识"（何江胜，1999）。"神话是最古老的认识和表达世界的方式，也是最普遍乃至最现代的形而上学和形而下学的综合"（周晓明，2001）。"神话不是人类心理的简单幻想，而是包括了原始人全部的哲学、宗教、语言和文学，包括了原始人全部的认识、伦理、巫术和艺术的功能"（马小朝，1999）。从某种意义上讲，神话是人类在社会和生产活动中精神需要的产物，是人类在当时神秘莫测的大自然中生存的精神支撑点，是人类对现实世界的诗意的幻想和审美化的超越，是人作为认识主体用以阐释世界和自我的一种感性工具。

神话是人类早期文明的最初的文化形态，它作为人类的一种思维方式，象征着远古时期人类对大自然的理解、对社会的认识以及对美好事物的渴望和追求。在远古时代，由于人类的生产力水平相当低下，对于人类的起源以及大自然的许多现象都感到困惑不解，无法对其做出科学和客观的解释，于是处于蒙昧时期的人类便借助想象，创造出神话这种不自觉的艺术形式来解释自然界的种种现象，大自然被人格化，最初的神便由此产生。在用神话对世界所做出的不同解释中，便形成了不同民族的文化传统和民族性格。希腊神话体现了古希腊民族在追求欲望的满足以及在与命运抗争中所展示的完整的人性和浪漫奔放的自由精神。

神话作为人类的一种重要思维方式曾经对世界文明产生了巨大的影响，随着科学、理性的不断强化和技术的高度发展，神话的活动空间在一定程度上缩小了，但它仍然以一种新的存在方式继续参与各种社会活动，尤其在精神文化领域，神话和神话思维依然发挥着强大的功能。20世纪西方文学返回神话的趋向非常明显，叶舒宪曾指出："20世纪的文学艺术发展史上，一个十分引人注目的倾向就是'神话复兴'或'新神话主义'的潮流。"（叶舒宪，2007）作为人类古典神话的卓越代表，希腊神话是整个西方文明、文化和文学的源头，对西方社会的演变和发展产生了巨大的影响。本文拟从希腊神话故事对现代社会的启示和神话思维对现代文学的启示两个方面来透析希腊神话对现代的影响，同时为20世纪神话的复兴和回归提供某种解释。

2. 神话故事对现代社会的启示

神话起源于巫术和宗教礼仪，是由人类古老的认识论和最古老的仪式衍生出来的产物。泛灵论（animism），也叫"万物有灵论"，是神话产生的认识论基础和思维基础，由此开始便产生了各种自然神，如日神、月神、雷神、河神等，这是神话的最早渊源，早期的人类利用生动、丰富的想象力把大自然人格化了。接着便产生了开天辟地的神话，随后产生了人类起源的神话，再后来又产生了关于人和自然、人和社会、人和人以及人与自身这四个关系的一些神话。古典神话除了表现出早期的人类对外在自然力量的畏惧和对神的敬畏之外，还包含了他们对世界的最初理解和粗浅阐释，体现了他们渴望征服自然、追求幸福的朴素愿望。

希腊神话的新神谱系从宙斯（Zeus）开始，共有十二个主神，每一个都具有十分鲜明的性格特征，这些神的性格其实是符号化的人的性格，而且每一个神都有一连串与其主导性格密切相关的故事。这些天神都很像人，都有人的七情六欲，他们是一些具有人的性格和情趣的神，与人唯一不同的地方就是他们具有一些特别的本领，总之这些主神都是人的某种性格的符号和某种情绪的代表。希腊神话有很多都是关于人的七情六欲，并且都有神作为某种情绪的符号来表现人的这种最原始的体验。由此可见，古希腊神话更多的是轻神性、重人性，西方所推崇和弘扬的人本精神是与此一脉相承的。"神话实际上是人的社会历史的信息方式，反过来，人的社会历史在这古老的时期也总是披着神话故事的外衣。这也就是作为西方文学源头的古希腊神话的所谓人本主义内涵，也就是文学的人学意义之一"（马小朝，1999）。古希腊神话中这种以人为宇宙之本的思想观念，孕育了西方文化中尊重人的个性和个人本位的特征。

从荷马史诗开始希腊神话便描写了具有完整、丰富的性格的一些神。比如《伊利亚特》的主人公阿喀琉斯（Achilles）已经跟以前的十二个主神很不相同，他的性格比较复杂：一方面他很重视自己的荣誉和尊严，可以为此付出自己的生命；另一方面，他在战斗中有一种忘我的冒险精神，这种精神有时甚至是很残暴的；他还有善良的一面，包括对待他的朋友、他的父亲甚至是对手的父亲。在他身上所体现的复杂性格的核心就是个人本位的思想：他对荣誉的追求、他的冒险精神以及他对朋友和父亲的感情都是个体的，所以阿喀琉斯已经不再像以前神话里的那些单性格的神，人的多面性在他身上体现出来了。荷马史诗中所描写的其他一些人物的性格也是如此，每个人物都是一个完整的、性格复杂的人，而不是某种孤立的性格特征的抽象品，可以说荷马创造了西方文学史上的第一个"人"。由此可以看出，希腊神话在揭示人的性格和灵魂方面具有其完整性和丰富性，因为它最早接触到人的灵魂、人的情欲以及人的性格的各个侧面，所以它给后来的西方文学创造了很多母题。

"酒神"和"爱神"这两个神代表了人类的两个最基本的欲望，在希腊神话中跟他们相联系的那些故事，实际上都象征着远古时代的人类对于人的欲望的一种探索。"酒神"迪奥尼索斯（Dionysus）是掌管植物生长的，但他更是一个非理性之神、狂欢之神，他实际上代表了人类情感的总激发和总释放。现在西方很多地方的狂欢节在很大程度上就是从"酒神精神"演变而来的。希腊神话中与"爱神"阿芙洛蒂特（Aphrodite）相联系的故事是为了一个名叫海伦的美丽女人而打了十年的特洛伊战争，战争的起因就是为了争夺一个金苹果，上面写着"给最美者"。这个金苹果的故事已不再局限于古希腊神话，它已经取得了一种形式上的意义，如今对我们仍有启发，其实当今世界上很多战争都是为了争夺某一个金苹果，即利益。希腊神话里对于人的欲望以及由此产生的悲剧性的结局也有描述，它向我们展示了人的悲剧性的性格和命运，并给我们带来一些哲理性的思考。

每一个民族都有自己的民族史诗，里面都会有自己的民族英雄，阿喀琉斯就是希腊民族的一个英雄。阿喀琉斯由于脚后跟中箭而死，这个脚后跟不仅是阿喀琉斯的一个致命的弱点，而且象征着在希腊神话中他们的民族英雄是有弱点的，而且是有致命的弱点的，从中可以看出荷马对整个希腊民族的反思。古希腊神话中的这些人物形象也折射出了西方民族的民族性格和民族精神。

"俄狄浦斯"的故事讲述了人和命运的关系，俄狄浦斯（Oedipus）曾是拯救特拜国的英雄，但他完全没有料到自己同时也是那个要毁灭特拜国的人。这个故事实际上存在着一个形式上的命题，即愿望与结果的背离。像这样的一些神话故事对我们现在的生活依然具有重要的启示意义：20世纪科学技术的飞速发展在给人类创造了物质财富的同时，也给人类带来了灾难性的影响。许多原本为了改善人类生存状况和生活条件的技术却被应用于军事和战争中，结果给人类造成了深重的灾难，这是科学家们始料未及的。20世纪所发生的两次世界大战给人类造成的巨大灾难，让人类认识到了科学和技术可怕的一面，也迫使人类重新思考科学技术的功用，以及如何利用科学技术来造福于人类，而不是毁灭人类自身。

由此可以看出在古希腊神话的故事当中实际上存在着很多具有现代观念、体现现代性的东西，对现代社会具有重要的启示意义。除此之外，希腊神话这种艺术创作的思维方式也是极具现代价值的。

3. 神话思维对现代文学的启示

人类的文明、文化和文学都与神话有着深厚的渊源，在很大程度上文学就是移位的神话。神话是文学的肥沃土壤，由于神话"始终关注人类的存在境况，展示生命的个体性存在的意义和价值，揭示人类的欲望冒险带给人们的悲剧性与喜剧性的人生体验，蕴藏着深刻的现代性价值"（傅守祥，2006）。所以自从有了神话，对人的命运的关注和对人的价值的追寻，一直都是文学创作经久不衰的主题。作为西方文学的初始形态，希腊神话的确给了西方文学以深厚的底蕴。总之，西方现代文学不断从古希腊神话中汲取营养，捕捉灵感，在现代异化的世界中寻求精神寄托。

神话作为人类生动、丰富想象力的一种产物，其思维方式是不同于逻辑思维的，因为它在很大程度上是非理性的。"神话在其创造时期主要依赖于非现实的幻想性思维，用隐喻性的方式讲述超自然、社会、机构的起源和普通人的故事，折射人类生活中的某些观念、思想、情感和欲望"（何江胜，1999）。神话产生于一种迷狂状态，即在创作神话的过程中，作者要在某种程度上陷入迷狂状态，因为神话和它周围的现实世界之间的关系不是一种科学的、客观的、合乎逻辑的关系，它是不能靠理智来认识和解释的。神话作为一种独特的艺术思维方式，以其丰富的象征和联想揭示着人的生存、价值和世界的本质，这样的一种神话创作思维模式具有很强的生命力，对于现代的文学创作，尤其是诗歌创作而言，仍然具有重要的启示和借鉴意义。

神话作为一种思维方式仍然以某种方式（即现代神话）存在于人类的精神、文化活动之中，承袭了古典神话的结构框架同时又有所变异和发展。"就文艺生产而言，现代神话弥补了古典神话缺席后的文学想象力匮乏和表现技艺的下降，在一定程度上复活和扩大了文学的创造力和表现力，带来审美活动的新景观，为被现代技术统治和理性奴役的接受者开启一扇认识自我和他者的窗口"（颜翔林，2007）。的确，希腊神话的思维方式对西方现代文学创作的影响表现得非常显著，因为"神话是取代理性、表达人类情感、述说现代人精神苦闷、理想与追求的最适合语言。因此在20世纪，文学艺术中的'再神话化'、'神话复现'，就是现代人关注自身、拯救失落的自由本性、创造力和生活激情的体现"（叶永胜，2006）。

4. 结语

当今世界科学的高度发展和技术的广泛运用，已经影响到社会和人们生活的方方面面。然而，科学技术的高度发展在给人类创造巨大的物质财富的同时，也给人类带来了许多难以解决的社会问题和道德问题。于是，人们便开始转向神话，借用神话思维方式，试图在神话里寻求自然、纯真的人性和人与自然的和谐统一。"本属于人类原始时代的神话在20世纪现代主义文学中大量复活并迅速蔓延至整个时代的文学创作中，究其客观根源，仍然在于现代人实际社会生活的巨大变化"（马小朝，1999）。现代社会中，在与外在异己力量的对比中，人类产生了一种强烈的危机感和虚无感，因此人的生活需要借助神话和神话思维才能得以平衡和补偿。如卡夫卡的《变形记》实际上就是一个现代神话小说，相当准确和深刻地表现了现代社会中人的异化，是完全利用神话的思维模式创作的。因此，从某种意义上讲，希腊神话所反映的远古时代人类的自由奔放的感情和生活，照亮了现代人那情感缺失的内心世界，使我们在今天科学极为发达、高度现代化的社会中能够找回失落的东西，这也可以为当下神话的回归现象做出某种解释。

第二章 后殖民主义视角

《黑暗的心》中的"他者"形象

摘要：《黑暗的心》中丰富而饱满的"他者"形象既包括种族"他者"，也包括性别"他者"。本文从后殖民主义和女性主义角度出发，结合"他者"理论，分析文本中出现的黑人"他者"、白人"他者"，以及女性"他者"形象，强调平等、差异和多元性，反对种族歧视或性别歧视。

《黑暗的心》作为康拉德的成名作，自问世以来引起诸多评论，经久不衰。虽从篇幅来看，该作仅为一短篇小说，但由于文本内容的深度和广度，评论界对其给予的关注不亚于任何一部长篇巨著。正如"一千个读者眼中就有一千个哈姆雷特"，评论家们对《黑暗的心》的解读也难以达成一致，但却公认其为"一部内涵极为丰富，充满矛盾悖论的小说"（李赋宁，2001）。迄今为止，国内外学者已分别从精神分析、解构主义、女性主义、新历史主义、殖民主义、反殖民主义、后殖民主义、现代主义等多个角度对该作进行了深入分析。

本文意欲从后殖民主义和女性主义角度出发，结合"他者"理论，探讨《黑暗的心》中的"他者"形象。

1."他者"理论

"他者"这个概念可溯源至黑格尔的主奴辩证法。黑格尔重点考查二元对立中的某物自身与他者的关系，认为二者紧密联系，同时通过对方反映和确定自己，但二者关系并不平等，前者往往处于中心地位或者被认为是肯定的一方，而后者则处于边缘地位或者被认为是否定的一方。其结果往往是，前者为主，后者为奴。黑格尔的逻辑学和主奴辩证法开启了现代意义上的"他者"理论，而胡塞尔的现象学虽是"他者"理论的进一步发展，却难以摆脱"唯我论"的嫌疑。海德格尔将现象学由认识论转向存在论，认为主体与他人共在，并被他人所建构，同时"主体"也属于他人，并且还在不知不觉中不断巩固着他人的权力。萨特在海德格尔的存在论基础上展开自己的"他者"理论，但他反对"共在"，从存在主义视角对黑格尔的主奴辩证法作了重新解释。利维纳斯是现象学—存在主义与后解构主义之间承上启下的关键人物，他对前人的思想进行了反思和批判，认为他人是由"他性"（otherness）所建构的，是不可知的，真正的主体是由他人所建构的，失去了唯我的中心地位。以拉康、福柯和德里达为代表的后结构主义思想家将"他者"理论由哲学思辨领域深入社会文化领域。拉康眼中的"他者"是位于主体之上的"他者"，是建构乃至掌控主体的"他者"。福柯认为西方主体观点是在 17 世纪以来的现代化进程中由权力、知识、话语所建构起来的。他关注的最为特殊的主体，是那些由权力、话语塑造的，处于社会边缘的主体。与其说他们是"主体"，不如说他们更是"他者"。福柯着力于研究疯癫、犯罪、性等边缘性、异质性的文化现象，并力图成为各种沉默的"他者"的代言人和维护者。德里达认为在二元对立的思维模式中，处于从属和次要地位的一方往往被看作"他者"，如东西方关系中的东方、两性关系中的女性，解构就是要质疑这种二元对立。他指出，"他者"的解放在于超越二元对立，放弃一方对另一方的统治（肖祥，2010）。

后殖民批评家和女性主义思想家将"他者"理论运用于文化政治批评中，强调平等、差异和多元，反对种族歧视或性别歧视，显示出"他者"理论的重大现实意义。

2. 黑人"他者"

赛义德在《东方学》中指出，东方是"欧洲最深奥，最常出现的他者（the other）形象之一"。白人叙述者往往将黑人描述为愚蠢、野蛮、不开化的劣等民族。《黑暗的心》中，欧洲殖民者在非洲大肆掠夺，不仅侵占他们的土地，抢夺他们的资源，更令人发指的是将黑人当成可供随意驱使的奴隶。主人公马洛乘坐法国轮船离开英国前往非洲，沿途见到的景象使其灵魂受到了震颤。非洲黑人被欧洲殖民者驱使着，从事最低贱、最耗费体力、最危险的工作，遭受着非人的待遇。通过有期限的合同，黑人"被完全合法地从海岸深处各个角落里弄来，迷失在这难以适应的环境中，吃着他们从来不曾吃过的食物，他们生病，失去了工作能力，然后才能获得允许，爬到这里来慢慢死去"（康拉德，2002）。白人士兵端着长枪，带着傲慢的神情，监视着劳作的黑人。在这里，欧洲殖民者完全把自己当成主体，而黑人则被视为从属的、卑贱的、低于他们一等的"他者"。黑人生产力的落后以及为白人服务的黑人廉价劳动力，在白人眼中是突显其帝国实力的有力佐证。欧洲殖民者作为主导性主体，将非洲黑人视为一个具有否定因素的对立面，"因为它的存在，主体的权威才得以界定"（博埃默，1998）。

《黑暗的心》的主人公库尔茨在他的报告中提出一种理论，认为"从白人现在已经达到的发展水平来看，'在他们（野人）的眼中必然显得像是一些超自然的生物——我们是带着神的力量前去接近他们的'，'我们只要简简单单运用一下我们的意志力，就可以发挥出一种实际上没有止境的有益的力量"（康拉德，2002）。这则报告所反映的是一个彻头彻尾的东方主义者，将黑人视为亟待自己拯救的"他者"，并将"教化"黑人当成自己的使命。然而具有讽刺意义的是报告最后一页上补充的一段说明，它"在这篇向一切利他主义精神发出动人呼吁的最后部分"（康拉德，2002）。欧洲殖民者堂而皇之地打着"拯救他者"的旗号，却进行着剥削残杀非洲黑人的事实，用枪炮威胁着黑人交出土地和象牙，将黑人当成"畜生"来使唤，妄图在非洲黑人的身上重现征服印第安人的历史。

而作为"他者"的黑人并非一直逆来顺受。《黑暗的心》中对黑人反压迫斗争的描述并不在少数。马洛之所以能够顺利谋求到船长的位置，除了他姨妈的热心帮助之外，更重要的原因是之前的船长弗雷斯利文在同非洲土人的一场扭打中被打死了。弗雷斯利文在跟黑人购买母鸡的交易中感觉受了骗，于是跑上岸用棍子毫不留情地狠揍卖鸡的老黑人。黑人村长的儿子愤而将长矛扎进了弗雷斯利文的肩胛骨，结束了这个不可一世的船长的生命。尽管之后全村人马上四散逃走，等马洛到达的时候整个村庄已空无一人，但年轻黑人的这一奋起反击，也反映了黑人"他者"不甘受辱，不愿被白人永远踩在脚下的思想，是黑人"他者"努力抗争不公与侵略的有力表达。如果说年轻黑人的反击只是尝试性的，并在反击结束之后害怕随之而来的厄运而选择流亡的话，那挂在库尔茨房屋围墙木桩上黑人"反叛者"的头颅则是黑人英雄的标志。他们宁可被白人侵略者割下头颅，也不愿苟且偷生，在白人的淫威之下为虎作伥。白人眼中的"反叛"正是黑人"他者"试图摆脱边缘化境地的努力，尽管一次次努力被镇压下去，但这样的努力会不断上演，直到黑人"他者"能够击退物质和精神上的双重侵略，以一个完整的独立人的身份生活在完全属于他们自己的土地之上。

3. 白人"他者"

在白人与黑人的对立中，白人将自己视为主体，将黑人视为"他者"。然而由于白人自身阶级的区分，社会等级的差异，在白人内部也有着"主体"与"他者"之分。《黑暗的心》中不乏白人"他者"的形象。

马洛乘坐的法国轮船每到一个港口都要停泊一阵，目的是把一些士兵和海关人员送上岸。"我们的船隆隆前进，停下，抛下几个士兵；然后又向前进，抛下几个海关人员"，"我听说，有些人已经死在那片白浪中了；不过他们淹死不淹死，似乎无关紧要。他们被扔在那里就算完事，我们却仍然继续前进"（康拉德，2002）。这些被抛到非洲土地上的白人，与非洲恶劣的自然环境格格不入，往往很快就会身染疾病。"由于热病的侵袭，人们正像耗子一样以三天一个的速度在慢慢死去"（康拉德，2002）。他们忍受着非洲土地的贫瘠与荒凉，医药卫生设施的缺乏，终日生活在死亡的阴影中。马洛从沿途遇到的一个瑞典船长那得知前几天曾有一个瑞典人在路边上吊，至于上吊的原因，船长猜测："也许这里的太阳让他受不了，也许是这个鬼地方。"他认为："真是滑稽，有些人为了一个月挣到几个法郎，简直什么都肯干。"（康拉德，2002）这些无权无势无地位的边缘白人，他们的处境仅强于非洲黑人。被生活所迫，他们背井离乡，在非洲从事着折磨黑人同时也折磨着自己的工作。而那些拥有生产资料的欧洲殖民者正是将这样的白人"他者"作为工具，通过他们的双手疯狂敛财，显露出其魔鬼般阴险狠毒的嘴脸。

而库尔茨同样是这群白人"他者"中的一员。马洛从库尔茨的未婚妻口中得知，由于库尔茨太穷，她的家人全都不赞成她和库尔茨订婚。正是由于不

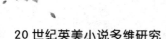

能忍受贫困的生活，库尔茨才前往非洲，企图通过象牙贸易积累财富，从而摆脱边缘"他者"的身份，得到社会的认可。"他梦想着当他从他打算成就一番伟大事业的某个无名的可怕的地方归来时，将会有许多帝王在车站列队迎候。'你只要让他们看到，你有个什么办法真能给他们赚钱，那他们就会无止境地承认你的才能'，他有时会说"（康拉德，2002）。他采取残忍而非凡的手段大肆掠夺象牙，但尽管他负责的贸易点送回来的象牙等于其他站的总和，他在白人主体眼中的地位并没有得到提高。相反，他的"成功"引起了贸易站经理的妒忌与排挤。马洛无意中听到经理与其叔父的秘密谈话，叔侄俩对库尔茨送过来的"大批的象牙"感到十分"气恼"，提到库尔茨时总是用"那个人"来指代，而库尔茨的混血儿助理则被他们称为"那个混蛋"。在库尔茨病入膏肓时，经理想的不是如何拯救库尔茨，而是千方百计地否认库尔茨的价值，声称"库尔茨先生给公司带来的好处远不如他所造成的损失"，"我不否认他弄到了相当数量的象牙——大多数都是化石"（康拉德，2002）。经理的决心是"不管怎样，我们一定得把这批象牙救出去"（康拉德，2002），而不是拯救一个曾为他们卖命的白人的生命。自始至终，库尔茨都是以一个"他者"的身份存在，对于白人主体而言，他的存在价值只是为他们敛财，一旦他妄图获取地位或者拥有势力威胁到白人主体的地位，他只有死路一条。

库尔兹在面对白人主体时的"他者"地位，同样也可以用来解释为何他选择留在黑暗的丛林深处，"逃开公司总部，逃开安逸生活，逃开思家之念"（康拉德，2002）。库尔茨只有面对非洲黑人时，才能够暂时忘却自己的"他者"身份。他带着"雷和闪电"（枪炮）去抢夺象牙，非洲黑人从来没有见到过这类东西，感到非常害怕。"他在土人心目中的地位是一般人无法想象的。他们的帐篷围绕着他的住处，他们的首领每天都要去给他请安。他们甚至趴在地上……"（康拉德，2002）在非洲丛林深处，库尔茨几乎是神一样的存在，掌握着生杀大权，"在整个世界上就没有任何东西能够阻止他杀死一个他高兴杀死的人"（康拉德，2002）。即使在他身染重疾时，他也痛恨有人想把他弄走。他下令黑人对汽船发动进攻，企图让白人主体认为他已死亡，不再找寻。他藏身在非洲丛林中，从另外一种意义上来讲也是一种逃避，企图将自己隐藏在黑人的盲目崇拜之中，从而证明自身的存在价值，而不是继续他作为白人眼中"他者"的命运。

4. 女性"他者"

女性"他者"的概念由西蒙娜·德·波伏娃提出。她认为："他是主体（the subject），是绝对的（the absolute），而她是他者（the other）。"（波伏娃，1998）由此，"他者"便包含几层意思：男人作为主体，即女人是男人的附属；男人是绝对的，即定义和区分女人的参照物是男人；女人对男人主要是作为性存在的，对他来说她就是性。波伏娃认为，女人与男人有不平等关系，因为女性都是"以男人为参考而被定义和区别的"，正是男人"使女性成了他者"（李文娣，2009）。

《黑暗的心》中总共出现了五个女性形象，无一例外的是，作者没有赋予任何女性以姓名，她们只是作为男性的附属而存在，分别为：马洛的姨妈、公司办公室的两个妇女、库尔茨的黑人情妇和库尔茨的未婚妻。

马洛为了能够进入康采恩贸易公司，不得不托人帮忙。结果"男人们都说'我亲爱的老伙计'，可结果什么忙也不肯帮"（康拉德，2002）。走投无路时，他不得不寻求姨妈的帮助。然而向女人求助对马洛来说似乎是一种极大的耻辱，他在叙述时夸张地叫道："你们能相信吗？——我竟然开始去找女人帮忙。我查理·马洛，为了找一个工作，竟去找女人帮忙。我的天哪！可是，你们也知道，这全是那个念头给逼出来的"（康拉德，2002）。马洛的这一番叙述赤裸裸地表明女性与男性地位的悬殊。向男性寻求帮助似乎就天经地义，而向女性求助就是奇耻大辱。男性是主体，女性只能处于依附从属的"他者"地位。一旦二者的地位颠倒或者女性跨入男性的领地，作为主体的男性就会感到一种羞辱。此外，马洛认为妇女"生活在她们自己的世界里，过去从来没有过这样一个世界，将来也不会有"（康拉德，2002）。在马洛眼中，女人肤浅而愚昧，永远看不清现实，生活在自己的幻想之中，而与此形成对照的则是男人的坚毅果敢和洞察世事。不管是经济上还是精神上，马洛总是把女性作为附属品，认为这个世界是男人创造的，而女人只是作为一种补充。

库尔茨的黑人情妇和未婚妻的从属性地位更加明显。尽管小说中并没有对库尔茨和黑人情妇过往的详细描述，但我们还是可以从文本中推测出黑人情妇与库尔茨的关系。在库尔茨乘坐马洛的汽船即将离开非洲丛林时，黑人情妇快步走到河边，悲伤地向他举起裸露的双臂，发出大声而绝望的叫嚷，

但库尔茨的反应只是一丝含义不明的微笑。对于库尔茨来说，黑人情妇只是作为性而存在，一旦他对她不再有性方面的需求，他就会毫不犹豫地从两者的关系当中抽离出来。黑人情妇因库尔茨的离开而悲伤留恋，但库尔茨并不会回报以同样的情感。作为"他者"的女性，不管是在肉体还是感情方面，都只能处于次要的位置。

而库尔茨的另一个女人——他的未婚妻——对他的崇拜已经达到了狂热的地步，库尔茨已经去世一年多，但他的未婚妻却仍然深陷在对他的哀悼和思念中。她仿佛要永远活在记忆中，通过自己的铭记让库尔茨以另外一种方式活下来。她以库尔茨为自己生活的中心乃至全部，认为所有跟库尔茨打过交道的人都应该爱他、崇拜他。库尔茨的未婚妻从某种意义上已经变成了库尔茨的所有物，她只是为了他而存在。并且在马洛的眼中，她是如此的愚昧无知，一心生活在自己的世界中，眼巴巴地期盼着库尔茨临死前喊的是自己的名字，而马洛出于同情也不得不撒谎。不管从智商还是情感来看，库尔茨未婚妻代表的女性已经完全臣服于男性，心甘情愿地充当他们的附属品，并乐此不疲。

5. 结语

本文从后殖民主义和女性主义角度出发，分析了《黑暗的心》中的"他者"形象。"他者"形成的原因各异，种族差异以及帝国强权政治话语造就了黑人"他者"，经济和社会地位的悬殊造就了白人"他者"，而男性霸权话语则将女性挤到了边缘"他者"的地位。"他者"是时代造就的产物，《黑暗的心》中的"他者"形象正是那个时代的真实反映。

《黑暗的心》中的东方主义话语

摘要：从赛义德批评东方主义的角度去解读康德拉的经典之作《黑暗的心》，不难发现小说中有明显的东方主义话语，渗透着浓厚的东方主义思想偏见，而正是这种东方主义的色彩成了主人公非洲之行失望而归的重要原因。

1. 引言

《黑暗的心》记录了船长马洛在一艘停靠于伦敦外的海船上所讲的刚果河的故事。马洛的故事除了涉及马洛自己年轻时的非洲经历之外，主要讲述了他在非洲期间所认识的一个叫库尔茨的白人殖民者的故事——一个矢志将"文明进步"带到非洲的理想主义者，后来堕落成贪婪的殖民者的经过。从叙述者口吻中，读者都能感受到根深蒂固的白人至上的观念和东方主义思维。虽然小说一定程度上揭示了欧洲殖民者的虚伪、残忍和贪婪，但自始至终仍是在捍卫支撑殖民侵略的西方意识形态。

东方主义是文学上的概念范畴，并不指地理位置上的东方。事实上是欧洲西方文化侵略的产物，是一种虚构的、不真实的、强加于东方的一种思想意识，是西方对东方所持有的一种敌视的、污蔑性的偏见。与此对应，小说《黑暗的心》一方面描述了非洲人民的悲惨生活现实，揭示了西方殖民者对非洲殖民地的贪婪掠夺，而另一方面展现在读者面前的却是原始蛮荒的非洲大陆，丑陋野蛮的非洲黑人。以东方主义视角解读《黑暗的心》，可以发现书中对非洲的描述是扭曲的，不实的，字里行间都透露着浓厚的东方主义思想偏见。

2. 赛义德的东方主义

著名东方主义学家和批评家爱德华·赛义德在其 1978 年出版的《东方学》一书中提出了"东方主义"理论，成为后殖民主义批评的理论基石。东方主义对西方意识形态有着强烈的影响，并导致了那些长期存在的对东方、东方人和东方文化带有偏见的模式化看法。英国后殖民理论的文学评论家博爱默认为："西方之所以自视优越，正是因为它把殖民地人民看作是没有力量，没有自我意识，没有思考和统治能力的结果。"（博爱默，1998）东方主义在东西方之间建立起一种二元对立，也就是说，东方在被西方描述成为"他者"时，总是基于一个对位的原则。例如东方是愚昧的，无知的，保守的，西方就必定是进步的，理智的，开放的。东方和西方根本无法同日而语，东方的这种"他者"身份极大地取悦了西方的自大心理。东方作为西方的"他者"形象，其身份越偏离其自我认证，越被扭曲为其自我意识的对立面，越能在对立原则上膨胀西方的文化优越性。所以萨达尔说："东方总是他者的标尺，是表明西方优越性的永远证

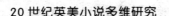

据，也永远在证明西方统治非西方的合理性。"（萨达尔，2005）

在福柯看来，话语是一种压迫和排斥的权力形式，它代表的一方即意味着他必定有对立的一方，而对立的一方必定受到压制和限定。东方主义是一种权力话语方式，这也符合赛义德对这个概念指向性的定性，即作为一种反霸权主义的证据，它"既臆断又促进了西方的'我们'与东方的'他们'——同东方的，亚洲的渊源于传统有关的文化和人民——存在某种根本性的差异"。西方想在与东方的差异比较中稳居强势权力的一方，因而他们对东方的话语表述自然自大地以自身文化的偏见与结构施加规则于"相形见绌"的对象，形成支配性的文化霸权的表述。而"学术上，观念上，思维上的有关东西方之间的支配关系与霸权关系的话语模式统统在内"。（赛义德，2000）这使得东方主义成为真正的殖民话语。赛义德为文学作品的解读提供了一个新的角度，即从西方如何看待东方，以及西方对东方的霸权思想来解析西方作家的作品。我们从赛义德批评东方主义的角度去解读康拉德的经典之作《黑暗的心》，不难发现小说中有明显的东方主义话语。

3.《黑暗的心》中的东方主义话语模式

康拉德许多作品中充满浓厚的对被视为"他者"的异族种族歧视色彩。他笔下的殖民地各民族被表现为劣等民族。在东方主义中，赛义德从话语入手指出，每种文化的发展与维持都需要一个对应且对立的"第二自我"，正如理性需要疯狂，权力需要犯罪，西方也需要东方，这是因为对自我的肯定往往是通过对他者的否定与求异来完成的。把西方的强大与东方的软弱，西方的理性与东方的直觉，西方的文明与东方的野蛮相对照，这一贯是东方主义的基本策略。在《黑暗的心》中，康拉德将欧洲殖民者与殖民地居民化分为界限分明、截然不同的两类人。借马洛口述，小说给读者展示了一个原始、蛮荒、贫穷的非洲形象，如捉摸不定的刚果河，神秘险恶的非洲丛林，丑陋野蛮的非洲黑人等。

3.1 小说中东方主义话语模式化的非洲

非洲是世界第二大洲。拥有世界上最长的河——尼罗河，两岸肥沃的土地孕育古埃及神秘古老的文化使得古埃及成为举世闻名的四大文明古国之一。炎热干燥的撒哈拉大沙漠也曾经有过繁荣昌盛的远古文明。沙漠上许多绮丽多姿的大型壁画都是远古文明的结晶。举世无双的岩石教堂——拉利贝拉岩石教堂坐落在岩石的巨大深坑中。精雕细琢的教堂像庞大的雕塑，与埃洛拉的庙宇一样从坚硬的岩石中开凿而成。神秘而美丽的非洲见证了光辉灿烂的古文明。然而书中，作者通过马洛之口却将非洲描写成黑暗的中心：

这海岸线几乎看不出任何特点，仿佛还在形成之中，只给人一种单调，阴森的感觉罢了。那巨大的丛林边缘，过深的暗绿色几乎变成了黑色，延边镶着一条笔直的，仿佛用直尺划出来的白色浪花组成的流苏，沿着那在爬行者的迷雾下失去光华的碧海远远地向前伸去。

马洛叙述中的非洲，有"黑色的山峦""黑色的丛林""黑色的溪流"（康拉德，2011），黑色是非洲唯一的色彩，非洲是荒蛮的，肮脏的，腐败的，没有生机和希望。

非洲中部的刚果河是该洲仅次于尼罗河的第二大河，也是世界巨川之一。多少年来，它那粗犷的风格，那浩浩荡荡、气势磅礴以及变幻的景色和强劲的威力，不知深深吸引了多少人。而马洛在小说开始却将非洲地图上的刚果河比作巨蛇：

它已变成一块黑暗的地方，但是你可在地图上看到这地方有着一条长河，像是一条伸展着身子的巨蛇，头潜在海里，身子一动不动蜷伏在茫茫旷野上，尾巴隐藏在大地的深处。（康拉德，2011）

刚果河在小说中被描述为泰晤士河的对立面。浑浊丑陋，死一般寂静更增添了恐怖险恶、神秘怪异的气氛。刚果河不但没有孕育任何的人类文明，更是文明的吞噬者。因为在这里探险的人随时都可能失去理智，甚至生命。马洛的这种对非洲自然地貌的叙事话语代表了一个白人殖民者的立场，他竭力地表现出非洲的蛮荒，非洲是世界的黑暗中心，都是为了更好地反衬西方的发达和文明。作者笔下的另一条河流——英国的泰晤士河则是一幅美丽、繁忙、和谐的生活图景，甚为美丽壮观。除了优美的景色，作者还用大段的文字赞美了泰晤士河如何见证了英国光辉的历史，孕育了英国灿烂的文明。在这种对立中，非洲的蛮荒刚好反衬出西方的富饶，非洲的落后对比出西方的发达，如此精心设计地描写恰好反衬出白人的文明进步以及占领殖民非洲的合理性。

3.2 小说中东方主义话语模式化的非洲人

在后殖民主义者赛义德看来，文本不是一个简单平面的载体，每一个文本都有其语境，它规范着不同的解释者的解释活动。从表面上看，文字只是写作的文字，好像看不到社会政治控制。其实，它与欲望、权力有很深的联系。词语绝不仅仅是把冲突和统治体系词语化，而是人与人之间斗争冲突的对象（王岳川，1999）。作者表面的文字其实隐藏着深层的文化意识，这种意识与权力欲望有着千丝万缕的联系。小说中，马洛将非洲人称为"野人""食人生番""畜生"。非洲人被描写成野蛮的、食人的、丑陋的、没有语言能力的非人化动物，他们的生活习性原始怪异，根本没有受过文明的开化。

他们都死得很慢，这是很明显的。他们不是敌人，他们也不是罪犯，他们现在已不属于尘世所有——他们只不过是疾病和饥饿的黑色影子，横七竖八地倒在青绿色的阴影中。通过有限期的合同，他们让人完全合法地从海岸深处各个角落里弄出来，迷失在这难以适应的环境中，吃着他们从不曾吃过的食物，他们生病，失去了工作能力，然后才能获得允许，爬到这里来慢慢死去。这些半死的形体和空气一样自由——也几乎和空气一样单薄。我慢慢看出了树下一对对眼睛发出微弱的光。后来我偶一低头，看到了近在手边的一张脸。黑色的骨头全伸展开，一个肩膀倚在树上，眼皮慢慢地掀起，一对深陷的眼睛翻上来望着我，显得那样巨大而空虚，眼窝深处有一种已无视力的白光正在慢慢消失（康拉德，2011）。

在书中这段对黑人的叙述中，我们可以看出，在马洛的眼中，这些黑人甚至不是这个世界上的生灵，只是疾病和饥饿的黑影而已，横七竖八地躺在树影中苟延残喘。这些恹恹濒死的人几乎和空气一样稀薄。东方人和西方人在文本中就处于一种不对等的地方，东方人成为西方人凝视的客体，在这种凝视中，东方人不断地被贬低，被缩小。马洛对非洲人的叙述流露出西方人一种优越的高高在上的地位。

赛义德认为西方作家对东方的再现，要么把它作为与优越东方对比的"他者"，要么在东方的形象中加入了许多西方闻名世界所不能接受的一些特征，例如残忍和非理性。东方主义者认为东方人是非理性的，堕落的，幼稚的，不正常的；而欧洲则是理性的，贞洁的，成熟的，正常的（赛义德，2000）。

马洛在离开那片建筑物不远的地方，遇见了一个白人："他的外貌是那么意想不到的典雅。一开头我真以为是什么鬼魂显灵了。我看到了浆过的高领，白色的袖口，一件淡黄色的羊皮上衣，雪白的裤子，一条干净的领带，还有一双擦得雪亮的皮靴。他没戴帽子。头发从中间分开，抹上油，刷得亮光光的，一只大白手举着一把带绿线条的阳伞，耳朵后边还夹着一支蘸水钢笔，那神态实在惊人。"（康拉德，2011）

马洛口中的西方人是文明的，讲究的，高高在上的，在他有意识或者无意识的叙述中流露的是白人优秀的种族主义意识，这种东方主义的思想偏见其实是西方的政治、文化集体无意识给他留下的思想烙印。正是将非洲视为欧洲的对立面，在非洲人的参照下，欧洲人本身的优越性才能够显现出来。东方主义表面上是白人学习和发掘他们所幻想的东方，然而，结果却是东方成了这一体系的对象，并不得不与西方"无条件"合作：东方在西方的东方化中没有任何选择只有接受这一赋予其上的符号（张龙海，2004）。其原因在于欧洲文化霸权的存在——欧洲优于非欧洲民族和文化的思想，正如赛义德所讲："东西方之间的关系是一种权利关系，一种支配关系。"确切地说，它是一种西方对东方的权力关系。在这一霸权条件下，东方主义者自然会在他们的作品中传递着西方霸权和优越感。

书中这些典型的东方主义话语提供的观念正是在为西方找寻冠冕堂皇的殖民理由。他们去遥远而蛮荒的非西方土地上开拓殖民地，正是在履行西方人身为文明人的权力和责任。他们是去完成传播文明的伟大事业，将文明、信仰、贸易和发展带向地球的黑暗之心。西方的优越性是无与伦比的，因而西方霸权对殖民地的政治统治、经济掠夺和文化暴力便是理所当然的。这些东方话语为血腥而罪恶的殖民行为披上了神圣的外衣。

4. 非洲之行——东西方沟通的失败之行

虽然《黑暗的心》对殖民主义者的暴虐行径也进行了批判，但字里行间作者并没有避免西方社会根深蒂固的优越意识，东方主义思想深深潜入了作者的叙述中，而正是这种东方主义的色彩成了非洲之行失望而归的重要原因。

指导这次非洲之行的始终是基于西方中心论的殖民主义思想。白人是最优等的人种，所以要教化野蛮的非西方人。库尔茨之前提出了科学研究的大题目，完成了"肃清野蛮习俗"问题的报告，原本想为东西方的沟通做出努力，然而对权力和金钱的追逐渐渐泯灭了他的人性。在远离了文明社会后，物欲的膨胀使个人的阴暗面完全充分地暴露出来。他征服了非洲，也被非洲所征服。他打着传播文明的旗号，却肆无忌惮地对殖民地进行掠夺和压榨，不断满足自己无限扩大的物质和权力需求。他在这种对财富和强权的追逐中逐渐迷失了自己，他不断地堕落，不断地迷失自我，直到他临死的时候，才顿悟欧洲和非洲，一切的一切都是虚无的黑暗。他临终喊出的"恐怖"正是一个万念俱灰的厌世者真实的内心写照。弥留之际，库尔茨的内心都是对血腥杀戮和肮脏交易的恐怖和彷徨。

虽然这些白人殖民者打着传播文明，将光明和进步带到"黑暗之心"的旗号来到非洲的，但是白人进入刚果，根本没有给非洲带来任何文明的曙光。未被开化的黑人，他们原本精力旺盛，团结一心，本性质朴，过着无忧无虑的生活，然而所谓的文明熏陶却把他们变得是人非人，那些被教化过的黑人对西方的价值观和价值标准不仅没有接受成功，反而把自己种族的行为准则和道德标准也丢弃了，自己原始状态的自尊和自信也丧失殆尽，在物欲的利诱下，有些黑人甚至忘记了自己的身份，背叛了自己的同胞和民族。所谓的文明成了他们的束缚，在殖民者的压迫下，他们人性已经扭曲，对自己的何去何从不知所措。

随着故事的发展，叙述者马洛的情感虽然经历了起伏变化，但是他始终都无法摆脱殖民主义者的烙印。即使马洛对库尔茨感到失望，也不会背叛他；即使后来对非洲人的描写包含了同情，但这同情也是居高临下的，因为他眼中的非洲人根本算不上活生生的完整的人，他们只是一群本性丑陋没有感情的物体，是原始野蛮被剥夺了说话权利的群体。马洛更倾向于不公平地将失败的非洲之行的原因归结给东方，并没有意识到是他们这些白人潜意识里的东方主义思想人为地为东西方的沟通设置了障碍。

5. 结语

正如赛义德在其著作《文化与帝国主义》中提到："我们要认识到像文化这样已经渗透到方方面面的霸权体系对作家和思想家的内在束缚，不仅仅是单方面的抑制，而且还是有生产力的"（Said，1993）。康拉德笔下的非洲及非洲人的表述扭曲了客观事实，误导了读者视野，小说的叙事描述再一次印证了西方文化学者根深蒂固的东方主义思想，东方主义的话语在这部被认为是反殖民作品中得到充分再现。

第三章　女性主义视角

黑人女性的自我拯救之路
——对《宠儿》中塞丝的女性主义解读

摘要：本文从女性主义视角解读托尼·莫里森的小说《宠儿》，通过分析小说主人公塞丝逃离奴隶庄园和无奈杀婴捍卫自由和尊严的举动，探讨黑人女性如何在种族歧视和性别歧视的双重压迫下找到一条自我拯救之路，最终获得身体和精神上的双重自由。

1. 引言

美国黑人女作家托尼·莫里森是当代美国文坛最具影响力的作家之一，她的作品始终以表现和探索黑人的历史、命运和精神世界为主题，其黑人女性作家的特殊身份使她能够更好地观察并深入了解黑人女性的情感变化。

《宠儿》是莫里森的扛鼎之作，自 1987 年问世以来广受评论界热议和好评。小说讲述了一位黑人母亲由于不忍让其女儿落入白人之手重蹈自己为奴的命运，不惜亲手杀死亲生女儿却又不断被女儿鬼魂骚扰的故事。塞丝，这位用极端手法捍卫母爱的黑人母亲，是千千万万不堪忍受白人奴役，为自由和尊严而抗争的黑人女性的代表。本文欲从女性主义视角出发，探讨以塞丝为代表的黑人女性如何在男性缺场的情况下，凭借自身不屈的精神以及黑人女性的姐妹情谊，探寻出一条自我拯救之路，最终不仅摆脱奴隶身份获得身体上的自由，同时也摆脱心灵枷锁获得精神上的自由。

2. 逃离奴隶庄园

奴隶制下的美国黑人没有身份可言，在白人眼中他们只是可以任意支配的物品和工具，他们可以"被租用，被出借，被购入，被送还，被储存，被抵押，被赢被偷被掠夺"（邱美英，2006）。黑人妇女因为肤色和性别而受到双重压迫。她们被降格为"动物属性"多于"人的属性"的生物，充当着奴隶主的生产机器。女性的身份主要通过母女关系来实现，而这一关系被奴隶制所扭曲。"在这段历史中，婚姻曾经是被阻挠、不可能的或非法的；生育则是必需的，但是'拥有'孩子、对他们负责——换句话说，做他们的家长——就像自由一样不可思议。在奴隶制的特殊逻辑下，想做家长都是犯罪。"（杨康齐，2011）

被贩卖至南方种植园的黑人奴隶一直处于社会的边缘地带，而黑人女性地位较之黑人男性更为低下。具有生育能力的黑人女性被视为最具价值的财产，奴隶主可以任意支配她们生育的子女，大多数情况下黑人妇女的子女都沦为了奴隶主买卖的货品。塞丝自小对母亲的记忆就很模糊，母亲只喂食了两三个星期的奶水就将其交给一个负责看孩子的女人。奴隶制度将母亲和孩子的关系分裂成像机器一样的系统喂养形式。她得不到母亲的注视和关爱，对母亲最清楚的记忆是她指着奴隶主烙在身上的记号冰冷地叮嘱塞丝以后如何辨认自己的尸体。母亲的缺席让塞丝从小就丧失了安全感，奴隶制剥夺了她在母爱的关怀下健康成长的机会。她将缺失的母爱转移到子女身上，因此作为"甜蜜之家"庄园的女奴，她可以忍受艰辛的劳作和奴隶主残忍的鞭打，却不能忍受奴隶主指使自己的两个侄子吸走她唯一可以留给女儿的奶水。抢夺奶水的这一行为侵犯了塞丝原始的母爱，阻挠了她强烈的做母亲的欲望，剥夺了她天生的做母亲的权力。她不允许奴隶主将"动物属性"强加给自己的孩子。为了自己和孩子的自由，塞丝毅然决定出逃。即使身怀六甲，背上的累累鞭痕如樱桃树枝般蔓生，她还是冒着重重危险送走孩子，在暗夜中逃离了那座禁锢黑人自由，剥夺黑人人类属性的奴隶庄园。

作为母亲的黑人女性为了子女的自由甘冒生命之险，而男性在这一逃离行动中却是缺失的。由于性别和生理的差异，男性作为一家之主，本应承担保护妻儿的角色，但在奴隶制下，黑人被奴隶主随意转卖，尤其是男性，因此家庭的概念更多地维系在黑人女性而不是男性黑人身上。父权制对男性的要求在黑人男性身上无法得到实现，黑人男性内心保护妻儿的愿望遭遇无力的现实，最后导致的结果只能是黑人男性的精神崩溃。塞丝的丈夫黑尔原本计划与妻子一起逃离，但在计划败露之后却躲在厩楼里，眼睁睁地看着自己的妻子被白人抢走奶水；面对妻子被白人划开的后背，面对三个出逃在外需要父亲保护的孩子，逆来顺受的黑尔没有勇气奋起反抗，只能在良心的谴责下以牛油涂面，逃避现实，不知所措。

3. 无奈的杀婴之举

一路辗转颠沛来到俄亥俄州黑人社区的塞丝在婆婆贝比·萨格斯的精心照料下过了 28 天充满欢笑的日子。然而当循迹而来的"学校老师"和他两个侄子出现在 124 号时，塞丝的幸福时光戛然而止。白人男性入侵黑人赖以存身之地，手无寸铁的塞丝如一头困兽，用她自己的方式保护着襁褓中的孩子。作为弱势群体的黑人妇女，在黑人男性缺场的情况下别无他法，为了不让孩子重复自己做奴隶的命运，塞丝选择用最极端的方式捍卫孩子灵魂的自由。"失去了做人的基本条件，就很难表现为人。越是捍卫自己的人格，就越会做出野蛮的事"（邱美英，2006）。塞丝宁愿背负杀婴的罪名，也不愿让她的女儿遭受"学校老师"等人毫无人性的欺凌和压榨。她认为作为母亲，自己有权力保护孩子，有权力决定他们的前途和去处。塞丝以不可逆转的反叛和孤注一掷的努力挑战白人权威，以惨痛的代价在最疯狂的层面书写了一个黑人母亲的权力。面临种族和性别歧视的双重压力，塞丝疯狂的母性促使其用血淋淋的方式吓退了侵略者，以此来承担自己作为母亲的职责。

然而尽管在黑人占主流的黑人聚居地，塞丝的这一杀婴举动也不被人所理解。黑人群体给予的不是同情与关心，而是鄙夷、嫉恨与唾弃。他们无法看到，杀死婴儿的真正凶手不是这位给予孩子浓得化不开的母爱的黑人母亲，而是将黑人视作私有财物、逼迫黑人母亲不得不用这种极端方式保护自己孩子的白人奴隶主。为了能够给死去的女儿树立一块墓碑，塞丝不得不向白人雕刻师出卖自己的肉体，用十分钟换取七个字母。而这漫长的十分钟清楚地表现出塞丝作为黑人女性生存的艰难。在男权社会中，女性永远处于被压迫的地位。一个正在经受丧女之痛的可怜母亲的小小请求，居然需要通过这种向男性出卖女性尊严的行为才能够得到满足。但为女儿命名的行为同时也表

现了塞丝对自己文化身份的书写，对自己种族的根的追寻。塞丝这种可怕可敬的母爱，一方面表明了奴隶制度和种族主义下的兽性的罪恶，另一方面反映出黑人女性为了她们的种族而斗争的巨大勇气。

杀婴的直接后果是塞丝被警察逮捕投入监狱，与外界隔绝。尽管两年后废奴法案的确立让塞丝走出了囚禁她的监狱，但她被无形的舆论和异样的眼光囚禁的日子才刚刚开始。18 年来，小女儿丹芙在母亲的告诫之下几乎没踏出过家门一步。仅有的一次出门读书的尝试，也因一个男生对她母亲事件的询问而终止。保罗·D 的到来终于让清冷孤寂的 124 号有了笑声，他给塞丝带来组建新家庭、憧憬幸福生活的希望。然而当他得知塞丝的杀婴事件之后，却不能接受塞丝绝望时的选择。如黑尔一般，他选择逃避，离开了塞丝。加纳之前标榜的"甜蜜之家"男子汉的形象瞬间土崩瓦解。保罗·D 与塞丝有着相同的种族背景，并且共同拥有一段甜蜜的生活记忆，但即便关系如此亲密，他还是无法从一个母亲的角度出发客观地看待塞丝的杀婴举动。他的误解与谴责，表明男性与女性在思想上难以融合的差异与隔阂。

4. 摆脱鬼魂纠缠

宠儿的鬼魂充满怨气，一直纠缠着蓝石路 124 号。她赶走了塞丝的两个儿子，加速了贝比·萨克斯的死亡，将 124 号与黑人社区的其他成员隔离开来。她不断地在 124 号制造事故，摔碎镜子或者在蛋糕上留下手印，逼迫塞丝时时刻刻想起当初的杀婴行为，让其生活在不断的内心折磨之中。尽管保罗·D 到来之后的一顿狂摔乱砸暂时赶走了鬼魂，但宠儿并不死心，在母亲的生活刚刚回暖之时，借尸还魂，与塞丝等人生活在一起。她加倍地向母亲索取着爱，通过种种手段逼走保罗·D，企图霸占母亲。当塞丝认定宠儿是死去的女儿阴魂再现时，非但没有害怕，反而惊喜万分。塞丝对女儿淋漓的爱使她 18 年来一直生活在内疚之中，无时无刻不在承受着煎熬，无法过上正常的生活。而宠儿阴魂的出现给了她一个弥补的机会，她心甘情愿地伺候她，无私地奉献一切作为爱的补偿，任宠儿膨胀的贪欲占有她的一切，完全丧失了心智。

在宠儿肆无忌惮的索求即将夺去塞丝的生命之时，一直贪恋于宠儿的陪伴并且倾心照顾宠儿的丹芙在母亲与姐姐的鬼魂之间做出了选择。她在 18 年的隔绝和放逐后终于走出了蓝石路 124 号的院子，踏向"那个外部世界的入口"（王守仁，1999），寻求黑人社区同胞的帮助。

在帮助塞丝摆脱鬼魂纠缠的过程中，黑人女性的姐妹情谊发挥了巨大作用。黑人女性的生存空间一直都是莫里森探讨的主题，她的作品显示黑人女性间的姐妹情谊在危难中能够温暖彼此，帮助她们摆脱困境顽强生存。威明斯认为姐妹情谊"是这样一种关系，黑人女性之间相互信赖，并自愿分享她们各自的种种情感、焦虑、希望和梦想。她们相互理解、相互支撑"（Weems，1994）。威明斯高度赞扬了黑人女性之间的这种关系，并宣称"没有任何关系可以代替姐妹情谊"（同上）。

然而《宠儿》中姐妹情谊的发展并非一帆风顺。杀婴事件发生之前，贝比·萨格斯的幸运遭到黑人姐妹们的嫉恨。贝比的整个家庭都从奴隶制下逃脱出来，尽管她把自己的幸运变成予以黑人同胞的礼物，组织奴隶同胞逃生并为他们无偿提供食宿，但这种无私的精神和成功的光芒反而成了与其他黑人家庭之间的藩篱。黑人同胞对贝比·萨格斯的嫉恨致使他们在看到"学校老师"和他的两个侄子的白人身影出现在黑人社区时并未及时向塞丝通风报信，从而间接导致了塞丝无奈的杀婴之举。而塞丝的骄傲又是引起他们憎恨的另一源头。白人奴隶主的出现"造就了整整一个种族的卑微感和奴隶感"（Matuzmutuz，1989），黑人从来就认为他们不可置疑地要比白人低下，他们只能处在被白人定义的位置上，他们甚至认为黑人女性没有做母亲的权利，只是一种繁殖和喂养的工具，所以塞丝"因为拒绝成为喂养者而自我定义为母亲的做法遭到了社区其他女性同胞的憎恨"（Grewal，1998）。而宠儿的鬼魂现形一事却使得黑人女性清楚地认识到，只有全社区的同胞们将他们心中的恶意情绪去掉，才能驱除这个鬼魂。因此丹芙的求助得到了热烈响应，在琼丝夫人的领导下，全社区的同胞们，尤其是女人们，拿出他们本来就很少的食物来接济塞丝一家。从这次食物捐赠开始，整个社区又逐渐恢复了它曾经那种宽厚热情、相互扶助的和谐氛围。在经历了长时间的误解、嫉妒甚至憎恶之后，纯粹的姐妹情谊重新回到这个黑人社区。而最终"三十个女性的团体缓缓地向蓝石路124号房屋走去"（王守仁，1999），从宠儿的手中救出神志不清的塞丝。她们用黑人女性所特有的凝聚之力宣告了一个种族女性寻求集体生存价值的精神实质。

5. 结论

美国黑人女性身处白人主流文化和黑人男性中心文化的夹缝之中，同时进行着反抗种族歧视和性别歧视的两种艰苦斗争。作为黑人女性的代表，塞丝通过逃离奴隶庄园和杀婴这种极端的方式来捍卫子女的自由，维护了黑人母亲的尊严。在黑人男性缺场的情况下，黑人女性通过自身艰苦卓绝的斗争，摆脱了奴隶的身份；在黑人姐妹情谊的支撑下，从内心的折磨中解脱出来，获得精神上的自由。赛丝的艰辛坎坷的自我拯救之路反映了黑人妇女不甘奴役，不甘压迫，为自由和尊严而抗争的人性的光芒。

冲突与化解
——生态女性主义视角下的《霍华德庄园》

摘要：本文从生态女性主义角度出发，分析《霍华德庄园》中出现的重重冲突，指出以主人公玛格丽特为代表的女性为化解冲突所做的努力，旨在强调现代文明的发展不应背离生态文明，而应将两者结合起来，创建一个和谐统一的社会。

《霍华德庄园》是爱摩·福斯特早期最成熟的一部作品。小说以霍华德庄园为背景和主线，讲述了代表现代工业的威尔考克斯一家与代表传统自然的施莱格尔姐妹之间的冲突。本文欲从生态女性主义角度出发，探讨这些冲突产生的原因，以及玛格丽特为了将传统与现代、自然与工业、物质与精神相调和而做出的努力，旨在表明：物质逐渐发达的现代文明不应背离和抛弃自然生态家园，而应将两者结合起来，创建一个和谐统一的社会。

1. 工业与自然的冲突

1974 年，法国女性主义者弗朗西斯娃·德·奥波妮（Francoise d'Eaubonne）在《女性主义或死亡》（"Le Feminisme ou la mort"）一文中呼吁女性参与拯救地球的工作时，最先提出了"生态女性主义"（ecofeminism）这一术语。她将生态思想和女权思想结合在一起，揭示了自然和女性之间存在的重要的、天然的联系。自然是人类生存和发展的基础。

现代工业利用自然丰富的资源创造了高度发达的物质文明和精神文明，随之而来的却是人类对自然的破坏和离弃。这不仅带来了严重的生态危机，还隐藏着不容忽视的精神危机。生态女性主义"质疑、解构和颠覆生态危机的思想根源——人类中心主义宇宙观，倡导人类返璞归真，回归自然的天性，建设人的精神生态，倡导多样性，重整天人合一的宇宙观"（陈茂林，2006）。

《霍华德庄园》中，女性是自然的忠实维护者。霍华德庄园在小说中是最重要的背景，既是起点，也是终点。它是威尔考克斯家族的遗产，却是威尔考克斯太太由娘家继承而来，充当了威尔考克斯太太精神家园的角色。威尔考克斯太太在霍华德庄园几乎度过了一生，她手持干草，拖着长裙在青草地上逶迤而行的形象在读者脑海中已成定格，堪称经典。不管是玛格丽特还是其妹妹海伦，对霍华德庄园的喜爱都溢于言表。玛格丽特最先通过海伦的信件认识了霍华德庄园。海伦对霍华德庄园热情洋溢的描述，显示了大自然对久居城市的人们带来的强烈的心灵震撼。以威尔考克斯太太和玛格丽特为代表的女性对自然的态度是虔诚而敬畏的。她们为工业社会中各种破坏自然的现象而心痛不已。玛格丽特所居住的威克汉老巷里一栋栋公寓拔地而起，而威尔考克斯太太也随着丈夫搬到了威克汉老巷里与玛格丽特居所相邻的一栋豪华公寓中。离开了霍华德庄园的威尔考克斯太太一病不起。在与玛格丽特的短暂交往之后，当得知玛格丽特一家居住的老房子即将被房地产商推倒改建公寓时，威尔考克斯太太认为这"简直不可理喻，这很不公道……和你们的住宅生生分开，你父亲的住宅啊——这实在要不得的。这比死去还糟糕……人活一世，要是不能在出生的屋子里死去，他们所谓的文明还算是文明吗"？"霍华德庄园也差一点被推倒了。要是真拆掉，我也活不成了"。对女性来说，房子不仅仅是遮风挡雨的立足之所，它更是一种象征，一种支撑。房子比人更长寿，它们往往由父辈、祖父辈手中继承而来，它们承载着希望，是生命的延伸。

而代表着现代工业社会的威尔考克斯父子对待自然的态度却截然相反。威尔考克斯先生无视妻子的精神需求，恣意破坏霍华德庄园的格局。他们与她奉行的"温和的保守主义"作斗争，费尽口舌说服她做出让步，把牧场改建成了车库。他们广置房产，在他们眼中，霍华德庄园只是众多房产中毫无

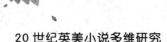

特色的一处落脚点。生态女性主义者认为女性更接近于自然，而男性伦理的基调是对自然的仇视。威尔考克斯先生和大儿子查理将自然视为可以任他们处置的无生命特征之物。房子对他们来说，与其他用金钱购置的商品没有任何区别。依靠汽车，他们可以迅速从一所房子转移到另外一处。而房屋的买卖于他们而言也是最平常不过的事情。玛格丽特因威尔考克斯先生为女儿艾维在奥尼顿山庄举办的婚礼而感动不已，甚至决定定居于此，而威尔考斯先生却早已打算将房子脱手，另觅佳处。男性将自然视为可供工业生产随意使用的资源，而房屋也只是自然的一部分。所有的出发点都是经济利益，一切妨碍其经济雪球越滚越大的障碍，他们都会毫不留情地予以扫除。

2. 男性与女性的冲突

机械论自然观的二元论认为身体总是不如心灵、精神那么高贵，所以人比自然更高贵，女性总是要比男性低一等。麦茜特（Carolyn Merchant）从这样一个角度来分析，认为对于自然界的支配与压迫和对于女性的支配与压迫在思维框架上是同源的，由此开创了对二元论的批判。

《霍华德庄园》将威尔考克斯太太塑造成传统作品中贤妻良母的形象。她终身为家庭操劳，抚育子女，维护丈夫的权威，给丈夫提供一个安静平和的家庭环境。这一形象符合男权世界的标准，得到威尔考克斯先生的大力赞扬。妻子病逝后，他念念不忘妻子的"贤惠"，认为"数不清的女人性情乖张，反复无常，要么感情用事，要么举止轻薄，或东或西的，来得快也去得快。他的妻子却不是这样"。在以男权为中心的威尔考克斯家庭中，"父亲的绝对权威使得其他成员处于弱势地位，尤其是女性成员的权力更受到限制"（秦勤，2009）。女性主义者埃莱娜·西苏认为："在男权中心社会中，男女的二元对立意味着男性代表正面价值，而女性只是被排除在中心之外的'他者'，只能充当证明男性存在及其价值的工具、符号。"（朱立元，1997）。威尔考克斯太太的一生都奉献给了家庭，奉献给了丈夫和子女。她兴趣单一，文化知识狭隘，所有的才能都被局限于家庭。

如格里芬（Susan Griffin）指出的那样，柏拉图的二元论使男性以主人的心态驯养女性，就如驯养家畜（及自然）一样，给予其良好的生活照顾却限制其自由。表面上威尔考克斯太太受到丈夫的尊敬和子女的爱戴，但实质上她只是作为他们的全职佣人而存在。当她的遗嘱曝光时，弥漫在威氏家庭的哀悼气氛瞬间转变成了对威尔考克斯太太将霍华德庄园留给玛格丽特这一"背叛"行为的愤怒。威尔考克斯先生没有尊重亡妻的遗嘱，而是一味指责，偷偷将她的遗嘱烧毁。威尔考克斯先生对妻子遗嘱的态度表明了妻子在他心目中的真正地位。再怎么赞美她的美德都是虚空，他作为家长制的权威，要求妻子对自己唯命是从，一旦她的行为超出他的理解，他就断定妻子当时头脑出了问题。他永远无法将威尔考克斯太太看成跟自己同等地位的人，相反，她只能处于自己的支配之下。她所受到的待遇跟他对房子的处理没有本质的区别。

玛格丽特是新时代女性的代表。她受过良好的教育，热爱艺术，将音乐当成生命中不可或缺的一部分。尽管她在物质上欣赏威尔考克斯的实干精神，但在精神方面，却无法忍受威尔考克斯虚伪的道德面孔。玛格丽特在艾维的婚礼上发现了威尔考克斯不可告人的秘密：他曾在十年前背叛威尔考克斯太太包养情妇。恼羞成怒的威尔考克斯将整个事件迁怒于玛格丽特，并准备与她解除婚约。玛格丽特原谅了威尔考克斯年轻时犯下的错误，但当她未婚先孕的妹妹海伦请求在霍华德庄园住一晚时，威尔考克斯却戴上了虚伪的道德面具，宁可与玛格丽特闹翻也不同意一个孤苦无助的女子的请求。玛格丽特终于爆发出来，大声谴责威尔考克斯的伪善与残忍。威尔考克斯将自己视为统治逻辑的执行者，而在执行的过程中却使用双重标准，放纵自己的同时苛求女性符合父权制文化对女性贞操的要求。

3. 物质与精神的冲突

女性主义者对发展的概念提出质疑，她们认为，"发展"这个概念是基于西方男权制和资本主义关于经济进步的概念而形成的，以为变革必须走线性发展的道路。从文化上讲，这个概念具有局限性，但却被奉为神明，在全世界通用。它不仅带有霸权主义特征，而且与女性运动所强调的基本价值观背道而驰。女性运动的价值是去听取无权者的呼声，尊重差异性；而发展概念不重视个体，不重视社区层面，只是从经济角度评估人类与社会的进步，却不考虑诸如文化、社会、政治、精神等人类的贡献。

英国是开拓殖民地最早的国家之一。殖民主义是工业革命的需要。英国虽没有人口爆炸的威胁，没有海外殖民的需要，但机械工业大规模生产出来的产品需要海外市场，更需要海外的原材料。威尔考克斯先生即为这种交换过程的操作者。他依靠商业手段，在西非置下了大量土地，种植橡胶，成立了"帝国与西非橡胶公司"，生意越做越大，成为商界重量级人物。他们的两个儿子也分别成为他的得力干将，辅佐其事业发展。然而欣欣向荣的经济发展并不能掩盖其精神世界的空虚与匮乏。他冷漠无情，对底层阶级毫无同情之心。在误导巴斯特放弃稳定的工作继而导致他贫困潦倒后，威尔考克斯声称自己并不应担负任何责任。他将文明化的进程比喻成一只鞋，无耻地认为巴斯特只是被这只鞋夹了一下脚。十年前他背着威尔考克斯太太在塞浦路斯包养情妇，十年后事情捅破，他却一味为自己开脱，认为男人一辈子总有出毛病的时候，即使最强大的男人也不可避免，假惺惺地悔过，实则只是将悔过当成挡箭牌。

而施莱格尔姐妹则代表了全然不同的精神生活。她们受过良好的教育，积极参加上流社会的文化活动，精神世界丰富，思想独立，对爱情和婚姻有自己的见解。祖上给她们留下了遗产，每年有六百磅的收入，但她们却只是将金钱看成是一种教育，认为"比起钱能买到的东西，钱的教育作用更大"。她们没有贪图金钱带来的舒适，认为灵魂世界肯定优于世俗世界。失去双亲的施莱格尔姐妹更加独立与自由，她们为自己创造了一个精神世界，在这个精神世界里，她们讨论民主、平等、音乐、戏剧、贫富差距、社会责任等。她们对待底层青年巴斯特的态度，更是与威尔考克斯先生形成了鲜明的对比。施莱格尔姐妹热心地为巴斯特的工作张罗，为他贫困的生活而担忧。海伦更是认为穷人更穷的原因是富人更富。她们尊重差异性，倾听无权者的声音，并没有因为其经济条件和社会地位的低下而歧视他们。在海伦未婚先孕孤立无援时，玛格丽特没有一声指责，而是处处袒护着妹妹。她的那种以人为本的自由人文主义精神深深地感动着读者。

4. 冲突的化解

玛格丽特是《霍华德庄园》的灵魂人物。她充当着两个世界的媒介，将工业与自然、男性与女性以及物质与精神联结起来。

玛格丽特既是自然的维护者，又是工业的拥护者。她热爱霍华德庄园，感动于庄园里的一切——高大的山榆树、长进树桩里的猪牙、生机勃勃的草坪。她为庄园的荒芜而叹息，又为庄园重新焕发青春而欣喜。同时，她也意识到工业的重要性："如果几千年来没有像威尔考克斯这样的人在英格兰实干，那么你我别说坐在这里，活都活不成了。没有他们，便没有火车，没有轮船，把我们这些文化人运来运去，连田野都没有了。"玛格丽特肯定工业对人类发展的积极作用，并没有因为现代工业文明推倒了她在威克汉老巷住了三十年的老宅而心生怨恨。她积极寻找新的住宅，在现代化豪宅与乡间农庄相比，她更倾向于后者。经过重重波折，她最终投入霍华德庄园的怀抱，听到房子的"心跳声"，继承了威尔考克斯太太的精神家园，于无意识之中完成了威尔考克斯太太的遗愿。

与威尔考克斯先生"贤惠"的亡妻不同，玛格丽特并不一味盲从丈夫。她始终保持着独立精神，无意让任何一个男人或者女人成为自己生活的全部。她正视男性与女性的差异，认为自己身上有很多东西丈夫无法理解，也永远不会理解。而她在欣赏丈夫实干精神的同时，又透过他可靠勇敢的表象看到其灵魂的污点。在其丈夫借口海伦未婚先孕伤风败俗拒绝她在霍华德庄园住一晚的请求之后，玛格丽特逼迫丈夫直视他的虚伪与残忍，抗议男性用双重道德标准来要求男性和女性。威尔考克斯在儿子查尔斯身陷囹圄之后精神崩溃，求助于玛格丽特。玛格丽特敞开母性的胸怀重新接纳了他，并且在她的努力之下，让威尔考克斯和海伦接受了彼此，在霍华德庄园和谐相处。

面对威尔考克斯精神方面的缺陷，玛格丽特起初一再包容。尽管海伦当面指责威尔考克斯在巴斯特事件上残忍而不负责任，但作为妻子的玛格丽特并未与丈夫产生正面冲撞，只是委婉地请求威尔考克斯考虑给巴斯特一个职位。在情妇事件曝光后，玛格丽特也一再妥协，说服自己原谅丈夫年轻时的过错。然而海伦事件却让她忍无可忍。她的抗议不仅仅针对自己的丈夫，也是对商业时代带给上流社会的精神黑暗的批判。威尔考克斯家族对底层阶级的歧视与欺压最终导致两败俱伤：巴斯特丧命，查尔斯入狱。一直坚持物质至上的威尔考克斯终于意识到再多的金钱都挽救不了自己精神的空虚，低头向玛格丽特寻求帮助，任她处置。最终，他选择将霍华德庄园留给玛格丽特，甚至同意让海伦的私生子在玛格丽特去世之后继承霍华德庄园。这一遗产的分割，表明玛格丽特的不懈努力终于让丈夫达到了对她精神上的认同。

5. 结语

本文从生态女性主义角度出发，重新解读《霍华德庄园》，分析文中出现的工业与自然、男性与女性、物质与精神之间的冲突。这一切冲突的出发点皆是以男性为主导的社会压迫自然和女性，将自然和女性视为附属之物，妄图将自然和女性置于男性霸权的控制之中。而玛格丽特化解冲突的努力表明，女性与自然更加接近的特点赋予了女性解决现代文明发展中各种冲突的优势。现代文明只有在发展的过程中重视女性的作用，重视生态文明的发展才能创造一个和谐稳定的社会。

温柔的冲击
——对《夜色温柔》的女性人物解读

摘要：菲茨杰拉德的《夜色温柔》生动描绘了风格迥异的女性角色，从女性主义批评的角度出发，重点评析罗斯玛丽、尼科尔·沃伦和巴比·沃伦以及她们对男主人公迪克·戴弗的影响，揭示戴弗的理想破灭正是父权主义陨落的缩影。书中女性的转变隐喻了女权主义的崛起，女性寻求自我的解放和独立。

1. 引言

F. 司各特·菲茨杰拉德被誉为"迷惘一代"的代表作家、"爵士乐时代"的"桂冠诗人"以及杰出的"编年史家"，他的作品生动再现了 20 世纪二三十年代美国的社会风貌与大众的精神价值观念，用凄婉深刻的笔调描绘了第一次世界大战后"美国梦想"幻灭给人们带来的失望与苦闷，揭示了那个时代悲观消极的情绪。《夜色温柔》是菲茨杰拉德生前所完成的最后一部长篇小说，主人公是一名叫作迪克·戴弗的才华横溢的精神科医生，他爱上了自己诊治的富家女病人尼科尔·沃伦，不顾所有人的反对与之结婚。但在妻子恢复健康后戴弗却遭到无情抛弃，孤身一人回到美国小镇行医度日。

《夜色温柔》在 1934 年出版后并没有像预期那样在评论界广受好评，甚至不少评论家认为这部作品结构松散，逻辑混乱，条理不明。随着时代的发展，小说最终得到公允的评价，被认为是菲茨杰拉德最优秀的作品之一。海明威曾评价说，这是一部"令人越读越感到趣味无穷的小说"。小说的叙述结构具有后现代风格，创造了独特的空间形式效果，其中穿插、倒叙、闪回、意识流写作手法使用频繁。小说描绘了众多人物，性格特点差异巨大，丰满了故事情节，尤其是文中各具特色、品貌迥异的女性角色，她们在男主人公迪克的思想变化及理想破灭的过程中起着重要的影响作用，对迪克的理想、现实与未来产生了冲击，使他最终走向绝望与迷惘。

2. 理想的冲击——罗斯玛丽的蜕变

整个故事的开篇是从罗斯玛丽的叙述角度展开的，让读者误以为故事的主角就是罗斯玛丽，但在随后的篇章中，对罗斯玛丽的描写只有零星的段落。但是罗斯玛丽对于迪克的理想有着沉重的打击，她用自身人格的蜕变将迪克对生活的崇高理想打击得支离破碎。

著名文学家、女权运动的创设者之一波伏娃在她的著作《第二性》中说："女人不是天生的，而是后天造成的，是传统的习俗和男权社会的需要造就了女人。""女人是雌的，某种程度上连她自己也这么想。本性其实没有限制女人，而是她在自己的情感生活中，为了自身利益同本性交流时，限定了她自己。"（Beauvoir，1953）。罗斯玛丽是作为一面镜子来映照男主人公迪克的，初见迪克，她刚年满 18 岁，青春活力，就像"从美国资本主义社会中诞生的美国式的阿芙洛狄忒女神"（Burton，1985），纯真质朴，因其主演的电影《父亲的女儿》大受好评，在影视界崭露头角，对上流社会的一切才刚感到新鲜好奇，涉世未深。在她看来，迪克英俊潇洒，成熟稳重，更吸引人的是他的处事态度，统领全场的社交手腕令她折服。

他显得和蔼可亲，风采动人——听他的口气，他一定会照顾她的，而且过些时候，他就会为她打开一个全新的世界，展现出无穷无尽的壮丽前景。他设法在介绍她的时候不提她的名字，而让她轻易地明白大家都知道她是谁，但完全尊重她的私生活——这种谦恭有礼的举动自从她成名以来，除了来自职业老手，罗斯玛丽还没有见识过（Burton，1985）。

在这里，迪克是父权社会威严荣誉的象征，他拥有掌控场面的优雅气度，而罗斯玛丽作为映衬迪克的镜子，放大了迪克的父权影像，她的单纯懵懂反衬迪克的从容世故，他"代表着一个阶级的最高进化"（Burton，1985），是男权主流文化的代表。在男权社会中，女性被符号化，通常被定义为两种形象，"天使"与"妖妇"，"女性在这一逻辑中没有自我辩说的能力，成为失语和沉默的一方"（荒林，王光明，2001）。罗斯玛丽是作为天使形象登场的，18 岁的她美丽而纯真，"她那粉色的手掌似乎具有一种魔力，她的脸蛋闪现出娇艳迷人的光彩……她的两只水汪汪的大眼睛清澈明亮，闪闪发光，她的脸蛋天然红润……"罗斯玛丽的美被物化，女性身体被分割成一个个部分，她身体的每一个部分都是符合男性审美标准的一个个物体，这时的罗斯玛丽还没有意识到男性对她年轻身体美貌外表的贪恋，反而以受到关注为荣，她还只是没有独立个人意志的供男性观赏、评论且屈服于男权话语的失语的"他者"。她顺从地接受迪克的安排并自认为这符合她的意愿，这种顺从就是父系制度根深蒂固的产物。迪克在与罗斯玛丽的恋情中，始终将自己置于一个父亲的位置，他不止一次地对罗斯玛丽感叹说："真是一个可爱的孩子。"（Burton，1985）此刻的她也象征着过去的迪克，抱有崇高的理想，想做"一个出色的心理学家，也许是有史以来最伟大的心理学家"，她无私地给予迪克力量，用自己的道德价值观念约束自己、展现自己最好的一面。

但是罗斯玛丽并没有一直保持男权社会期待的天使模样，在好莱坞拍戏的四年里，她的女性独立意识开始觉醒，在感情世界中不再充当被动服从的角色。她会主动安排与迪克会面的时间，会拒绝迪克的要求，会带领他参观摄影场地。她懂得"把灯光调暗一点，这便于谈情说爱"（Burton，1985），"她学会了含糊其辞，使最简单的一句话也具有了隐晦的含义"，而迪克则会出于嫉妒而叫嚷"'他是个西班牙佬。'他嫉妒得发狂，不想再受到伤害"（Burton，1985）。罗斯玛丽女性意识的崛起让男权话语的代表有了危机感："他不无惊恐地看出，他们之间的关系就要滑坡……他第一次想到，罗斯玛丽比他更加主动地掌握着操纵杆。"迪克在最后离开的时候说："我想我就像瘟疫一样，看来不会再给别人带来幸福了。"（Burton，1985）迪克的这番自白揭示男权话语已然处于劣势地位，父权制度走向衰落，他再也不能掌控罗斯玛丽的情感，男权威严的大厦濒临倒塌，罗斯玛丽在情感上的独立对男权社会的冲击，是女性意识崛起的体现，给予理想主义的迪克沉重的一击。

3. 现实的冲击——尼科尔的情变

如果说罗斯玛丽的蜕变在理想上给予迪克沉重的打击，那么尼科尔的情变则是在现实中将迪克的男权地位击溃。

尼科尔与迪克最初是以精神病病人与医生的身份相识的，他们的地位是不平等的，迪克健康而智慧，是男权社会的价值典范，而尼科尔疯疯癫癫，精神状态虚弱，处于被拯救的弱势地位，与父亲乱伦的经历在她意识深处造成深深的人格损毁及心理障碍，而她却在伤害造成后还安慰她的父亲："别担心，别担心，爸爸，没关系。别担心。"她将自己置于女性的弱者地位，"女人的自卑情结，是她表现出的对她的女性气质感到自卑并加以反抗的方式。父亲在家庭的主宰地位，男人的各种优势，她自己被灌输的教育——所有事情都让她确信男性才是优越的"（Beauvoir，1953）。即使在与迪克结婚后，尼科尔也是处于依附的弱者地位，她从父亲的控制之下转而走向丈夫的控制之下，她需要迪克的专业知识和照料来带领她恢复健康。男权社会中，女性依附男性，在整个社会文化系统中保持缄默，尼科尔的"失语症"正是这一现象的体现。男性创造了"关于女性的符号、女性的价值、女性形象和行为规范，而女人只为符号服务，以忠诚、耐心和绝对沉默表达了符号，她自己本人则被一笔勾销"（罗婷，2002）。

尼科尔的病情逐渐康复，一同康复的还有她的自主意识，她不再甘于担当迪克的依附角色。她开始拥有自己的独立人格以及处事态度，她会为了自己的孩子与友人争论，懂得用金钱驱赶凶猛的女仆，避免迪克受到伤害。她开始以一种掌控局面的身份出现在她与迪克的情感中。她用自我的眼光审视迪克，却发现一贯以父辈和上帝自居的他"那一贯正确的可怕本是终于弃他而去"，迪克不再显得从容不迫，风度翩翩，她甚至开始厌恶迪克的待人接物："他又得罪人了——难道他就不能把嘴闭得时间再长一点儿吗？""对迪克把他们引到这儿，自己喝得醉醺醺的，挖苦人时锋芒毕露，弄得丢人现眼，同样也很气愤。"（Burton，1985）不仅如此，迪克在体力上也有衰退的迹象，连续三次都没能完成托举的动作，这些都是男权形象的坍塌。从思想到肉体，象征男权社会威严睿智的迪克正一步步地退出对尼科尔的掌控和吸引。

最后，尼科尔彻底放弃迪克，转而爱上汤米·巴尔邦，她发出关于情变的呐喊："别的女人也有情人——为什么我不能有呢？……有关男性世界的种种禁忌消失了……"这种质疑代表了她女性意识的崛起，不再将自己视作男性的附属品，开始寻求对等的地位，表明她已经跨入女权运动的行列。"按照波伏娃的界定，一位女性只要把男人看作'他人'时，这也就是她女权主义意识萌发之际。尼科尔的女权主义意识的萌发标志着她开始作为一个受迫害的觉醒者出现在社会舞台的前台与男性一样分享权力。在她创建的戴安娜花园里，尼科尔开心地回味着两个男人为她而生的争端，发出了'做个头脑清醒的骗子也比头脑不清醒的清教徒好'（Burton，1985）的觉醒者的呐喊。她性格逆变的最终实现，便是选择了属于自己的生活方式，按自己的意愿选择意中人"（张勤，2001）。

尼科尔给予迪克的打击是将他现实的男权地位击溃，用自己情感的转移表现自己独立人格的苏醒，她脱离了迪克，能够独立行动，即使不再依赖迪克也能感受到快乐。尼科尔病情的恢复情感的转移以及最后迪克的退场就是女权思想崛起的象征，女性成了掌握话语权的控制中心，在社会和心理上占有优势，而父权主义正在瓦解。

4. 阶级的冲击——沃伦家族的态度

父权思想的产生是因为女性生理上的弱势致使她们无法独自获取生存资料，需要依附于男性。"女人的自我意识不是取决于她的性征，它实际上取决于社会经济环境，这一环境又反映了人类所达到的技术发展水平。从生物学上来看，女人具备以下两个主要特征：'对世界掌握的广度不及男人，物种繁衍的压迫程度更深'"（Beauvoir，1953）。把女人单纯视为一种生产力是不可想象的，对于男人，她是性伴侣，是生殖者，一个他用以证明自己的"他者"（Beauvoir，1953）。

在《夜色温柔》中，巴比·沃伦是尼科尔的姐姐，家境富有，她与迪克有着物质与阶级上的差异，正是这种差异，又给予了迪克男权地位的沉重打击。即使迪克与自己的妹妹尼科尔结婚，悉心照料尼科尔，巴比并没有将迪克视为自己的家人，而始终将迪克看做家族雇佣的医生，完成帮助尼科尔恢复健康的使命。她刚与迪克见面，便直言不讳地表达想买一个医生的愿望："父亲在大学里掌握着一些教授和研究员的职位以及其他一些位置的支配权……肯定会有很多医生来争取这个机会的。"（Burton，1985）迪克极力想维护自己经济独立的地位，尽力用自己的薪水维持着自己的自尊心，"拒绝同这笔钱有任何牵连"。但事实都是迪克享受着尼科尔的金钱带来的奢华生活，便捷旅行，甚至用尼科尔家族的钱与弗朗茨合开了诊所，他自己已然认识到："目睹他父亲在贫困的教区苦苦挣扎，他在基本淡泊的天性之外又萌生出对金钱的渴望。这并不是对往后生活保障的有益而必要的考虑——他从来没有过像与尼科尔结婚那会儿感到那样充满自信，那样独立自主；然而，结果他却像一个舞男似的身不由己，俯仰从人，不知怎的竟把自己的聪明才智锁到了沃伦家的保险箱中。"（Burton，1985）

迪克作为男权社会的代表，却没能拥有掌控权让女性来依附他，相反自己都要依附于沃伦家族的财富。从他迎娶尼科尔的那一刻起，他便被赋予了商品的价值，无力摆脱金钱对他的控制。沃伦家族在物质和阶级上对他进行打压，他对生活和未来感到失落和绝望，于是他做出了一系列疯狂的不符合以往绅士的行为，酗酒、与出租车司机争执还辱骂殴打警察，被关入监狱，结果是巴比奔走为他打点，找领事馆并出钱救他出狱，男权社会的威严和地位在这一刻荡然无存。巴比认为："这真是一个困苦艰难的夜晚，但她却得到一种满足，因为不管迪克以前的表现如何，如今她们在道德方面占了他的上风，只要他对她们还有用处，这种优越地位就会一直保持下去。"（Burton，1985）依托着家族的优势，巴比掌握了女性的话语权，迪克的男权制度走向衰落，打破了男权主宰的传统，象征着女权文化的崛起。

5. 总结

19世纪后，西方近代工业文明迅速发展，封建社会文化对人类精神的束缚逐渐松动。在这种社会背景下，妇女要求在家庭中具有同男子相等地位的呼声越来越高，女权运动开始萌芽。《夜色温柔》的故事背景与女权运动的兴起相契合，通过对罗斯玛丽、尼科尔·沃伦和巴比·沃伦三个重点人物的蜕变分析，演奏出一曲现代父权文化衰落的哀乐，女性不再受制于男权社会制定的规范与准则，开始寻求自我人格的独立和情感的解放。迪克的失望悲观正是由于受到理想、现实和阶级的三重打击，他是男权社会的典型，他的结局正是父权思想陨落的缩影。

反抗男权 重塑自我
——《紫色》妇女主义解读

摘要：本文以《紫色》中主人公茜莉成长历程为视角，将妇女主义思想解读为四个阶段：唤醒黑人女性的身份意识；反抗男权压迫和奴役；重塑独立自强的黑人女性；实现男女平等与两性和谐。

艾丽丝·沃克（Alice Walker）是当代美国著名的黑人女作家，被誉为"黑人妇女写作文艺复兴运动的灵魂人物"，她的创作主要植根于南方黑人社区生活，尤其关注黑人妇女的生存状态。沃克本人也曾说过："我全部心思都放在了我的人民的精神生存上了。"沃克在其作品中主要关注种族和性别双重压迫下的黑人女性，深入她们的内心世界，展示她们的彷徨、无助、觉醒和反抗，并提出了独创性的妇女主义理论，以求实现全人类的生存与完整。她的长篇小说《紫色》1982 年一经出版便畅销全国，1983 年接连获得了美国普利策文学奖、国家优秀图书奖和全国图书评论奖。

《紫色》是一部书信体长篇小说，全书由 92 封信构成。其中 70 封为女主人公茜莉所写，前 55 封是写给上帝的，后 15 封是写给妹妹耐蒂的，其余 22 封是耐蒂写给茜莉的。小说的故事发生在 20 世纪初的美国南方农村，小说的主人公黑人女孩茜莉在种族、性别歧视严重的社会环境下饱受煎熬，她先被继父强暴后又被迫嫁给了粗鲁、凶狠的黑人 X 先生，过着奴隶般的生活。由于没有可倾诉的对象，她只能给自己心中的上帝写信，倾诉内心的酸楚。后来在 X 先生的情人莎格、儿媳索菲娅以及妹妹耐蒂的帮助下，茜莉的自我意识逐渐觉醒，并开始反抗压迫，最终成长为一个独立自强、拥有完整人格和尊严的女性。

1. 沃克的妇女主义思想内涵

在《寻找母亲的花园 》一书的扉页上，沃克专门就"妇女主义者"下了定义——"黑人女权主义者或有色人种女权主义者"，并指出妇女主义者的特点和责任是"欣赏并热爱女性文化、女性情感的流动性（认为眼泪是相对于大笑而言的一种自然现象），以及女性力量 ……为全民族人民（包括男性和女性）的生存和完整而奋斗"（Walker xi）。沃克颇得评论界的关注，因为她笔下的女性角色大都与众不同，其结局也别出心裁，其"妇女主义"理论更是独树一帜。妇女主义深受白人的女权主义和黑人的女权主义影响，又有自身独特之处。沃克认为，黑人妇女不能是单纯的女权主义者，也不能是单纯的种族主义者，只能是妇女主义者。因为她们的斗争要复杂很多：从种族成分来看，黑人民族是受压迫受歧视，生活于美国社会底层的群体，他们被剥夺了土地、语言、尊严而被贩卖到异国他乡。黑人妇女是这个群体的一部分，她们势必要跟黑人男性一样承受一切不幸；从性别成分来看，她们是生活在男权社会中的女人，也处于受压迫受歧视的地位。总之，无论从种族角度还是从性别角度，黑人妇女都是"另类"。对于她们而言，种族政治和性政治一样，都是她们争取解放、提升社会地位不可或缺的部分。然而，沃克的妇女主义思想并不排斥男性，妇女主义者认为她们的最终奋斗目标是实现包括男性在内的全人类的和谐生存与完整。

2. 解读《紫色》中妇女主义思想

《紫色》中描述了女主人公茜莉的成长历程：从最初受尽凌辱、忍气吞声的黑人女孩逐步成长为经济独立、精神自主的黑人女性。沃克的妇女主义思想内涵贯穿茜莉成长过程始终，主要分为四个阶段：唤醒黑人女性的身份意识；反抗男权压迫和奴役；重塑独立自强的黑人女性；实现男女平等与两性和谐。

2.1 唤醒黑人女性的身份意识

沃克认为，"美国社会上白人的价值观及其对黑人男人的消极影响，增加了黑人妇女的精神压力，使她们蒙受沉重的'双重压迫'，即社会上的种族歧视和家庭中的夫权专制。黑人妇女争取男女平等的斗争，与其反对种族、经济压迫的斗争紧紧相关"（丁文，1997）。"身份认同（Identity）是西方文学批评的一个主要内容，它提倡重读文学经典，深入分析殖民霸权和男性中心文化，重写殖民遭遇历史以及两性冲突故事，以便重新确立身份认同的各种新标准。"（陶家俊，2004）在当代非裔美国人的身份建构上，沃克创作的黑人女性文学形象为我们提供了新的身份特征，即黑人女性要摆脱男权思想的束缚，实现身心独立，必须首先唤醒她们的身份意识。只有当黑人女性具备了

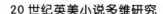

成熟的自我意识和强烈的身份感，才能赢得自立和尊严。

沃克在《紫色》中塑造的茜莉是一个受压迫受奴役而且深感悲伤迷茫无助的传统黑人妇女形象。14 岁的黑人女孩茜莉生于美国南部佐治亚州的一个贫苦的农家，她从小喜欢紫色，天真可爱，却屡遭不幸。父亲被施以私刑处死，母亲再婚后不久得了重病。茜莉孤苦伶仃，终日忙于家务，劳累不息。她糊里糊涂地被继父奸污成孕，生了一男一女，可两个孩子又先后被继父抢走而下落不明。后来继父像扔旧物一样倒赔一条牛把她嫁给了一个有四个小孩的鳏夫 X 先生。婚后，X 先生随意打骂她，把她当女仆一样使唤。她受尽折磨，却逆来顺受，默默地操持家务，悉心地照料继子女，但仍得不到丈夫的理解，内心非常苦闷，她唯一的精神慰藉就是给上帝写信，向上帝倾诉她的秘密、恐惧和忧虑，认为只有上帝才能拯救她。此时，茜莉的意识完全迷失在男权社会的压迫之下，更可悲的是，她把自己的这种软弱顺从强加于人，当茜莉的继子哈波问她怎样才能使自己的妻子索菲娅变得服服帖帖时，她甚至怂恿哈波揍她使之顺从。这个时期，茜莉认为所有的黑人女性都应该处于被奴役的地位，从而充当了压迫者的帮凶。面对这种来自男权社会残酷的欺凌和压迫，茜莉已经习惯了沉默和忍耐，习惯于从精神到身体上完全顺从男性。不知不觉中，她已经接受了男性至上的思想，心甘情愿地接受了被奴役、被压迫的地位，认为他们有权这样做。一直以来，茜莉都被这样的思想影响着，难以形成自我价值的意识，导致她的身份意识处于模糊混沌的状态。

在茜莉从一个懦弱自卑的黑人女子逐渐成长为一个具有精神独立及经济独立的妇女形象的转变过程中，黑人女性耐蒂、索菲娅和莎格起了至关重要的作用。在她们的影响和启发下，茜莉的身份意识逐渐觉醒。

耐蒂是茜莉的妹妹，她聪明、勇敢，具有反叛精神。茜莉结婚后，她不堪忍受在继父家的生活，跑来投奔姐姐茜莉，在姐姐家里读书、练字，告诉姐姐她所知道的事儿，她告诉茜莉要在家庭中得到控制权，一定要斗争。她不理会茜莉丈夫 X 先生的调戏，坦然面对 X 先生要赶走她的威胁，毅然背井离乡，在离家的路上，某某先生企图对她进行骚扰，她奋起反抗，并把某某先生弄伤，躲过一劫。临走前，茜莉请求耐蒂给她写信时，耐蒂承诺："除了死亡，没有任何事情可以阻挡我给你写信。"耐蒂后来即使在没有收到姐姐一封回信的日子里，她也坚持给姐姐写信寄信，她在信中向姐姐描述她的生活和所见到的一切新鲜事物，她乐观向上，坚信一定有姐妹重逢的一天。后来，茜莉得以看到妹妹的来信，信中的话语不仅使茜莉认识到某某先生的卑劣，也让她从中知道了外面的世界，越来越清醒地意识到反抗的必要性。耐蒂的信为茜莉实现意识觉醒和自我拯救提供了精神力量。

索菲娅是茜莉的儿媳，是茜莉的丈夫 X 先生与前妻的儿子哈波的妻子。她聪明、强壮、敢作敢为，最重要的是她有一种不肯低头的精神，她像一支勇往直前的军队那样百折不挠。"我这辈子一直在跟人打架，跟父亲打，跟兄弟打，跟堂兄弟和叔叔伯伯打，一个女孩在一个男人统治的家里是不安全的。"索菲娅意识到在黑人家庭中男性的霸权地位使女性受到许多不公平的待遇，以致黑人女性像奴隶一样没有任何自由。索菲娅没有像其他女性那样默默地忍受着一切，当索菲娅的丈夫想通过打骂来指使她做事的时候，她狠狠地对丈夫进行了还击。索菲娅为争取自由平等，奋起反抗的行为给茜莉打开了一扇新窗口，使茜莉看到了女性的存在和价值，让她知道女性也是人，也有权利去对她们所喜欢和所厌恶的东西进行选择，她们也有权利去表达自己的想法而不是完全听从男性对她们的支配。索菲娅的思想和行为敲开了茜莉沉默的心，茜莉的自我意识开始被唤醒了。

索菲娅给予了茜莉一个自由独立的女性形象，在茜莉心中播下了一颗女性意识的种子，而莎格使这颗女性意识的种子开始在茜莉心里发芽生长。最终，在莎格的帮助下，茜莉获得了精神和经济上的完全独立。莎格是一名充满魅力的布鲁斯歌手，是茜莉丈夫 X 先生的情人。X 先生把生病的莎格接到家里来调养，宽厚善良的茜莉并没有因为她是丈夫的情人而心存妒忌，相反，她却精心细致地给予照料。在茜莉的悉心护理下，莎格的病逐渐痊愈，两个女人之间也由此产生了深厚的友谊和感情。莎格性格直爽、奔放，极具独立性和叛逆精神，她勇敢地打破了男权规范强加给女性的意识形态，自主地选择自己喜欢的生活方式。莎格是一位解放了的黑人女性，感恩于在重病期间茜莉对自己无微不至的照顾，同时，当得知茜莉在 X 先生家悲惨的生活状况后，莎格决定留下来帮助茜莉。莎格教育茜莉要摆脱男权至上的观念，她说："你眼睛里没有了男人，你才能看到一切。"（艾丽丝·沃克，2008）莎格的鼓励引导茜莉走出了自卑的阴影，回归自我，找寻自身生存价值。对茜莉来说，莎格代表着一种她自己从未想象过的全新的生活方式。相对于索菲娅，莎格的女性意识更为强烈。索菲娅对自己不喜欢的东西会反抗,而莎格更为积极主动一些,她一直尽力做着自己生活的主人,主动地去尝试各种生活方式并尽力找出适合自己的那一类。虽然她的行为为世俗所不容,她依然故我,毫不妥协。她对茜莉有极大的影响,为她提供了一种全新的生活方式。潜意识中,茜莉已被莎格吸引,被她带领进入了一个新的领域。在这个领域中,女性已成为一个主体,具有自身价值。这个时候,茜莉的女性身份意识已经觉醒。

2.2 反抗男权压迫和奴役

莎格的出现改变了茜莉的命运,在莎格的启发和引导下,茜莉终于挣脱了精神枷锁,走上了自信、自强、自立之路。她不再懦弱和沉默,像以前那样逆来顺受、忍气吞声。她开始奋起抗争,为争取独立自主、平等、自由的权力而斗争。当得知自己最爱的妹妹写来的信被 X 先生藏匿多年后,茜莉愤怒地想用剃须刀杀死 X 先生,幸好被莎格及时阻止。从这里可以看出茜莉已从一个听天由命的守旧妇人转变成了一个具有反抗意识的新女性。觉醒后的茜莉反抗意识越来越强烈。她不再对自己感到羞耻,不再对男人感到害怕。当丈夫又要揍她时,她针锋相对,"用餐刀扎他的手";面对丈夫对她的讽刺,茜莉终于发泄出多年的不满:"我穷,我是个黑人,我也许长得难看,还不会做饭,有一个声音在对想听的万物说,不过我就在这里。"(艾丽丝·沃克,2008)这是茜莉的独立宣言,是她从父权制枷锁中解脱出来的标志。莎格对茜莉最重要的帮助在于她改变了束缚茜莉多年的传统观念,即男性至上的观念。莎格是具有女性意识的典型代表,她勇敢地打破了男性附加在女性身上的意识。莎格从来不听从男性对她的要求,相反,她总是要求男性为她服务。她的做法不符合当时社会规范,然而,莎格毫无顾忌,依然按照自己的原则工作生活。莎格启发了茜莉的思想,激活了她沉睡多年的自我意识,从莎格身上,茜莉看到人可以按照自己的意志去改变生活,从而改变自己的命运,不只男性对社会有作用,女性在社会中也可以找到自己的位置,发挥自身价值。

由于茜莉受奴役和压迫太久,她的肉体和精神一样麻木,甚至对女性身体的结构和作用一概不知,莎格首先通过唤醒茜莉对自己女性身体的热爱来唤醒茜莉对自己的信心。婚后多年,茜莉在莎格的引导下第一次在镜中欣赏到自己的女性特征之美,镜中的影像促进她女性意识的觉醒,是她实现自我意识的第一步。茜莉的转变体现了沃克的妇女观：妇女主义者应当欣赏并热爱女性文化、女性情感、女性力量。在与莎格发展起来的同性恋关系中，茜莉终于获得了缺失多年的爱与关怀。在莎格那里，茜莉得到了作为人应有的尊重，并逐渐恢复了做人的自信。黑人学者贝纳德·贝尔指出，"同性恋是茜莉走向自我，走向姐妹情谊和人类情谊的通道"（Winchell，1992）。女性间的爱情向来受到世俗的攻击和嘲笑，因为传统社会要求"妇女只能从男人中寻求感情的和性的实现"（玛丽·伊格尔顿，1989）。但是，沃克却对茜莉和莎格的爱情高度赞美："她们之间的关系是妇女之间的温情、关怀、帮助和互吐款曲……而非纯粹的肉欲满足。"（康正果，1994）因此，茜莉和莎格的同性恋情是具有解放意义的，是对男权压迫最有力的反抗，"得益于同性之爱，茜莉完善了自我人格，得以认识自我、尊重自我，并且开始争取自己的独立和自由，追求自我价值的实现"（蒲若茜，2001）。

　　茜莉的宗教意识也发生了变化。原来茜莉相信上帝是万能的，笃信上帝，把自己想说的话都写给上帝。对于茜莉的白人男性上帝的意象，莎格解放性地指出，上帝活在每个人的心中，既不是"她"，也不是"他"，而是"它"。在莎格的启发下，茜莉对上帝的无所不能产生了怀疑，她开始责备、质疑上帝："上帝为我做了什么？——他是个大魔鬼——（他的）举止就像我认识的其他男人一样：轻薄、健忘而卑鄙。"（艾丽斯·沃克，1988）这是茜莉性格发展和精神独立的一次飞跃，她不但对上帝至高无上的权威发出了挑战，而且向以上帝为代表的男权思想发出了挑战，这种叛逆是茜莉走向新生的一个里程碑。

2.3 重塑独立自强的黑人女性

　　美国著名的黑人女权主义学者彻丽·墨拉哥和格拉瑞·安萨尔杜在《我的背是座桥》中指出："美国少数种族的妇女，主要是黑人妇女，要与种族主义、偏见和特权、虐待妇女和暴力行为等黑暗的社会现实做斗争，也就是说，要与民族解放运动中和民族经济发展中的夫权专制做斗争。"（Moraga，1981）茜莉的反叛，不仅体现在反抗夫权、摆脱奴役地位上，而且体现在她对自由和独立的追求上。莎格给予茜莉最大的帮助就是带茜莉离家去了孟菲斯，并让茜莉明白爱一个人不意味着牺牲自我，而要为自己有所打算，对自己有足够的认识，要自立，才能得到别人的欣赏和尊重。茜莉在孟菲斯获得了真正的自由，并开始构建属于自己的生活，正如沃克在接受采访时所说："人们不仅为了生存，而且要繁荣，要热爱人生。"（王逢振，1983）在莎格的鼓励下，茜莉穿上了她原以为只有男性才有资格穿的衬裤，这是一种自我肯定的象征。后来，莎格鼓励她做裤子，裤子是传统的男性服装，而茜莉根据自己的喜好做各个样式和颜色的裤子，这也是对男权社会世俗的一个挑战：裤子不是男人的专属品，女人也可以穿样式各异的裤子。她在莎格的提议下，又创建了自己的裤子公司，发出署有自己姓名和地址的信，结束了数十年身份缺失的生活，开始了自我独立的新历程。生意越做越红火，茜莉逐渐获得了经济上的独立，经济的独立是茜莉在提高自我意识之路上迈出至关重要的一步，她第一次体会到自己的社会价值，从根本上摆脱了从属于男性的地位，实现与男性在物质和人格上的平等，由一个女性意识模糊、被男性奴役的传统女性变成了一个有思想、有人格的独立女性。通过揭示茜莉女性意识的觉醒、重建女性的声音、寻求自我身份以及独立的经济地位，沃克"把跪着的黑人妇女拉起来，把她们提到王权的高度"（Parker-Smith，1984），将一个支离破碎的茜莉重塑成了一个完整的具备成熟的自我意识和强烈身份感的新女性。

2.4 实现男女平等两性和谐

沃克在小说中重新构建了一种符合黑人女性及其他种族女性生存的两性关系模式：女性不再作为男性的附属品存在，也不再厌恶和仇视男性，他们成为男性的完美伴侣，同时也成为共同战胜种族歧视的同盟。具有父权思想的黑人男性通过自觉反省和转变，与女性建立了平等、和谐、相互尊重的关系。

《紫色》的结局是皆大欢喜的，就连顽固不化的 X 先生后来也改变观念，不再把茜莉当作奴隶、附属品，而是当作一个独立的人来看待。他终于认识到茜莉也享有和他同等的权利。通过和茜莉推心置腹的交谈，他开始接受茜莉的价值观。X 先生真诚地向茜莉道歉，转变后的 X 先生不仅向茜莉学习缝纫，而且与她平等对话和沟通。小说临近尾声时，他送给茜莉一只亲手雕刻的紫色的青蛙，象征他承认茜莉的尊严和她追求幸福的权利（邹溱，1994）。茜莉也终于亲切地称他为阿尔伯特（Albert），他们从此建立了平等共处的夫妻关系。通过这些转变，沃克表明男人女人之间只有达成和解、彼此宽容、互相尊重，才能真正建立起平等和谐的关系，表现出沃克对妇女解放概念的深刻认识。黑人妇女不仅是女人，也是黑人，是人，因此，妇女解放运动首先是妇女摆脱双重压迫的运动，其次，更深层的含义是带动全人类的解放，包括男性的解放。因此，妇女家庭和社会地位的提高意味着男性的横行霸道、自私自利、唯我独尊的大男子主义观念的被铲除。X先生的最后转变不是偶然的，它是茜莉找回自我的坚决态度促成的。妇女解放更重要的是要推翻男性压迫，废止男性单方统治，但它的目标并不是使两性对立、隔离，或以女权统治代替男权统治；而是建立一种全新的、超越权力之争的、和谐的两性关系，即达到全人类的思想解放，包括男性的解放。"只有男性思想的提高，才可能有妇女的彻底解放。同时，男性思想的提高在很大程度上又取决于妇女自我意识的觉醒和自我品质的完善。这是艾丽丝·沃克在《紫色》中的创作意图，也是她为黑人妇女的解放而孜孜奋斗的目标。"（丁文，1997）

3.《紫色》中妇女主义思想的升华

奥古尼艾米指出，妇女主义思想的目的就是要实现"妇女主义小说那正面的完整的结局所体现的自我拯救与完整生存间的动态平衡"（Clark，1997）。《紫色》是一部黑人女性深受种族和性别双重压迫下生活的真实写照，也是一部黑人女性觉醒、斗争与成长的诗篇，而妇女主义思想更是赋予了《紫色》前所未有的丰富性与深刻性，反映出作者对生活的乐观主义态度和对黑人妇女的同情和希望，同时也激励着那些还在黑暗中挣扎的黑人妇女要独立、自尊、自强，保持精神世界的完整性，以此摆脱对男人精神的依赖，从而才能够去寻求独立生存的能力，摆脱对男人经济上的依赖，才能真正获得独立和自由，才能获得爱情和幸福，成为一个真正意义上的完整的人。

这部小说还折射出一个黑人女性作家对自我种族与性别身份多角度的思考，沃克超越了传统的反抗种族歧视和压迫批评模式，探寻人类社会中的种种关系：女性之间的关系、男女关系、种族关系等。《紫色》从揭示黑人女性的悲惨命运和恶劣的生存状态出发，围绕性别问题和种族问题，探索黑人女性的人性及自我，同时超越种族、性别问题的界限，将妇女主义思想升华到具有全人类普遍意义的高度：建立和谐的生存状态、社会关系，以及实现人类完整的精神追求。

第四章　精神批评视角

《了不起的盖茨比》精神分析

摘要：《了不起的盖茨比》是美国"爵士时代"著名作家菲茨杰拉德的代表作。本文从"精神分析"的角度对小说的人物、场景和主体进行研究，并对作者的写作心理也进行了相应的探讨，反映了美国 20 世纪 20 年代爵士乐时代的社会流弊、美国梦的欺骗性和世人对它的变态追逐。

菲茨杰拉德（ F. Scott Fitzgerald）是美国 20 世纪最具代表性的小说家之一，他被冠为"爵士时代"的"桂冠诗人"和"编年史家"。菲茨杰拉德因《了不起的盖茨比》而成名，而小说巨大文学成就的取得在很大程度上得益于对小说主人公盖茨比的成功塑造。自小说问世以来，"盖茨比"这个人物形象在读者心中经历了一次又一次的再认识过程：从"美国的象征""文化英雄"到"男性包法利"等不同层次的解读，也充分说明了盖茨比这一人物形象的复杂性。本文拟对菲茨杰拉德的生活及作品进行多重考查，以弗洛伊德的精神分析批评理论为框架，对菲茨杰拉德本人及《了不起的盖茨比》进行分析。

1. 精神分析批评简述

弗洛伊德创建的精神分析学说给 20 世纪人文学科带来了一场哥白尼式革命。韦勒克（Rene Wellek）在《近代文学批评史》中认为："弗洛伊德是西方学术史上影响最大的一位人物。"杰罗姆·诺伊（Jerome Neu）在《弗洛伊德》的序言中指出："弗洛伊德的影响至今仍有巨大的渗透性。他给我们思考和观察人类的思想、行为以及它们之间的相互影响，提供了一种崭新而有力的方式，从而有利于弄清那些通常被我们忽视和误解的经验。"即使是反对他，"你也会发现他的著述和洞见如此引人注目，你无法视而不见"。因而，"我们仍有许多东西需要从弗洛伊德那里学习"。彼得·盖伊（Peter Gay）则认为："弗洛伊德是我们无法回避的。我们都在言说弗洛伊德，无论我们是否意识到，这在当今已经成为一种常识。"对文学批评而言，弗洛伊德的思想不仅渗透到 20 世纪形形色色的批评中；而且，他本人还开创了一个新的批评流派——精神分析批评（psychoanalytic criticism）。精神分析批评是 20 世纪西方文学批评中影响最大的批评方法之一，它是一种把西格蒙德·弗洛伊德（Sigmund Freud）的精神分析学说理论运用于文学研究的文学心理学批评模式。精神分析批评可以分为两个阶段，前期主要是以弗洛伊德精神分析学说为中心的经典分析批评，后期主要是以雅克·拉康（Jacques Lacan）和诺曼·霍兰德（Norman Hoolland）等重新阐释和发挥的新精神分析批评。但无论新旧，精神分析批评的理论核心都是弗洛伊德的精神分析学说及其文学思想。弗洛伊德精神分析批评的主要理论有：无意识理论、无意识升华说、梦的理论、俄狄浦斯情结等。本文所用的精神分析批评主要是弗洛伊德经典精神分析批评理论。

菲茨杰拉德的创作于其人生经历密切相关，而其短暂的一生又有难以摆脱的精神和心理问题。通过心理分析方法对其作品进行解读，能够对作者及其笔下的人物进行深层次的解读。在《了不起的盖茨比》中，心理分析方法可以被用于对作品的人物、主题、情节、作者以及作者与作品的关系进行分析。

2. 潜意识和"快乐原则"

"盖茨比"这一形象的成功塑造得益于作者独特的人生经历。菲茨杰拉德短暂的一生有成功的一面，又有苦涩和失意的一面。他曾被称为"失败的权威"，一生有难以摆脱的精神和心理问题。弗洛伊德认为人的心理包含三个部分，即意识、前意识和潜意识。"意识"是人心理状态的最高形式，是人的心理因素世界中的"首脑"，它统治着整个精神世界，使之动作协调。正是在意识的管辖与指挥下，精神生活才具有稳定合理的特点。"前意识"属于意识的观念和思想，与现实生活无关，被排除出意识，而留在意识附近，可以较快、较易地进入意识领域内。在意识与前意识之外，即是"潜意识"，是人类精神中占据最大量、最原始的部分。在精神世界中，潜意识压在最深处、最底层，但又最活跃，总是设法浮现到意识表层上来。"潜意识"是人类一切行为的内在驱动力，它包括人的原始冲动和各种本能（主要是性本能），以及同本能有关的欲望。它是混乱的、毫无理性的，只知按照"快乐原则"行事，盲目地追求快乐，而不计后果，漠视道德与法律。"快乐原则"以缓解当下的痛苦为目的。运用弗洛伊德的潜意识和"快乐原则"理论分析《了不起的盖茨比》一书中主人公盖茨比，他倾其一生视黛西为理想和美丽的化身，最终为之付出了自己年轻的生命。这一行为和思想符合"快乐原则"。

盖茨比的原型即为菲茨杰拉德本身。海明威曾在《流动的盛宴》一书中直言不讳地指出，菲茨杰拉德是被女人毁掉的。1915 年 1 月 4 日，在明尼苏达州圣保罗市的一场新年聚会上，18 岁的菲茨杰拉德遇见了 16 岁的杰内瓦——芝加哥"四大金花"之冠，她的父亲是成功的证券商，她的外祖父是建筑大亨。她的声音低沉沙哑，高声说话时不断变着调子，像在唱歌，"把每一个字都唱出一种前所未有过、以后也绝不会再有的意义"。

有了菲茨杰拉德的人生经历做参考，我们不难看出，盖茨比把黛西看作理想的化身，他唯一的理想就是占有黛西，把已经失去的"金色女郎"黛西重新用金钱"赎回"。关于这一点，黛西说得很明白："哦，你要求太过分了！我现在爱着你，难道还不够吗？过去的事情我无能为力了！"盖茨比要求黛西对汤姆说她爱的根本不是汤姆而是他自己时，黛西的话也说明了她根本不会真正爱上任何人，因为她爱的只能是钱——"她的声音里充满了金钱"。因此我们可以看出，盖茨比的所谓的"爱情"只是一厢情愿而已。他一厢情愿地以为用财富就可以夺回黛西的感情，他对黛西始终抱着占有的目的。虽然黛西在读者那里不会得到几分好感，但客观来讲，盖茨比的行为真正地使他爱着的女子为难。在本质上，汤姆对威尔逊一家带来的是伤害，盖茨比对黛西一家亦然。

在盖茨比身上，有着贵族式的慷慨和大度，但缺少贵族式的冷静和优雅。假使掺杂几分贬义色彩对盖茨比的轮廓做一次描画的话，那么他只是一个美国暴发户。他一厢情愿地以为用财富便可以夺回黛西的感情（这种单纯令人同情），却缺乏理智地对现实视而不见。真正的贵族精神自然包含着"爱一个人未必要得到她"的奥义。显然，盖茨比更倾向于够得着摸得着黛西，而不是仅仅远远地望着她。因此可以说，盖茨比对黛西的追求是性欲的结果，为的是满足个人的快乐，符合"快乐原则"。

3. 人格结构

根据弗洛伊德的精神分析学说，人的心理结构分为三个层次，底层为本我，中间为自我，上层为超我。运用弗洛伊德关于本我—自我—超我的心理结构，分析《了不起的盖茨比》，我们可以看出，汤姆、黛西等人在人格的三个层次上体现趋同，停留在本我层次上，只注重快乐原则，无视道德范畴。盖茨比受当时主流价值观影响，致力成为一个成功的贵族，停留在自我层面。尼克主要充当了"超我"的角色，对盖茨比的行为进行客观评价，并在适当时候做出警告。笔者结合盖茨比的原型，即作者菲茨杰拉德的人生经历，运用弗洛伊德的人格结构的理论对主人公盖茨比进行分析。

3.1 "本我"

"本我"处于心灵最底层，是一种与生俱来的动物性的本能冲动，特别是性冲动。它是混乱的、毫无理性的，只知道按照"快乐原则"行事，盲目地追求满足。黛西的婚后生活是空虚无聊的。尼克第一次见到的黛西是那么的慵懒，生活除了为打发时日的饮宴玩乐和无尽的饶舌之外，没有其他的事情可做，漫无目的就是她的人生标记。金钱是黛西爱情的基础，稳稳当当地享乐是她的生活准则。对黛西来说，财富远比爱情重要。黛西的丈夫汤姆是一个自私、虚伪、傲慢的花花公子。正如黛西所说，汤姆是一个没肝没肺的男人，一个傻大粗笨的家伙……黛西开车撞死人回到家之后的一幕是最让读者寒心的，夫妇俩似乎是在商讨着让盖茨比成为替罪羔羊，"这幅自然的亲密图景显露着清楚明白的气氛，谁都会说他们在一起进行着密谋策划"。在盖茨比被人杀死之后，黛西更是跟着丈夫销声匿迹，"既没有发唁电，也没有送鲜花"，用尼克的话来说，"汤姆和黛西，他们是满不在乎的人——他们砸了东西，毁了人，然后就退缩到自己的钱堆中去，退缩到麻木不仁、漫不经心，或者不管什么使他们维系在一起的东西中去，让别人去收拾他们的烂摊子"。很显然，汤姆和黛西是上流社会罪恶的代表，他们自私、无情，没有丝毫的责任感，道德堕落，符合心理结构的本我层次。

现实生活中，菲茨杰拉德堪称完美，如果不提及其学业和出身。他高中时候就全校倒数第一，颇费了一番人情关系才进了普林斯顿大学。他并非天资愚笨，只是懒于受人驱使。他母亲出身富贵人家，可惜外祖父过早去世，庞大的家产到菲茨杰拉德年幼时便所剩无几。他父亲做生意失败，依靠亲戚支撑家用。虽是温饱无虞，依靠父亲的地位却无缘进入上流子弟的交际圈。而他本人长相英俊，脸部轮廓甚至比女人更美，他嘴唇敏感又柔软，淡金色的头发从中间分开又小心地梳到后面。青春期的几年，他已经自成一番风度，说话时既风趣又不失真诚。十年后他在《了不起的盖茨比》中这样描绘他自己："他心领神会地一笑——还不止心领神会。这极为罕见的笑容，其中含有永久的善意的表情，你一辈子也不会遇见两三次。它面对着——或者似乎面对着——整个永恒的世界一刹那，然后就凝注在你身上，对你表现出不可抗拒的偏爱。"这种描述自然有夸张的成分，却又恰如其分。多年后菲茨杰拉德和整个世界都闹翻了，可他所有的朋友仍在回忆录里念叨着他浑然天成的风度。

3.2 "自我"

"自我"是从"本我"中分化出来、因受现实陶冶而渐识时务的一部分。它按照"现实原则"行动，既要获得满足，又要避免痛苦。"盖茨比"的英文是 Gatsby，是"接近门边"的意思。接近门边，但是没能进入门内。这个名字象征盖茨比就要实现自己的美国梦，但最后还是失败了。在 20 世纪 20 年代的美国，追求财富和享乐成了人们的时尚，盖茨比也想实现自己的"美国梦"。他的"美国梦"是由"财富梦""地位梦"和"爱情梦"组成的。盖茨比出生在中西部的一个贫苦农民家庭，他的父母是碌碌无为的庄嫁人，"他从来就没有真正承认过他们是自己的父母"。他从小就不甘贫困立志要出人头地，并在各个方面严格要求自己，希望通过努力发家致富，过上上等人的生活。正如他父亲所说，"他是大有前程的"。特别是因为他身份卑微而无法得到心爱的姑娘时，他加紧了对财富的追求。后来通过非法手段积累了巨大的财富，可以说他实现了他的财富梦。他也似乎拥有了一切：宫殿式的别墅，昂贵的衣服，水上飞机，豪华轿车，铺张的宴会。但他无论怎么富有，也无法跻身上流社会。他没充分认识到上流社会的虚伪。盖茨比被上流社会美丽的光环所迷惑。它外表豪华、富有、高雅、灯红酒绿、绚丽多彩，所以他从小就幻想成为其中的一员，从来不肯承认自己是贫苦农民的后代。盖茨比没有看到上流社会罪恶的一面。那些人自私、无情，没有丝毫的责任感，道德堕落。不难看出，盖茨比是受所处时代和环境的影响，立志实现"美国梦"，成为暴发户、伪大亨的。他立志实现"美国梦"，体现了人格结构的"自我"层面。

3.3 "超我"

"超我"是力求完善的维护者，被描述为人类生活的高级方向。尼克主要充当了超我的角色，对盖茨比的行为进行评价，并在适当的时候提出警告。如他所料，黛西是一个黄金女郎。在盖茨比要夺回黛西的时候，尼克告诉他无法重演往事。当黛西撞死人，盖茨比等候在黛西窗下保护她时，尼克说"他不会碰她的，他的心思就没在她身上"。尼克知道，汤姆的当务之急是如何移花接木，嫁祸于盖茨比。从尼克的叙述和评论中，读者了解到20世纪20年代美国的上层社会表面是绅士、淑女、温文尔雅、绚丽多彩，但在这一层面纱下，却是上流社会的自私、虚伪和道德堕落。

4.《了不起的盖茨比》的创作动机

按照弗洛伊德的理论，"梦是受抑制或压抑的愿望的满足"。人的许多愿望，尤其是欲望，由于与社会道德准则不符而被压抑到无意识之中，于是在睡眠中，当检查作用放松时，便以各种伪装的形象偷偷进入意识层次，因而成梦。弗洛伊德运用精神分析批评方法，企图揭示压抑的原因。精神分析适用于文学的理由是，它总是与语言相关。弗洛伊德以梦的工作方式来解释文艺创作过程，用梦的解析方法来破译文本形式背后的深层意蕴，分析其中隐藏的艺术家的无意识动机。如同很多作家一样，他们善于将自己的生活经历作为写作素材运用到小说创作中去，菲茨杰拉德也是如此。他最出名的小说《了不起的盖茨比》是半自传性质的。小说中描写的那些纸醉金迷、嗜酒如命的红男绿女，那些享受爱、财富和成功，同时又不得不为挥霍无度和失败而付出代价的人，正是他自己和泽尔达生活的写照。作者是在籍写作来发泄精神压力和对世事的洞察，以警示世人。爵士乐时代是美国历史上一个特殊时代，"美国梦"已经发生了质变，人们不再勤勤恳恳地奋斗、发愤图强，而是一味追求物质世界，贪图享乐。用菲茨杰拉德自己的话来说，"这是一个奇迹的时代，一个艺术的时代，一个挥金如土的时代，也是一个充满嘲讽的时代"。它是经济繁荣、个人追逐物质享受的时代，是美国经济大萧条的前夜，让美国付出了长时间的经济代价。它不仅对个人是沉重的打击，对国家也同样是沉重的打击。菲茨杰拉德以自己的真实经历和对人生的感悟为素材，创作了《了不起的盖茨比》，真实再现了美国爵士乐时代的社会精神面貌和文化。这是一部关于一个虽恢宏但却不理智的梦因追梦人的变态追逐、物质主义本身所体现的自私、冷漠、虚伪和残忍等社会现实而终告失败的故事，其警示意义至今犹在，不仅对于美国人，对于全世界亦如此。这是作者以《了不起的盖茨比》为舞台，以自己的人生经历为原型，上演的一出精彩大戏。

5. 结论

盖茨比的梦的破灭就是"美国梦"的破灭。通过精神分析法我们可以看出菲茨杰拉德针对当时的社会现象，在《了不起的盖茨比》中掀开了层层面纱，深刻剖析了美国民众追求享乐主义，倾其一生追求金钱、财富和权力，忽视文化、道德建设，使读者在深思后领悟出小说的真谛。作者以自身经历为蓝本，将自己的梦想寄于盖茨比的故事，透过盖茨比折射社会，传递心声，为世人谱写了一首警示曲，其以深刻的思想内涵至今仍对世人有着警示意义。

"自我放逐"而非"被抛弃"
——对《夜色温柔》中"迪克"形象的解读

摘要：针对《夜色温柔》中男主人公迪克历时十年苦心照顾身患精神病的妻子而最终被上流社会抛弃这一观点，本文提出异议，认为迪克并非"被抛弃"，而是通过一系列"自我放逐"摆脱了感情枷锁和经济牢笼，完成了自我的解放与觉醒，从而远离了那个奢侈浮华、虚伪腐化、金钱至上的上流社会，完成了一次精神的救赎。

1. 引言

菲茨杰拉德是美国"爵士时代"的发言人和"迷惘的一代"的代表作家之一，《夜色温柔》是其人生最后一部完整的长篇小说。菲茨杰拉德原本计划在很短的时间内就完成该小说的创作，但实际创作过程中却几易其稿，历时九年才交付印刷。这部凝结了作者大量心血的作品在诞生之初却不被评论家所待见，反响平平，偶有评论，也是攻击不断，让作者大失所望。然而在作者去世之后，评论家们却又似重新挖掘出了一块宝物，赞扬之声不断。而作品主人公迪克的际遇，正如这部作品的遭遇一般，可以用"悲剧"一词来概括。

迪克毕业于名校，踌躇满志，决意在精神病研究领域干出一番成绩来。然而他却遇见了美丽而身患精神疾病的富家女尼科尔。尼科尔对迪克一见钟情，苦追不断，迪克权衡取舍，最终抛弃顾虑，奋不顾身地与尼科尔共赴爱河。为了照顾妻子，迪克几乎中断了自己的专业研究，十年如一日，扮演着"丈夫"与"医生"的双重角色。然而再美好的婚姻都有风雨突变的时刻，女演员罗斯玛丽的出现在迪克心中激起了波澜，尼科尔有所察觉，病情反复，最终病愈后选择离开迪克，投入一直痴迷于她的汤姆怀抱。而迪克则选择退出这段婚姻，孑然一身，回到早已陌生的故土，在美国小镇上奔波行医。

不可否认的是，迪克的人生具有悲剧性，但对"悲剧"的体现，评论界普遍持有的观点是：迪克花费了十年的时间照顾生病的妻子尼科尔，最终尼科尔却忘恩负义，投入他人怀抱。迪克被上流社会所抛弃，流离失所，辗转奔波，结局悲惨。但笔者却认为迪克的"放逐"是自我选择的结果，与其说他被上流社会所抛弃，毋宁说他最终摆脱了所谓"道义"的束缚，追逐曾经的理想，寻求自身价值的实现。

2. 感情枷锁

作为精神病患的尼科尔对精神病医生迪克一见钟情，并频频寄去书信。尽管被尼科尔的美貌与浪漫多情所打动，但迪克最初还是在同事多姆勒和弗朗茨的建议下理智地拒绝了尼科尔，因为"献出大半辈子既做大夫又当护士以及其他一切"对任何人来说都是巨大的牺牲，而且这种病"一遇上点压力，多半就会复发完蛋"。但理智最终敌不过情感，迪克"在备忘录上详细地记载了尼科尔的重要的生活规则；也记载了在这个世界必然会带来的压力下，她的疾病再次'发作'的种种可能"，而"这番努力的全部价值在于使他意识到自己在感情上陷得有多深"。再次与尼科尔相遇时，迪克终于在尼科尔面前投降。

然而貌似甜美的爱情以及随之而来的婚姻却暗藏着极大的隐患。从某种程度上说，尼科尔对迪克的爱在本质上是她的"恋父情结"的延续，亦即精神分析心理学中的"移情"。尼科尔的病因正是幼年时父亲对其身体造成的伤害，因此在治疗过程中她"将父亲在自己心中的意象转移到医生身上，从而使医生在某种意义上成了自己的父亲；但由于医生毕竟不是自己的父亲，所以他同时又成了病人得不到的那个男人的替身。这样，医生便既成了父亲又成了情人"（荣格，1997）。长达十年的婚姻生活中，尼科尔的病情反复发作。"在她旧病复发的那段漫长的时间里，迪克经受了一个医生所不应有的巨大痛苦，不得不硬起心肠来对待她。"面对尼科尔，迪克既要把她作为有血有肉的人来爱护，从而融入她的世界；同时，他又要以医生的冷峻和理智来治愈她，把"生病的尼科尔和正常的尼科尔区分开来"。自与罗斯玛丽相遇以来，半个月内，尼科尔已经发作了两次。一个新近出院的女病人写信诬陷迪克勾引了她15岁的女儿，受到刺激的尼科尔在迪克驱车前往诊所时突然夺走方向盘，失控的汽车差点翻下悬崖，坐在车上的两个孩子吓得尖声惊叫，而尼科尔却快活地哈哈大笑。如此种种，迪克已经被折磨得疲惫不堪，甚至一想到要与尼科尔见面，他"心里就沉甸甸的"，因为"在她面前，他必须保持完美的形象。不论现在还是明天，下个星期还是明年。在她面前，他必须保持完美的形象"。也许十年前迪克信心满满地以为凭着自己对尼科尔的爱情以及医生拥有的专业素养，他完全能够应付未来生活中可能出现的波折。但十年之后，他面临的痛苦已经远远超过了预期，尼科尔的病情往往超出他的掌控。作为医生与"丈夫"的迪克，很大程度上并没有享受到"丈夫"应当享有的来自妻子的关心和爱护。因此当"他所感觉到的以罗斯玛丽这个中产阶级新生力量为代表的那种健康、狂野、充满激情与活力的爱情"（熊荣斌，张勤，1997）到来时，虽有道德约束以及对妻子多年来的感情作为支撑，他心里还是"不断回想着'得失、得失'这两个字"。

3. 经济牢笼

美国梦的一个重要主题即为"对财富的追求"。迪克与尼科尔在经济地位上的巨大反差也是造成迪克自我放逐的一个重要因素。

当表白遭拒时，尼科尔"有一刹那心中产生了一个绝望而孤注一掷的念头，想要让他知道自己有多富有，住的是多么高大宽敞的房子，让他知道自己可真是一份宝贵的财产"。即从一开始，尼科尔就想用财富作为诱饵，将迪克拴在自己的身边。尼科尔的姐姐巴比·沃伦则直接告诉迪克，"沃伦家打算给尼科尔买一个医生"。对于"买医生"的想法，迪克不无嘲讽："大好的机会——哦，真的。天哪！——他们决定要买一个医生？嗨，那他们最好还是抓住在芝加哥找到的不论哪个医生。"在巴比一直强调"尼科尔很有钱"的时候，迪克"在她面前有两次几乎要打消结婚的念头"。因此笔者认为，迪克与尼科尔结婚的出发点并不像某些评论家认为的是"为了获取财富而利用婚姻这条捷径"，相反，迪克怕曾经受过伤害的尼科尔陷入买卖性质的婚姻而再次遭遇感情伤害。而巴比·沃伦也认为迪克"不符合标准"，因为"他太'理智'了；她把他归入她在伦敦见识过的那帮穷酸孤傲的子弟——他太不顾自身的辛劳了，不会是块真正适合的材料，她看不出怎样把他造就成一个她心目中的贵族"。

而婚后的迪克也正如巴比所预料，为了撇清"贪慕财富"的嫌疑，处处小心，竭力用自己的个人收入来维持家庭的开销，这甚至引起了妻子尼科尔的抱怨："那好像没有道理，迪克——我们完全有理由租用那套更大的房间，为什么就因为沃伦家的钱比戴弗家的多，我们非得委屈自己呢？"但是不管迪克如何努力，妻子的巨额财富还是对他的生活和人生态度产生了不可避免的影响。尼科尔买下戴安娜别墅，给迪克设立了工作室。他们进行环球旅行，不时举办宴会，邀请社会名流，交游广泛，在各种社交聚会上名噪一时。而迪克的诊所合伙人弗朗茨当初找他作为搭档，也是冲着尼科尔的巨额财产想要让其投资而来。

目睹他父亲在贫困的教区苦苦挣扎，他在基本淡泊的天性之外又萌生出对金钱的渴望。这并不是对往后生活保障的有益而必要的考虑——他从来没有像跟尼科尔结婚那会儿感到那样充满自信，那样独立自主；然而，结果他却像一个舞男似的身不由己，俯仰从人，不知怎的竟把自己的聪明才智锁到了沃伦家的保险箱中。

这段内心独白揭示了迪克内心的矛盾以及思想上的挣扎。虽然迪克已经跻身以尼科尔和巴比为代表的美国上流社会，但自始至终，他都有一种被排除在外的疏离感。在巴比眼中，他只是被"买"来的医生。要维持目前这种穷奢极欲的生活，除了依赖尼科尔的金钱之外别无他法。

尼科尔为迪克营造了一个"温柔而富贵的牢笼"（熊荣斌，张勤，1997），

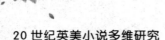

而在这牢笼之中，迪克当初的自信已经烟消云散。他在重压之下强装优雅，实际上却已经陷入了严重的抑郁状态。此刻迪克的处境仿佛入水救人的人反被溺水者困住了手脚。

4. 事业牵绊

迪克毕业于名校，取得了医学博士的学位，风华正茂，春风得意，立志成为"史上最伟大的精神病医生"。然而与尼科尔的婚姻却成了他事业上的转折点。婚后，他成了妻子的专职医生和护士，照顾病情反复发作的妻子耗费了他大量的时间和精力。为了迎合妻子，他广泛交游，出席各种社交场合，保持翩翩风度，力求维持"完美夫妇"的形象。而这一切，与他刚毕业时的理想背道而驰。

在遇见尼科尔之前，迪克一门心思扑在事业上。虽然从事的是令自己不快的行政工作而不是心仪的业务实践，他还是得空编写完一本简明教材，并为下一项研究收集材料。在与尼科尔结婚之后，照顾妻子就成了他的主要工作，他不时地为自己耽搁下的事业而惶惶不安。"他为在纽黑文虚度的岁月感到悔恨，但他感受最强烈的，还是戴弗一家日益奢华的生活与显然随之而来的炫耀心理这两者之间的差异。"他担心在自己沉迷于奢靡浮华的生活之时，"耐心的德国人正坐在柏林和维也纳的图书馆附近，冷漠无情地占得先机"。事业荒废不说，妻子病情的反复无常超出其掌控也加剧了他内心的焦虑。

5. 自我放逐

从悲剧的美学角度来看，自我保存和自我超越的欲望是人的本性，对于自身现状的不满足，就会导致个体冲破自身的现实条件去追求更高的生活目的。超越而不得便会造成悲剧。个体在超越的过程中，必然会与周围的一切发生矛盾或冲突，一旦冲突达到了一定程度，就会造成悲剧性的结局（苏煜，2008）。

正因为感情上的负担、经济上的重压以及事业上的焦虑让迪克对现实生活感到极为不满，他才开始选择自我放逐。小说伊始的那场聚会就已显露出自我放逐的苗头。他声称："我想搞个十分糟糕的晚会……吵吵闹闹，充满男女间的挑逗戏谑；男人带着被伤害的感情回家，女人则在盥洗室里晕倒。"而随着这股兴奋而来的，则是一股忧郁。迪克仿若"温柔而富贵的牢笼"之中的一只困兽，期待以吵闹放纵的方式一抒胸中抑郁之情。而接下来罗斯玛丽的表白，则让迪克心襟荡漾。尽管由于道德的约束以及多年来夫妻感情的支撑，迪克最初拒绝了罗斯玛丽的投怀送抱，但当妻子的精神疾病再度发作时，内心极度孤独的迪克开始寻求感情的寄托，主动找寻罗斯玛丽。在意大利，他因区区一点出租车费而跟司机大打出手，最后被送入警局，在警局又因袭击便衣警察而被关押。迪克以往高贵优雅风度翩翩的形象荡然无存。之后在诊所治疗一个酗酒的病人时，又因自己经常满身酒气使得病人愤然离院，其合伙人弗朗茨也选择了解除合作关系。外遇、斗殴、酗酒，这一系列自我放逐的目的，则为他的终极放逐——让尼科尔主动提出终结这段婚姻，然后他抛弃这段过去重新开始打下了伏笔。作为"绅士"的迪克不会主动提出离婚，他只有通过这种方式才能达到结束这段快将自己毁灭的婚姻的目的。而迪克的目的最终也达成了：尼科尔投入汤姆的怀抱，与迪克主动摊牌。面对情敌时，迪克只是心平气和地说："别着急——原则上我同意，再说尼科尔和我都很理解对方。要是能避免第三方介入商讨，我们也就不大可能伤了和气。"而与尼科尔离婚后，迪克选择回到美国的小镇行医。这似乎是另一段放逐的开始，同时又是一段新生活的起点，因为在这样的生活中，他自己是主体，再也不用牺牲自己委曲求全，仰人鼻息亦趋亦步。

迪克的"悲剧"应归因于美国爵士时代的浮夸与个人精神理想的冲突。迪克通过自我放逐，远离了那个奢侈浮华、虚伪腐化、金钱至上的上流社会，这是一次光荣的撤退，因为他追寻的正是恢复自我和自尊的机会。他打破了多年来一直维护的上流社会的道德规范，因为他深切意识到他虽在其中，却永远不能成为其中的一员，而现在他也不屑于成为其中一员。通过自我放逐，迪克完成了一次精神的救赎，找回了最初的理想，并继续为自己最初的梦想而奋斗。

《宠儿》的寓言性解读

摘要： 本文以本雅明的寓言理论，从破碎的文本、忧郁的气质和升华的救赎三方面对莫里森的《宠儿》中所蕴含的寓言性进行挖掘，试图从文本中找寻作者对于那段不愿被人们回忆和触及的奴隶制历史。

1. 引言

自 20 世纪初以来，寓言理论迅速发展壮大。"寓言"从一种文体逐步延伸成西方文学理论中的一个重要概念，对文学创作、文本阅读和批评阐释有重大意义。在西方文学理论中，"寓言"是德国文论家本雅明学术思想中最具独创性的理论，是对所处时代精神困惑的一种缩影。本雅明的寓言理论主要反映在他的两部代表作《德国悲剧的起源》和《拱廊计划》中，通过对德国巴洛克悲剧的辩证分析，本雅明揭示出寓言的两个典型特征：对美的表象破坏和对忧郁的艺术表现。他认为："寓言在物质的世界里实际就是废墟。"（本雅明，2001）"在寓言中，观察者所面对的是历史弥留之际的面容，是僵死的原始大地的形象。"（本雅明，2001）而也正是因为盲从轻信存在世界中的悲惨、世俗性和无意义，寓言使人"有可能透视出一种从废墟中生气的生命通向拯救的王国的愿景"。因此，寓言体现了救赎的功能——只有经历了悲惨和死亡，人的灵魂才能获得救赎。

《宠儿》是美国黑人女作家托里·莫里森的代表作，迄今为止，莫里森共发表了十部小说，凭借《宠儿》1987 年她获得普利策小说奖，1993 年又获诺贝尔文学奖，成为第一位获得诺贝尔文学奖的美国黑人女作家。《宠儿》讲述了黑奴塞丝在逃亡途中遭遇抓捕，为了不使孩子和自己一样沦为奴隶，塞丝毅然杀死了幼女，18 年后被杀的女儿鬼魂回到塞丝身边，报复母亲，摧毁母亲刚刚开始的新生活。

《宠儿》这部文学史上不朽的经典自问世以来，就引起了学术界的广泛关注，对它的研究已经取得了颇为丰硕的成果。最近十年发表的关于《宠儿》的多篇论文中，研究者主要从后殖民、后现代现实主义、叙事学、创伤书写、女性主义、精神分析、新历史主义等视角对《宠儿》的小说主题、黑人文学特征、种族政治等进行了较为深入的探究，但是对这部作品浓厚的寓言性质的研究还比较欠缺。本雅明在《德国悲剧的起源》中通过对巴洛克悲剧的详细阐述分析，将寓言理论归结为破碎性、忧郁性和救赎性的特征，为这部作品的寓言性解读提供了理论参照。本文从寓言的角度切入，运用本雅明的现代寓言美学理论，以期挖掘《宠儿》所蕴含的独特的寓言性质，并试图从文本中探寻作者关于黑奴制的关照与思考。

2.《宠儿》的寓言性表征

2.1 破碎的文本

与追求完满性的古典主义截然不同，寓言空前的重音不仅强调社会的禁锢、缺失和破碎性，更着重强调艺术对支离破碎的现实世界的反映。本雅明认为，以古典主义所代表的"总体性的虚假表象消失了。由于表象的消失，明喻也不复存在了，它所包含的宇宙也枯萎了"（本雅明，2001）。一切尘世存在已经土崩瓦解，碎片成了时代腐烂和毁灭的表征，反传统的寓言成了现代社会面貌的最佳表现手段。在他看来，废墟中随处可见的碎片是构建寓言所需的"最精美的"材料，而拼接则是寓言的主要构建方式。"在寓言的直观领域里，形象是个碎片，一个神秘符号。"（本雅明，2001）破碎的形象蕴含着寓言性内涵，而解读寓言则源于文本中碎片化的形象。

寓言的碎片性反映在松散的结构和语言上。在现代寓言作品创作中，原先紧密完整的结构显然被散漫、破碎的结构取代。《宠儿》中作者采用了不同于传统的全知叙述模式，它没有按照事件的发展平铺直叙这个故事，为了避免对读者心理上的冲击，它不断地用碎片一点一滴地给读者心理暗示，让读者通过故事的碎片和主人公断断续续的回忆拼凑起故事。

"124 号恶意充斥。充斥着一个婴儿的怨毒。房子里的女人们清楚，孩子们也清楚。"对于开篇所提到的婴儿的怨毒，作者没有继续铺陈展开前因后果，下文是一大段对话和一片前后交错的散乱情节。读者刚有一点端倪，作者又戛然而止，完全没有要交代下文的意思。小说大量运用这种意识流写作技巧，不加说明直接抛出人物的想法、印象和记忆，使小说的结构和内容模糊和混乱，增加了小说的阅读、审美和接受难度。在叙述中叙述者有时用自己的眼光进行叙述，有时又从故事中不同的人物视角出发。小说中最重要的"弑婴"事件，通过不同人物视角以碎片化的方式一点点展现出来，这些叙述者只讲述自己知道的事情。在丹芙的记忆里，她就着姐姐的血喝了妈妈的奶。在猎奴者的眼里，一个黑人女人发疯了，"女黑鬼用一只手将一个血淋淋的孩子搂在胸前，另一只手抓着一个婴儿的脚跟。她根本不看他们，只顾把婴儿摔向墙板，没撞着，又在做第二次尝试"。而对于塞丝来说，她的初衷只是"收好她所创造的生命的每一滴血，每一片肌肉，转移到没有人能够伤害他们的另一个安全的地方去"。这种对同一个家庭的同一段历史进行多侧面立体式的反映，使读者东拼西凑才能慢慢勾勒出故事的脉络。小说中的宠儿形象存在于历史和现实两个层面，这两个层面的宠儿形象互相影响和作用，作者将宠儿的人和鬼两种身份以碎片的方式随意放置，使得这一人物形象显得支离破碎，留给读者广阔的想象空间和无尽的解释可能，读者在经历阅读时的迷惑、不确定之后，最终会被碎片形式背后的真正意义所震撼。

然而小说形象和形式上的不协调有内在合理性。塞丝用 18 年对女儿的牵挂才唤回了女儿的重生，才有了塞丝和宠儿、宠儿和丹芙的心灵对话。除了直接引语的对话，小说中还有大量的内心独白。小说中的对话和独白不是一种符号标示出来的明显话语，而是存在于人物的意识中。正是这些思想意识间的对话，使小说从看似凌乱无序、支离破碎的表面，逐步发展为条理清晰的完整统一体。人物内心的困惑和斗争由此展开，人物形象在对过去与现在、时间与印象的跳跃联想中，趋于生动形象，外在世界的混乱、悲惨、腐朽、碎片化也逐层得以浮现，此时小说的形式和主题高度和谐。"作家不要隐藏一个事实，即他的活动只是进行安排，因为要达到的主要印象与其说是纯粹的整体，毋宁说是显然被建构的性质，而这就是所要达到的主要目的。"（本雅明，2001）正是通过对人物思想意识以及日常事务零碎的捕捉和构建，莫里森生动地重现了她感同身受的历史。

2.2 忧郁的气质

忧郁是寓言的主要情感体现。本雅明反复强调，"客体在忧郁的沉思下变成寓言"（本雅明，2001）。寓言是人们面对现代废墟表达内心震惊恐慌的一种诉说方式，是对世界存在不确知性的悲观主义价值观，是对世界本质的冷静客观思考。因此，寓言将人与自然的分裂一览无余地显现在世人面前，以此传递出人物内心世界一种强烈的悲怆感。

小说的主人公塞丝怀着身孕只身从"甜蜜之家"逃亡到 124 号，投奔丈夫的母亲贝比·萨克斯，为了不让孩子重蹈自己的覆辙，成为奴隶，她毅然用手锯杀死了自己的幼女。此后宠儿（幼女）的鬼魂一直在家中游荡，塞丝的两个儿子因此离家出走，女儿丹芙孤僻难耐，贝比·萨克斯则很快离世。虽然事情已经过去了 18 年，但往事的梦魇无时无刻不在纠缠着塞丝。后来宠儿肉身还魂，讨还爱债，以自己的出现日夜惩罚母亲当年的行为，甚至不惜诱奸保罗赶他出门，然而她无止境的索取是难以满足的，她一步步将塞丝逼到了精神崩溃的边缘。痛苦和忧郁是塞丝身上挥之不去的气质。当保罗想和塞丝谈谈时，书中这样写道："她停下来，把脸转向可恶的风。换一个女人，准会眯起眼睛，甚至要流眼泪，如同像风抽打塞丝一样抽打她的脸。换一个女人，准会向他投去一种不安，恳求甚至愤怒的目光，因为他说的话听起来绝对像'再见，我走了'的开头。可是保罗只是看到期待从她的眼里消失，看到那种毫无责备的忧郁。"生活的折磨让塞丝逆来顺受，表露出的震惊和从容却难以掩饰内心深处的痛苦和忧郁。

"你的爱太浓了！"保罗这样说塞丝，正是这浓烈的爱使得她做出那样的决定。一位母亲要面对怎样的困境，要鼓起怎样的勇气才能杀害自己的孩子，这是一位黑人母亲在奴隶制统治下痛苦经历和悲惨命运最真实的写照。为了灵魂深处呐喊的自由，她对宠儿的爱是一种富于抵抗意识的爱，她对宠儿的爱包含着血与泪。"要么是爱，要么不是，淡的爱根本就不是爱。"塞丝这样回答保罗。这是一个坚强甚至偏执的黑人女性，她的生活被残忍地打破、碎裂，她被迫回忆过去。她在愉悦和痛苦间反复徒步行走，她以为她挣脱了什么，实际上她所想要摆脱的一直紧抓她不放。在宠儿死去后，她对宠儿浓浓的母爱转变成一种永恒的哀悼，她永远无法摆脱杀死女儿的内疚和失去女儿的痛苦，她无时无刻不处在深深的自责与心痛中。"悲哀就在她的中心，那丧失自我的自我栖居的荒凉的中心。那悲哀，就好比她不知道她自己的孩子们埋在哪里，或者即使活着也不知道是什么模样。"她的哀悼使整个 124 号都弥漫着悲伤，充斥着一个婴儿的怨毒，塞丝与丹芙在很多年后成为这种恶意仅存的受害者。宠儿还魂，一场逼迫与偿还在 124 号内发生，宠儿吞噬着塞丝的生命，来使自己长得更庞大，而塞丝则默默承受。宠儿越来越肥大，塞丝却越来越瘦小。有时宠儿尖叫着，然后狠命抓破自己的喉咙，直到鲜血淋漓，然后看着塞丝大喊着"不"扑向自己。她不需要塞丝时，塞丝就蜷缩在房间的一角，好像她才是一个孩子，一个挨了打的孩子。塞丝的母爱是她痛苦忧郁的根源，奴隶制扭曲了她的母爱，剥夺了她爱的权利。

文学作品的忧郁气质实质上源于寓言家对自身尴尬处境的焦虑和忧郁，

是一个社会的弱势群体在被巨大的力量压倒后所产生的一种万念俱灰却心有不甘的感觉。作者本人曾说过，这部小说内容："小说人物不愿意回忆，我不愿意回忆，黑人不愿意回忆，白人不愿意回忆。我是说，这是全民记忆失语症。"（Danille，1994）对于黑人来说，那段历史触目惊心，以至不敢触及。而白人的主流文化又一直试图回避，抹杀历史的真相，企图让后人忘却这段历史。莫里森是个政治意识极强的黑人女作家，擅长描述黑奴生活，她对黑奴苦难史的了解如此深刻，几乎成为延续她创作生命的最重要的动力。在莫里森看来，只有通过重组黑人历史的各个时期各个段落，才能还原美国黑人民族历史的真实性和完整性。她将各种故事与事件解构成一行行的诗，一个个的梦境，然后将忧郁和痛苦公布于众。"任何一个白人，都能因为他脑子里突然闪过的一个什么念头，而夺走你的整个自我。不只是奴役、杀戮或者残害你，还要玷污你。玷污得如此彻底，让你都不可能再喜欢你自己。玷污得如此彻底，能让你忘了自己是谁，而且再也不能回想起来。"莫里森写作此书意在挖掘黑人的精神创伤，借书中人物之口，倾诉了黑人妇女灵魂里不能承受之痛，将抨击的锋芒直指邪恶的蓄奴制。

2.3 升华的救赎

综上所述，文本中的寓言叙事彰显出破碎性和忧郁性的显著特征。文本呈现的碎片化体现了象征意义的不确定性，文本的忧郁性体现象征意义的整一性。象征意义的破碎性和整一性成为救赎所在。"寓言的意图最终并非在于忠实地考察那些尸骨，而是'背信弃义地飞跃到复活的观念'之上。"（本雅明，2001）碎片化的文本、支离破碎的语言和松散的结构将黑奴制度令人发指的罪恶推向巅峰，显示了一种万劫不复的悲惨生活状态。然而之前的这种损毁和否定并不是文本的意义所在，其否定背后存在肯定的因素，在忧郁中体现拼贴碎片的意义，在废墟中寻找价值，以此文本走向了救赎的历史哲学。

作者期望通过这样一个荒诞却充满寓意的故事，向人们呈现历史发展过程中一个种族所遭遇到的屈辱和悲愤，给人以理性的思考和现实的惊醒。就算历史结束了，它给人们心灵上造成的伤害远比灾难本身要严重。宠儿代表着过去的灵魂，莫里森通过书写历史将祖先的灵魂和人们不愿面对和回想的那段历史复活了，将这段历史重置于有形的、具体的现实层面上，让黑人通过回忆，在内心分裂的痛苦中得到心理的疗伤和治愈，他们只有面对和接受这段历史才能重新建构自己的民族身份，寻求独立存在的主体性意识，才能反抗白人政治上的压迫，发出反殖民的呐喊。

萨格斯在获得自由后，成为黑人社区的精神领袖，成为一名"不入会的牧师"。"不用人请，不穿圣袍，没有涂膏，她让自己伟大的心灵在人们面前搏动"。萨格斯奔走于教堂和布道坛，在"林间空地"，她用富含非洲特色的宗教仪式对抗白人对黑奴肉体和灵魂的蹂躏和摧残，帮助他们摆脱奴隶制给他们造成的心理创伤，重获精神上的自由。

还魂的宠儿赋予了塞丝赎罪的机会，她在满足宠儿无节制的索爱中身心倦怠，但在丹芙和其他黑人邻居帮助下的塞丝最后也终于觉醒。"塞丝感到两眼滚烫，也许是为了让它们保持清澈，她抬头望去。天空湛蓝而晴朗。树叶明细的绿色中没有一点死亡的迹象"。塞丝终于意识到，宠儿的离去不是她"最好的部分"的离去，只有塞丝自己，才是她最好的部分。她从窒息的压力下解脱出来。"远处，院子和路交接的地方，她看见三十个女邻居迷狂的面孔。……对塞丝来说仿佛是'林间空地'来到了她的身边……女人们的歌声则在寻觅着恰当的和声，那个基调，那个密码，那种打破语义的生活。"此时的塞丝，像受洗者接受洗礼那般，开始意识到黑人社区的文化价值，融入黑人群体，在黑人社群的帮助下治愈创伤，不再将愤怒的矛头指向自己的族群，而是积极地反抗白人压迫者，她的灵魂也因赎罪得到解脱并获得永生。白人文化霸权者企图割裂黑人逐渐觉醒的群体意识，颠覆黑人文化，但水深火热的血泪史迫使黑人重现记忆，以个体的力量唤醒族群的创伤记忆，走出白人文化侵蚀的阴影，获得自我和民族的精神救赎。

3.《宠儿》寓言性特征的生成原因

《宠儿》因其形式和内容的碎片化，气质上的忧郁性和升华的救赎性有了寓言性的显著特征。作为黑奴苦难史的控诉者，莫里森创造思想上与本雅明寓言理论主要观点的暗合不是偶然的。

书中的塞丝经历了自我的破碎和重塑，而这种变化来源于黑人文化的回归，是文化使其最终解脱和清醒。在塞丝的身上，不难看到作家莫里森的影子。莫里森的父亲是蓝领工人，母亲是受雇于白人家的女佣。1949 年她以优异成绩考入霍华德大学，主修英语和古典文学，之后回到霍华德大学教授英语，其成长和教育过程一直受到白人主流文化的影响和熏陶。而白人文学作品中所描述的黑人女性工作、家庭、政治参与等方面的体验，往往被曲解隔离在传统的学术话语之外，致使莫里森对黑人文化产生了无意识隔离。而随着黑人民权运动的不断发展，使莫里森能更深入地了解黑人文化，借民权运动对黑人文化的生存现状进行深入思考。20 世纪 70 年代中期，莫里森因编辑《黑人之书》让人们更深层地了解黑奴几百年来非同寻常的斗争史。这些经历在莫里森心中默默积蓄能量，最终成为赋予她创作生命的最重要的动力。

《宠儿》文本所触及的历史的真实是当代美国白人和黑人所不愿回忆的，这是一种全民性的记忆缺失。白人对黑人不断进行文化渗透，黑人民族的价值观随白人主流文化的冲击而被摈弃，逐渐适应认同自己的文化地位，其民族意识极大地被淡化削弱。而美国主流社会有意掩盖黑人的历史真实，不愿正视和客观评价历史。作者试图打破美国文学史构建中对于种族问题长期的静默，以自己的方式挑战主流文化的话语权，借《宠儿》来书写那一段羞辱和灾难的历史，书写美国社会的阴暗面，来反对白人主流文化对黑人文化的歪曲与漠视。

莫里森不局限于历史现状的白描，而是以离奇的故事、象征的手法揭示社会问题，重现了许多非裔美国人尘封心底的历史记忆和在这段历史中无法安息的苦难灵魂。让逝去的宠儿复活，蕴含着唤醒黑人意识的重要意义。在莫里森看来，黑人的历史是黑人文化的精髓，黑人无法割断的民族纽带，只有回归历史，正视历史才能赋予黑人灵魂民族精神的寄托。复活的鬼魂既是塞丝死去的孩子的化身，又象征着奴隶制下受到欺辱压迫的奴隶，既是个人历史的体现，也代表了黑人集体的历史。作者在死的沉寂中寻找生的希望，在充斥着刻意遗忘、回避的文化废墟中探寻精神救赎的升华。因此，《宠儿》成为践行寓言理论的文本典范。

4. 寓言的启示

《宠儿》已突破时间、意识和记忆的界限，把神秘恐怖的过去交织于对现在的再记忆中，形成环绕"弑婴"事件的辐射和发散式网状结构。黑奴的创伤史以多种形式反复重演，成为似乎永远占据民族意识、文化和记忆的所在。过去的记忆和现在的经历交叠重现，创伤如幽灵般游弋于时间和意识之间。

作为种族暴力的受害者，宠儿还魂返世也治愈了黑奴共同的心灵创伤。她不仅揭露了塞丝、保罗和丹芙深藏心底的创伤，也象征了整个黑人种族历史和文化记忆深处代代相传的心灵创伤。小说展现了黑奴个人、家庭、祖祖辈辈乃至新生儿整个族群的悲悼过程。离世多年的宠儿重返人间，开启了饱受白人虐待凌辱的每一个黑奴记忆的闸门，也激励着幸存的黑人打破逆来顺受的沉默，唤醒封存已久的记忆和历史，发出呐喊的声音，让孤独的个体凝结成具有深厚民族情感的共同体。

莫里森在书中虚构了奴隶制下一个母亲杀婴，婴儿肉身还魂，讨还爱债的故事，而小说深意来自情节之外，来自恢宏庞杂的黑奴苦难史，来自无法被复述的令人颤抖的力量。通过塑造一个被迫回忆过去，坚强偏执的黑人女性形象，喻指黑人缺失的历史，旨在唤起深层的民族文化记忆，重构黑人的民族身份，这是寓言性文本的深意所在。同时，作者也想通过小说达到一些警示的意义：黑人永远不要离开黑人社区。离开黑人社区其实是逃避历史，远离民族，背叛文化的危险行为。黑人不能脱离黑人社区，也不能脱离历史。在白人主流意识形态的冲击下，黑人时刻面临着在经济、政治、文化、价值观等各个方面被白人同化的生存困境。因而黑人对历史的追寻和民族身份的实现，不应该是孤立的，需要与黑人群体相联系，否则便会孤立无依。黑人只有团结起来，正视历史，卸掉奴隶制加在他们身上的精神枷锁，才能获得救赎和真正的自由。

5. 结语

本雅明的寓言理论旨在从废墟、腐败、碎片中展现痛苦、悲惨和忧郁，最终实现灵魂救赎的升华。而寓言作为拯救灵魂的内心力量给了莫里森诸多启示。唤醒黑人种族的创伤记忆，是莫里森文学创作的立场，通过寓言式的小说剖析存在于真相上的表象。书中的主人公在黑人社群的帮助下得到了重生，到达了救赎的彼岸。作者塑造这样一个人物形象，旨在唤醒黑人深层的民族文化记忆，重构黑人的民族身份。奴隶制对黑人的身心造成的伤害历久弥深，黑奴背负着沉重的历史负担，黑人民族文化遭到了极大的破坏。但是黑人受到的伤害，通过黑人自己积极地面对、黑人群体的热切帮助、两性和种族之间的友爱和关切，是能够得到最终救赎的。

第五章　叙事学视角

虚假下的真实
——《聚会》中不可靠叙述剖析

摘要：本文通过对安妮·恩莱特的《聚会》中不可靠叙述的剖析，探寻叙述者薇罗尼卡在哥哥黎安去世后的内心世界，得出结论认为不可靠叙述非但没有减弱文本叙述的真实性，反而是一种帮助薇罗尼卡完成情感发泄与自我拯救过程的合理表达方式。

1. 引言

《聚会》以第一人称视角展开叙述，讲述了海格迪家族三代人的故事，揭露了家族的创伤与悲痛。第一人称作为一种直接表达的方式拉近了作者与读者的距离，令读者产生错觉，以为所叙述之事都是作者亲身经历或者亲眼看到、亲耳听到之事。然而作者在《聚会》的叙述过程中对不可靠叙述的运用，却使得读者如若坠入梦幻世界，不时对叙述者所述事件的可信度发出质疑。但细细品味，读者却又不难发现，正是不可靠叙述的巧妙运用，才加强了作品的感染力，在虚假中营造出真实。

整部作品是一个揭露"家丑"的过程。叙述者薇罗尼卡因哥哥黎安的过世而触发了记忆的开关，对过去的回忆与现实画面交织成电影镜头，在读者面前不断交替变换。区别于常规回忆，叙述者更多地揉入了自己的想象，过于夸张和漫无边际的想象在读者与叙述者之间似乎建造了一道鸿沟，产生了"间离化"效果，促使读者进行反思。哥哥黎安的去世为何会在薇罗尼卡心中激起如此大的波澜，以至于影响到了她的生活态度和生活方式？从哥哥溺水身亡到下葬这一段时间里，薇罗尼卡开始颠倒日夜的作息，拒绝与丈夫同床共枕，对身边的亲人若即若离，阴晴不定。俗话说"家丑不可外扬"，薇罗妮卡为何要如此大张旗鼓地揭露家族的丑闻，甚至大不敬地亵渎自己的外婆？本文认为可以从以下三个方面来解读薇罗尼卡的这一行为。

2. 兄妹情深

在海格迪家庭众多的兄弟姐妹中，薇罗尼卡与哥哥黎安关系最为密切。他们俩都不太讨父母喜欢（起码在薇罗尼卡的眼中是这样的），她在八九岁的时候与妹妹凯蒂被父母送到外婆家寄宿。这样的童年经历让薇罗尼卡产生了被抛弃和寄人篱下的感觉。外婆艾达的冷漠让幼小的薇罗尼卡无所适从，她只能向仅大一岁的哥哥黎安寻求陪伴与安慰。黎安暂住在外婆家时透过铁丝网向外面的湖水里撒尿的形象在文本中被多次提及，并且叙述者一再强调，这是她"印象最深的记忆"。而当黎安去世后的某个夜晚，薇罗尼卡驱车至外婆曾经居住的宽石街，却在从前黎安撒尿的地方发现"他喷射过的并不是铁丝网，而是旧式的围栏"。但稍后叙述者又予以否定，认为自己找错了地方。叙述者如此频繁地肯定与否定自己的判断，到底事实真相如何，不得而知。铁丝网也好，旧式围栏也罢，并不会对故事的发展产生明显的影响。但从这一细节的不可靠叙述中，读者不难发现，叙述者薇罗尼卡在哥哥去世之后一直努力寻求与哥哥之间的联系。宽石街的记忆是仅属于彼此的宝藏，薇罗尼卡在发现事实与她的记忆冲突时，惊慌失望而暂时失去了对事物的准确判断。薇罗尼卡对哥哥黎安的深情怀念可见一斑。

黎安的离世让薇罗尼卡悲痛不已。她主动承担了料理后事的重任，开始打电话通知所有的兄弟姐妹，并且所有的殡葬费用都由她来承担。在薇罗尼卡为黎安的后事奔波忙碌的过程中，漂浮在半空中的黎安形象一直如影随形。鬼魂这一概念的出现，增强了文本的不可信性。然而与其说徘徊在薇罗尼卡周围的是黎安的鬼魂，不如说它只是薇罗尼卡依据记忆中哥哥的原型而幻想出来的形象。自小到大陪伴在身边的哥哥，那个曾经最了解她的哥哥突然撒手人寰，这一事实让薇罗尼卡猝不及防，难以接受。因此，她的主观意念塑造出了哥哥的鬼魂，她渴望哥哥的鬼魂能够陪伴在她身边，陪她度过这段最孤寂难熬的日子。因此关于鬼魂的不可靠叙述非但没有减弱作品的真实感，反而真切地表现出了人在孤独无助时内心最热切的渴望。至亲之人的离世给生者带来的痛苦，在薇罗尼卡的幻想中一点点地呈现出来。借助对哥哥鬼魂的幻想，薇罗尼卡营造出哥哥依旧关注自己，依旧陪伴在自己身边的假象。这一自欺欺人的假象只有在薇罗尼卡完全从这段悲痛中走出来时才会消失。

3. 秘密带来的煎熬

叙述者在小说伊始就交代："我想要讲述的是在我八九岁那年的夏天发生在我外婆家的事情，但我不能肯定一切是否真的发生过。"因而尽管整本小说虽围绕着因黎安的葬礼而举办的聚会展开，但叙述者真正的目的是为了将尘封在记忆中的一个难以启齿的秘密揭发出来。只有她知道，酗酒并不是导致黎安自杀的真正原因，而她八九岁那年在外婆家的客厅里发生的不堪入目的一幕才是长久以来埋藏在黎安心中的毒瘤。

在整个揭秘的过程中，叙述者的语气一直都犹犹豫豫，似乎连她自己都无法确定这件事情到底有没有真实发生过。即使到她觉得"必须停止浪漫的想象并真实地讲述发生在艾达家里的事情"时，她虽肯定事情确实发生过，但依然无法肯定自己头脑中的画面是不是完全真实的。乍看之下，连叙述者自己都无法肯定的事情，读者又如何能够信服？但如若考虑到撞见这个秘密给年幼的薇罗尼卡心灵所造成的巨大冲击，似乎一切的支支吾吾遮遮掩掩又都变得合情合理。

不堪事件的始作俑者纽津（外婆的情人）早已不在人世，而事件的受害者黎安也刚刚撒手人寰，薇罗尼卡成了存活在这个世界上唯一知晓这一秘密的人。哥哥的死让她觉得有必要将这个秘密公之于众，因为她认为"真相"是死人唯一要求的东西。她对哥哥一直心存愧疚，因为尽管她是这一事件的唯一见证者，她却并未为哥哥做过任何事情来缓解他内心的痛苦与孤独，只是选择将这段往事尘封在记忆中加以逃避。除了纽津对黎安的伤害之外，潜意识中，薇罗尼卡也认为自己的不作为间接导致了黎安的死亡。

为了给死去的黎安一个交代，薇罗尼卡打算将这个秘密公之于众。可是直到小说结尾，薇罗尼卡也只是在下决心说出真相，并没有付诸行动。我们可以从她的一系列挣扎与犹豫中推断，尽管她觉得应该将这个秘密说出来，但在内心深处还是一直在逃避。因此，关于纽津是否对黎安进行了性侵犯，她一直模棱两可。叙述者故意模糊性侵事件发生的场所，最初一直强调事件发生在外婆家的客厅里，然而之后又推翻自己的说法，认为"纽津不可能愚蠢到如此地步。侵犯真正发生的地点是仓库，在黎安深爱的那辆车子和它的引擎的零件之间"。之后，从哥哥遭遇的性侵犯，又联想到其他人，怀疑海格迪家族中除了黎安之外，还有更多的人曾惨遭纽津的毒手。然而这一切又毫无根据，只是叙述者的幻想而已。通过这一系列不可靠叙述，读者可以看到薇罗尼卡的犹疑不决，可以看到这一难以言说的秘密带给她的折磨与痛苦以及她所背负的巨大精神压力。由此，她在叙述过程中语无伦次、前后矛盾的表现也就变得合情合理。

4. 对家庭的怨恨

薇罗尼卡对海格迪家族的怨恨在对母亲的态度上表现得尤为明显。故事从薇罗尼卡向母亲宣布黎安去世的噩耗开始展开。通过叙述者的眼睛，读者看到一个负面的母亲形象：无节制的性爱导致过度生养，生下孩子却又疏于照顾，甚至都没办法认出自己的孩子谁是谁。相应的，薇罗尼卡也会时常忘记母亲的样子，甚至看着母亲的照片也无法辨认出来。如此疏离的母女关系不禁令读者感到惊诧。而母亲在听到儿子去世的噩耗后，"下唇流出一条口水，断断续续的，垂下来。她的嘴唇无法合拢。她努力想要闭上嘴巴但双唇却拒绝合作，她只能发出啊啊的声音"。如此反应，与叙述者之前所描写的冷漠淡然、对子女毫不关心的形象形成了鲜明的对比。母亲到底是什么样子的？哪一种描述才是真实的？此处的不可靠叙述让读者暂时失去了评判的方向。而随着故事的发展，薇罗尼卡对母亲的偏见表现得越来越明显。她认为自己的父母不可救药，无法自控，"生孩子像拉屎一样频繁"。父母将薇罗尼卡与其哥哥黎安、妹妹凯蒂送到宽石街的外婆家寄养，在薇罗尼卡看来是一种将孩子排除在外只顾自己快活的行为。而寄居在外婆家又为纽津对哥哥黎安的性侵害行为创造了条件。因此，在薇罗尼卡的眼中，逼迫他们在纽津的屋檐下苟且偷生的父母才是真正的凶手。童年时受到的不公正待遇是所有偏见的根源。由此也不难理解，为何母亲的丧子之痛会被薇罗尼卡视为"生理反应式的、愚蠢的、没完没了的悲痛"。

如果说薇罗尼卡对母亲的怨言是情有可原的，那她对外婆艾达爱情故事的表述则完全是臆想的产物。叙述者从全知全能的角度，描述了纽津和艾达的相遇过程，对二者微妙的心理变化进行了细致的描摹。叙述甚至具体到了服饰、手套、帽子等细节，而且叙述的过程中夹杂着男女主人公各自对对方心理的揣测。愈是逼真到细节的描述，愈是让读者感到可疑。叙述者并未交代故事的来源，甚至后来自己也承认"这些都不过是我浪漫的幻想"。那么安排这一段幻想的目的何在？对于艾达与纽津、查理的三角关系，读者同样可以将其归类为薇罗尼卡纯粹的想象。叙述者甚至不惜花费大量笔墨来描写外婆艾达与外公查理做爱的场景，并将他们的洞房之夜和查理死后停尸的场所安排在同一张床上，甚至公开声明如此安排的用意所在正是为了亵渎死者。薇罗尼卡一度认为艾达做过妓女，并与男友麦克·维斯谈论她的推论，还引申出"艾达有可能曾经出家为尼"的结论。如此种种，无一不是对外婆的亵渎。叙述者关于艾达爱情故事的描述自始至终都是不可靠的。她这么安排的目的，很大程度上是为了给海格迪家族的创伤找到一个合理的根源，给她的怨恨找到一个适当的发泄途径。薇罗尼卡认为纽津对黎安的性侵犯是对艾达的渴望得不到满足时的报复，如此解释似乎可以自圆其说，但这也只是薇罗尼卡更多地凭着自己的幻想而不是证据推论出来的所谓"真相"。她的推论中掺杂了太多的偏见和怨恨，因此是不可靠的。但除了这种不可靠的推论之外，她没有其他更好的方法来纾解心中的抑郁与愤慨。性侵犯发生的事实不可更改，哥哥黎安也无法死而复生，而她要继续生活下去。通过正如她自己指出的那样，"我们都会有崩溃的时候，就像那些站在柱子上的木头雕的小鸟一样"。薇罗尼卡的发泄是一种自我拯救，从而避免了"栽进酒精中"的命运。

5. 总结

本文通过分析《聚会》中的不可靠叙述，探寻叙述者薇罗尼卡在哥哥黎安去世之后的异常表现，认为不可靠叙述非但没有减弱文本的可信度，反而更加真实地反映了薇罗尼卡内心的挣扎。文中大量的不可靠叙述是叙述者有意而为之。正是叙述者貌似不可靠的叙事，才将其压抑已久的愤懑、不满、内疚与痛苦释放出来，感情得到宣泄，倾诉的欲望得到满足。通过不可靠叙述，叙述者从一定程度上完成了一次彻底的情感释放，将自己从崩溃的边缘拯救回来。

《聚会》中的创伤记忆书写

摘要： 安妮·恩莱特的小说《聚会》通过叙述者对哥哥自杀事件的回溯，向读者展现了一系列带有历史创伤记忆的家庭事件，叙述在形式上的时空混乱与叙述者的思想迷茫和精神痛苦相呼应，从而也成为一种疗伤的仪式。本文试图通过论述《聚会》中叙述者独特的叙述方式，展现叙事如何成为叙述者的一种疗伤方式。

1. 引言

创伤性事件不同于一般的不幸事件，它们通常威胁人们的身体健康和正常生活。创伤使人们面临无助和恐惧的绝境，并使他们产生对灾难性事件的反应。精神创伤的特征是感觉到强烈的恐惧、无助、失控和毁灭的威胁。

20世纪90年代以后，"创伤"书写成为西方批评界讨论的一个热门话题，仅在过去十多年间，就问世了数不胜数的关于创伤文学的论著。而西方学者所讨论的创伤文学主要聚焦于历史语境中的宏大叙事。与"宏大叙事"视阈下的"集体创伤"相左。《聚会》中关乎记忆的扭曲和家族秘密的侵蚀，关乎落空的贪婪和无边的欲望，向我们展示了"小叙事"视域下存在于一个家庭的"个体创伤"。在海格迪家族中，丈夫与妻子、父母与子女、肉欲和爱欲的关系纠缠不清，孩子们精神创伤的根源在于他们不是爱的结晶，而只是性的产物。

叙述是人类最基本的冲动和诉求。美国知名后经典叙事家戴维·赫尔曼指出，故事"不仅是艺术表达的方式或交际的手段，而且也是人类最重要的禀赋"（Herman，2009）。《聚会》中描写了许多创伤性事件，叙述者对创伤的不断回忆与叙述，打破了正常的时空顺序，在时间、空间上跳跃多变地再现往事，反映了叙述者对创伤的深刻记忆，不是单纯地描述和再现创伤，也是在探索创伤治愈的可能性。本文试图通过论述叙述者时空混乱的叙述形式，揭示《聚会》中所展示的种种创伤，展现叙述者如何通过叙事找到一种伤痛愈合的途径。

2. 小说叙事的时空混乱

从情节上说，黎安的自杀是创伤性的中心事件，由此引发了一个个创伤记忆浮出水面。黎安的投水自尽给妹妹薇罗尼卡沉重的打击，关于黎安的叙述并不连贯，也不完整，断断续续却又无处不在，简直是一个不在场的在场，由黎安而打开的记忆闸门伴随着整个家族的累累伤疤。"也许我并不了解真相，也可能只是不知道如何说出真相。但这都无关紧要，我有的不过是故事，夜思和怀疑中骤然萌生的认定"。对黎安的记忆如同幽灵鬼魅般撩拨着薇罗尼卡内心深处，挥之不去，痛彻心扉。

故事在两个平行的层面上展开，一个层面是展现在外在客观世界中的人物和行为，黎安死后家庭成员的反应和主人公生活的进展。而另一个层面展示的是叙述者的心理时间，过去发生在家庭成员身上的种种事情相互交错，重叠，呈无序状。故事的情节在两条线间自由地穿梭。

薇罗尼卡虽然在开篇为黎安的死埋下了伏笔："哥哥的死早在多年前就已经埋下了根源。始作俑者早已不在人世——至少我这样认为。"然而她并不急于揭开哥哥自杀背后隐藏的不为人知的隐秘事件，只是捕捉自己心头留下并时时浮现在脑海的印象，然后加以展现。回忆没有按照物理时间来交代故事的来龙去脉，而是跨越时空界限，通过前后穿插，逐步将零碎分散和孤立的回忆、印象与意识活动串在一起。开篇部分的物理时间是 1925 年祖辈相遇的时间，第七章回忆跳转到 1986 年父亲的葬礼。第八章叙写 1968 年自己连同小妹被送到外婆家暂住的记忆。第十章转而追述艾达和查理相识一年左右的情境，叙述者在三四岁还有七八岁时候的记忆又零碎地分散在文本中，叙述者大学时光的情爱经历以及与哥哥的情感交流穿插其中。二十一章回忆年华老去的艾达和迟暮之年的钮津。二十二章断断续续地叙述 1974 年无法抹去的一段记忆，开篇的悬念呼之欲出，"我觉得这可能是个失真的记忆，因为我总要在排除重重障碍后才能找到这段经历。也许是因为这段往事太不堪的缘故"。叙述者对回忆的某些细节在这一章突然变得回避和模糊化，对于痛苦的记忆采取了突兀转向的写法。二十五章忆写少年时代的兄弟姐妹。而三十八章时间又转到艾达得知钮津死讯的那一天。从叙事学角度来看，这是一种典型的"错时"技巧，逻辑顺序颠倒混乱，情节支离破碎。

除了回忆这条线索，现实作为另一条线索在文中同时行进，过去的经历和回忆隐藏在现实的表层之下，在某个时刻会突然冒出来，两者相互交叉，读者的视角随主人公的心理意识流动，在回忆与现实的场景中变换穿梭。小说的时空变幻莫测，令人在跳跃中感受叙述者情绪的起伏、心情的动荡，以及事物的流变。时间上大幅度的跨越让叙述者的想象和回忆得到了极其有效的延伸，叙述者跳入心理时间的意识之中，随意在现实和回忆间穿梭，奔涌的思绪和变幻莫测的心理活动打开了叙事的时空之门。混乱无序的叙说真实地呈现了叙述者随意流动、纷乱如麻的意识活动。

3. 时空叙事与人物关系

创伤事件与创伤经历成为小说中人物挥之不去的记忆，记忆不断提醒小说人物过去的伤痛经历，激发他们对往事的阐释和想象。"人类对自身的存在和身份感知是以记忆的延续为前提的。一旦丧失了记忆，或中断了记忆的连续性，身份就无法得到确认，自我就没了灵魂，存在就成了虚无。"（张德明，2009）

叙述者在叙述中运用了时间倒错的叙事手法，将故事的正常时序完全打乱，构建起一个看似凌乱破碎，毫无逻辑可言的时间序列。《聚会》中的时间呈现一种无形的流动状态，过去现在互相穿插，彼此交融。家庭中的主要成员形象遍散在小说的各个章节和各个段落里，他们是零散的，碎片的，没有系统的分析和议论，没有集中的刻画和渲染。叙述者回忆了很多事情，祖父母的恩怨情仇，印象中的父亲母亲，小时候的悲惨遭遇，混乱无章的家庭生活，有的事件只是略略几笔，有的事件在前后篇章中反复出现，连续的、一维的时间被打破和肢解，时间在现实叙事和虚构回忆中来回穿越，零零星星，直到叙述者慢慢拨开迷雾，讲出童年记忆的一幕，郁结难开的根源就在于目睹了黎安当年的创伤性事件，难以平息自己受伤的心灵，自此各部分连缀组合，一切的琐碎事件呈现出了一副宏观的空间图景。

酗酒并没有直接导致黎安的死亡，尽管是一个诱因，"他之所以酗酒是为了证明自己的存在"。真正的根源还要追溯到1968年的冬天，在他尚且年幼之时发生在外婆家的可怕经历。在弗洛伊德看来，儿时的精神创伤会延续一生，影响人的性格，决定人的命运。"从患者过去的经历和所形成的性格来理解患者现在的受创状态才是解决创伤问题之所在。"（Garland，1998）只有当了解了受创者所受的伤害以及其产生的心理阴影时，才会对其创伤后表现出来的种种反常进行解释，并真正理解受创者。"黎安在我的记忆里永远是和平时一样的表情，苍白而又空洞，黑色的长睫毛下依旧是那对瞪得大大的清澈湛蓝的双眸"。"在那一天和后来的很多日子里，我都在黎安的眼神中看到一种巨大的阴郁感"。在童年所受到的性伤害严重影响了黎安的自我价值感，让他带着深深的恐惧感、不安全感和羞愧感长大。于是前文断断续续的回忆自此有了意义，一切的不幸来自于1925年祖辈的相遇，美貌的外婆嫁给了查理，与钮津保持着不正常关系，微妙的三角关系是家族厄运的源头。薇罗尼卡通过回忆发现：当父亲在母亲身体里制造了十二个孩子和七次流产的时候，他只是在单纯地做爱，在他而言这些不过是他的需要，或者说是他的欲望，都是他理应享有的权利；而母亲只是在没完没了地糊涂地怀孕，怀孕的间隙期就是经常莫名其妙地发难或者突如其来地哭泣；外婆艾达在发现情人对自己的外孙的所作所为之后，脸上顶多只写了三个字：无所谓。

在这样的家庭中，父亲是欲望和耻辱的化身，母亲却是虚无缥缈的隐形人。这个家庭中只有肉体意义上的父母，没有情感意义上的双亲。"就是当我仰望着楼上父母卧室里时心里的感觉，我们都是在那里被孕育的：我能感到我们命运的多折——与其说是多折倒不如说是模糊——没人知道该如何去把握人生。"在只有血缘关系没有亲密情感的海格迪家，孩子们是自己挣扎着长大的，他们承受的只能是无尽的思想迷茫和精神痛苦。叙述者在叙述独白中回忆了往事，通过随想式的描写顿悟了事情的前因后果，传达了人物的性格命运。正是通过这些看似漫无边际的浮想联翩出的点滴所思，片段所想，才使得读者在碎片式的拼接中慢慢清楚他们的家庭关系、生活习性、脾气秉性，深入叙述者的内心世界。

4. 作为疗伤仪式的叙事

叙述者时空跳跃的叙事，折射出其杂乱无章的思想意识，这种颠倒混乱的时间揭示了她游离不定的心理状态，奥地利心理治疗师弗兰克指出创伤是一种深层次的心灵伤害，记忆里的内容支离破碎残缺不全，造成"不确定""不明白"的恐惧以及"不解"的症结，成为深深的压抑甚至威胁"自身存在"的感知。"创伤受害者不仅被已发生的创造性事件所折磨，更被类似事件注定要再发生的恐惧折磨。患者不能把创伤作为过去的经历来回忆，在他们看来，创伤性事件一直没有过去，而是存在于当前生活的方方面面，并下意识的认为将来还会发生。"（Freud，1953）创伤于薇罗尼卡是真实属己的切肤之痛。是横亘在家庭、母女、兄妹之间挥之不去的心理现实。作为家庭创伤的幸存者和见证人，在心理上受到的冲击使她一方面对创伤事件的记忆进行抑制，另一方面又不可控制地不断重现创伤性情景，记忆在这个过程中经常发生变形和扭曲或者以伪装的形式出现。薇罗尼卡的整个叙述就是她记忆的一个个碎片，如同她所要记述的创伤历史一样，有着不可抗拒的重复性和不确定性，创伤性事件不能被经历者一次性地全部接受，它持续地存在于经历者的意识中，不断产生痛苦的刺激，衍生成对往事的无意识拼凑。

　　布罗伊尔和弗洛伊德一致认为只有将潜意识的东西转化为某些意识层面的东西，心理创伤才能减轻，虽然不可能被永久消除。"每当我看到女儿们的时候我心里就会想，你们在八岁的时候其实什么都明白，只不过事实经常被隐藏起来了，密封上了，让你不得不剖开自己才能找到。"把自己的创伤经验和记忆通过叙说的方式以此释放内心被久久压抑的情感，是薇罗尼卡创伤心理恢复正常的重要途径。

　　薇罗尼卡的叙述跳跃于过去和现在之间，在叙述中不断地插入和并置，层层镶嵌叙述者的心理空间，即那些由回忆以及思考组成的片段。这种看似时空混乱的叙述形式与叙述者的思想迷茫和精神痛苦是相契合的。接触空间理论中有一个观点认为扎根于创伤中的文学叙事，"依靠间接手段或诗性语言的无意识铭写来表现创伤，形成有关创伤的高度矛盾含混的证据，抗拒者记忆中无法忍受的痛苦以及遗忘造成的威胁"。"文学的创伤功能建构是悲悼的，打破沉默的，借记忆的灰烬中残留的碎片和余热让创伤从心灵的墓地里爬出来并自行言说的主体。"（陶家俊，2008）

　　记忆无疑是一个专揭内心伤疤的利器，通过再现伤痛的场景，召唤过去的痛苦经历。"创伤性事件并不是在其发生时就被主体彻底理解，而是随着这种事件不断地，带有侵略性地困扰主体才能被更好的领悟。"（Whitehead，2004）虽然修补过去那不完整的回忆是件很痛苦的事，但是要治愈精神创伤，就需将过去那些支离破碎的回忆拼凑起来，去正视。薇罗尼卡重新回忆叙述并体验自己痛苦的家庭生活的过程，通过回忆那段刻骨铭心的创伤，来抚平

心中的痛从而使得自我创伤的治愈成为可能。"讲述回忆创伤故事使故事得以复原，回忆并不是沉溺于回溯过去的困境，而是利用过去的信息为创伤事件的发生寻求合理的解释。"在解释中，人们试图扭转和重构创伤记忆，解释引导人们朝向未来，最终创伤的感觉会平息消退。薇罗尼卡通过记录那些挥之不去的噩梦，耿耿于怀的创伤情景，重构了一个坚强的、积极摆脱心理创伤的自我。"我想要在早晨醒来在夜晚睡去。我想要和我的丈夫再次做爱。因为他每次试图解开我的衣服，我都会感到自己正在被爱修复。"正是对惨痛创伤记忆的书写，才使薇罗尼卡完成了对心灵的自我疗效，从而逐渐走出创伤，达到心灵的平静。薇罗尼卡最终决议修复和丈夫汤姆的关系，做好准备再要一个孩子，去享受孕育新生命所带来的快乐。

5. 结语

《聚会》的叙述者薇罗尼卡在经历目睹了家人的身心创伤之后，以不断回溯的方式讲述出来，记住过去以给自己生存下去的力量，叙述成了她治疗创伤的一种特殊的仪式。在她的叙述中，过去与现在、现实与幻想是混杂交错，人物意识的流动跨越了物理时间和现实空间的束缚，在心理时间和心理空间中频繁跳跃。字里行间让读者感受到了叙述者强烈的思想震荡和巨大的精神磨难。而正是通过不断回忆痛苦的经历，叙说丧失和创伤的痛苦体验，才得以重建创伤记忆，使叙述者对自我、家庭关系重新连接整合和修复从而达到健全的自我。

强弱起伏、多重转换的"声音"
——《霍华德庄园》的叙述声音解读

摘要："叙述声音"反应的是叙述者对小说的介入程度，是衡量小说主观与客观的重要标准。《霍华德庄园》的叙事行进中，叙述者常常表现出一种凌驾于文本之上的姿态，或不断为人物性格下定论，或对故事和人物大发议论，或抒发自己的人生观、价值观。小说叙述声音的强弱变化、立场转换以及评论式话语，都体现了"隐含作者"的意图，反映了隐含作者的立场和小说想要表达的主题。

1. 引言

维多利亚时代的尾声，工业化进程加快，城市扩张，科技进步，生产力大幅提高，大资本家垄断社会财富，社会贫富差距巨大，新兴的中产阶级生活富裕安定，上流社会纸醉金迷，下层社会则哀鸿遍野。《霍华德庄园》的故事正是在这样一个背景下发生的。不同于狄更斯等作家的犀利批判，福斯特用温和的笔触，以婚姻和爱情为主线，引导读者关注着社会不同阶层的个体对时代巨变的适应以及他们各自的生活状况。

不管是人物刻画、背景设置还是情节推进，《霍华德庄园》都有着浓厚的传统小说色彩。"在传统上的第三人称小说中，叙事话语一般体现的是叙述者客观可靠的眼光"（申丹，1998），而《霍华德庄园》的叙述者却表现出非常主观的色彩。从某种程度上来看，《霍华德庄园》就像是一首乐曲，只是在这首乐曲中，本应该位于主要地位的故事隐没了，变成了从属的大背景声音，而叙述者的声音才是主旋律。叙事行进中，叙述者常常表现出一种凌驾于文本之上的姿态，或不断为人物性格下定论，或对故事和人物大发议论，或抒发自己的人生观、价值观。

"叙述声音"是衡量小说主观与客观程度的重要参数。"叙述声音的强弱与叙述者介入的程度成正比，叙述者介入的程度越深，叙事声音越强，那么作品主观色彩越浓，叙述者介入的程度越浅，叙事声音越微弱，则作品越具客观性"（张薇，2004）。《霍华德庄园》的叙述过程中，叙述声音非常强烈，主观性色彩非常浓厚。小说是"与读者交流的一门艺术"，小说的叙事是一种交流行为，其根本目的在于向读者传递故事及其意义。对其叙述声音进行细致地解读，分析其强弱变化以及立场转换的特点，可以更好地理解主观性色彩浓厚的叙述声音对小说主题的导向所起的至关重要的作用。

美国芝加哥学派著名学者韦恩·布思在《小说修辞学》中提出了"隐含作者"这一概念，指"理想的、文学的、被创造出来的真实作者的替身，是他自己各种选择的总和"（Booth，1983）。"隐含作者"为真实作者的"第二自我"，是真实作者在写作时采取的特定立场、观点和态度。从读者的角度来看，是读者阅读过程中以文本推导出来的作者的形象或者叙述者的形象。这里提出隐含作者的概念，旨在与真实作者加以区分，认为《霍华德庄园》中的叙述者，即隐含作者，是真实作者创造出来的，是小说的一部分。

2. 叙述声音的强弱起伏

一般认为《霍华德庄园》的叙述者是一位站在隐含作者本人立场上、具有全知视角的男性叙事者（当然，有的时候叙述者也会站在女性的角度抒发情感或做出评论）。"叙事者运用的全知和干预的手段我们已经很熟悉了，但是叙事声音进一步地自怜自艾、操控读者，这比在任何其他福斯特作品中都更频繁、更长久。"（Rosecrance，1982）

整体上而言，小说叙述者的声音非常强烈，经常盖过人物的声音，然而在整个叙事过程中，并不是一成不变的处于强势者状态，而是呈现出一种不规则的强弱渐变现象，套用福斯特自己的理论，可以认为这样的强弱交替在某种程度上是小说节奏感的一种体现。

小说的第一节中，叙述者似乎只主观的说了一句话——"事情不妨从海伦给她姐姐的几封信说起"（Foster，2000），接着便直接引用海伦的信件内容。这时，叙述声音表现得并不强烈，只是一种客观的陈述。当然，也有评论家认为，其实在客观呈现海伦信件的行为中，叙述者仍然发挥了自己的特权，对信的内容进行了删节，"我这就穿上（省略）。昨天夜里威尔考克斯太太穿了（省略），埃维穿了（省略）"（Foster，2000）。叙述者将女性对于服装的描述删除了，一方面可以认为是为了保证文本的详略适宜，让读者不必纠缠于这些细枝末节；也可以从另一个角度出发，认为叙述者对女性之于服装的描述隐隐流露出一种不耐烦的情绪，因而可以作为叙述者是男性的佐证。

叙述者较为客观地呈现了海伦信的内容，读者可以通过海伦信中的语言去揣摩出海伦的一些特点，然而，叙述者并没有赋予读者很多这样的机会，叙述者的介入很快便表现了出来。"交代几声她们的出生"（Foster，2000），"关于蒂比就用不着交代了"。叙述者拥有绝对的权威，当然可以详略自由。除了对人物家庭背景的交代，叙事者也经常站出来给人物的性格做定论式的概述。

这种定论式的直接导致了情节的薄弱和人物形象的主观性。是作者的主观性，并且强加于读者。最让人迷惑不解的，就是玛格丽特和亨利之间的所谓爱情。仿佛是叙述者想让他们在一起，便在一起了。除了一些零星的算不上情感萌发的铺垫，此外别无其他，只是总结性的概括言论，没有细致入微的刻画描写，所谓的心理描写中的情感流露，也更像是叙述者的自说自话，人物性格和形象的饱满性只是表面现象，根本没有细节的支撑，让人觉得很是突兀，男女主角的结合，似乎就是为了寓意两个阶层的"联结"。

与叙述声音强弱相对的，还表现出一种之于文本的游离，也就是叙述者总是故意离开所叙述的事情或者对人物行为的描写，转而对一些看似无关紧要的事物发表自己的看法。"啊，说来奇怪也可悲，我们的心灵竟会是这样的苗圃，没有力量去挑选种子……人，不能承受心理的学说……人，不屑品味自己的灵魂……"（Foster，2000）虽然下文紧接着就联系到两姐妹之间的心灵沟通问题，但是这突然插入的一段叙述者自白式话语，更多的是体现了作者或者说隐含作者对人的理解和看法。又如："悔恨可算不上永久不变的真理。古希腊人……"这一段文字都是叙述者对于"悔恨"的看法，然后引导读者，用这样的对于"悔恨"的理解，去看待伦纳德内心的痛苦。

威尔考克斯太太葬礼上，叙述者关于葬礼、洗礼和婚姻的看法"三样笨拙的人生设计，要不来得太晚，要不来得太早，社会凭借它们把人类的快速动作登记下来"。（Foster，2000）。虽然下面紧接着就说了"在玛格丽特看来，威尔考克斯太太逃避了登记……"（Foster，2000），同样的，其实更像是叙述者自己所抒发的对于人生、生命的看法，或者说是叙述者的声音融合到人物心理活动中，借由人物之口，讲一些大道理。

3. 叙述声音的多重转换

除了叙述声音的强弱渐变，小说中叙述声音还具有多样的表现形式，时而是叙述者的声音，时而是人物的声音，时而人物内心声音中融入叙述者的声音。叙述声音在两者之间频频转换，叙述者声音与人物声音之间交错和糅合。此外，如前文所提到的，虽然从大体上来说，可以将小说的叙述者定义为一位经济上还算不错的绅士，然而，有些时候，叙述者也会站在女性的立场，仿佛是以女性的姿态在发出议论，做出评判。

伦纳德与玛格丽特初识后在回去的路上讨论音乐和绘画时，基本上都是直接引语的形式。"显然，这姐妹俩发生过争吵"，"一个非常不幸的家庭，哪怕天资都很高"（Foster，2000），这里可以很明显地分辨出来是巴斯特在发出揣测的声音。然而大多数情况下，小说中叙述者的声音和人物的声音总是混合在一起，难以区分。"姑娘们早晚要出嫁，就是人们常说的'把自己泼出去'，如果她们目前迟迟未动，那她们以后只会更加迅猛地'把自己泼出去'。"（Foster，2000）这句话细究其说话语气，很像是芒特太太说的话，是姨妈对两个"大龄"外甥女的担忧。而从叙述者的角度来看，这里算是小小的伏笔，为后面玛格丽特与亨利·威尔考克斯的略显突然的情感做了小小的暗示。玛格丽特在得到亨利·威尔考克斯这样一位物质上优越的、代表了社会现代化发展的有身份地位的上层人士青睐时，就"迅猛地"把自己的情感"泼出去"了。

又如："二十五岁的人，她就固执己见。等成了一个老婆子，她还有什么希望啊？"（Foster，2000）没有加标点，也没有说明话语的发出者，只是凭借上下文判断，可以认为是姐姐玛格丽特对妹妹太过理想化、太过情感用事的性情的担忧和小小埋怨，但是又何尝不可以理解成是全知全能的好对人物下定论、发评论的叙述者所发的感慨呢？

"男人也许会表现得更加圆滑。然而女人在别的方面反应机敏，但在这方面却很拙劣。她们看不出来我们为什么应该把收入和前程用一层薄纱罩住。"（Foster，2000）从这句话判断，很自然会将叙述者定义为男性，然而叙述者又不总是以男性自居。"怜悯，如果概括起来说，就是女人的本质。男人喜欢我们，那是因为我们具备更优秀的品质，不管他们的喜欢多么脆弱，我们都不敢视而不见，不予配合，否则他们就会不声不响地让我们走开"（Foster，2000），这里，叙述者显然又站在了女性的立场上，以女性口吻发表的这番女性对男性的看法。

有时是人物的声音，有时候是叙事者的声音。叙事者有时是男人的立场，有时是女人的立场。有时候是讽刺，有时候是褒扬。不同立场的叙述声音此起彼伏，像交响乐的合奏，不同乐器组合在一起，形成一个整体，声音丰富。这种叙述声音的转化，呈现出一种交错的节奏感，使读者更直观地看出各个阶层的人物不同的心态，以及对其他阶层人物或者异性的偏见和固有观念。

4. 叙述声音的评论性话语

《霍华德庄园》的叙述者的叙述带有很强的主观色彩，在叙述事情的过程中经常会跳出文本的叙述，凌驾于文本之上，穿插自己对于特定时间的看法和评价，夹叙夹议。叙述者仿佛与读者面对面，对本身叙事方式和方向进行评论，对人物的种种行为进行点评。这种夹叙夹议的话语体现在三个方面，一是叙述者表现出来的与读者之间的交流愿望；一是叙述者对以后说话时刻会发生的事情的"提示"；一是对人物行为和事件所做的评论。

"对玛格丽特来说——我希望读者不会因此错怪她——国王十字街火车站……"（Foster，2000）"他们的房子位于威克汉老巷，环境甚是清幽……你因此感觉到一股回流……"（Foster，2000）"读者""你"这样的字眼，听上去就仿佛是叙述者在读者面前，与读者直接对话，小说的叙述行为所具有的交流功能此时便十分明显的体现出来。然而这样的话语实际上也体现了叙述者对读者的操控意愿，希望读者按照自己的意愿去理解人物。

"我们对真正的穷人并不关心。他们是不必加以考虑的，只有统计学家伙或诗人才接近他们。本篇故事只涉及上流人士，或者只涉及那些不得已假装自己是上流人士的人。"（Foster，2000）说完这句话之后，叙述者便紧接着转向了对伦纳德·巴斯特，这个位于"上流阶层的最边缘"的小人物的叙述。叙述者无疑给了这样一个暗示，没有钱的伦纳德所代表的正是"不得已假装自己是上流人士"的那类人。当后文写到伦纳德花时间读大量的书，试图"赶上"海伦姐妹俩那样的人士时，一股讽刺的意味袭来。而紧接着，伦纳德自我的讽刺，双重讽刺带来的是徒然而增的悲凉感。"这生活啊，横竖看去，整个儿都不是为了像他这样的人享受的。"（Foster，2000）

"就这样，威尔考克斯风波终于成了一段往事，后面的记忆，有甜美，也有后怕……"（Foster，2000）

全知全能的叙述者经常这样，对以后会发生的事情加以评论性的带过。小说中这样的评论不胜枚举。有时，这样的"提示"会让读者对以后会有何种甜美的记忆以及如何让人后怕萌发一丝好奇，然而也有的时候，也会让读者觉得很是疑惑。比如，海伦很久都不出现后，玛格丽特思考海伦到底是因何如此时，竟然很自然地联想到是"年轻男女可能发生的事情""一件小小的意外"（Foster，2000）。诚然，曾经的海伦与保罗之前的那种冲动订婚的行为是能让读者对玛格丽特这种猜想时并不有所反对，但细想之下，未免太过牵强。而且也减少了后面得知海伦是因为怀孕才对家人避而不见时的那种意外感。

叙述者自己对自己的评论员属性倒是认识的很清楚："接着追踪这场讨论已无必要。到了这个时刻，本评论员应该先行一步了。威尔考克斯一家应该把他们的家拱手让给玛格丽特吗？我认为不应该。"（Foster，2000）叙述者直

截了当地以评论员身份自居，对事件发表自己的看法。当然，也有评论者认为此处指的是作者自己。如果将这里的"本评论员"理解成真实作者而非叙述者或者隐含作者的话，似乎有所不妥。因为真实作者创作的故事进行到最后，玛格丽特得到了霍华德庄园。而且作者所要传达的"联结"概念，也表明其立场是应该由玛格丽特这样一位虽然思想先进，但却足够理性，古典与现代特色相交融的"过渡性"人物来将传统与现代联结在一起。而理解为叙述者或者隐含作者的话，这表明，这位全知全能的操控性很强的叙述者，再一次"试图操控读者的感受"（Martin，1976），读者会受到叙述者声音的影响，去思考玛格丽特到底该不该得到威尔考克斯夫人的这一馈赠，进而对日后事态如何发展，她究竟是否会得到霍华德庄园而产生好奇。

评论性话语是比描写和概述都要洪亮的叙述声音，可以说是叙述者权威的最高体现。可以对故事中的人物和事件进行道德评论，也可以进行是叙述者本身对人生和事物的看法和观念的传达。

5. 结论

《霍华德庄园》生动地再现了维多利亚时代末期现代化进程对各个阶层的冲击，以及随之而来的各自的"病症"，称其为 20 世纪最伟大的作品之一是实至名归的。然而从读者接受来看，其叙述模式使得本就没有跌宕起伏的情节的传统故事在现代读者眼里吸引力大减。在现代主义和后现代主义文学的冲击下，读者习惯了那种通过细致生动的描写传达出人物的性格特点的客观性叙述姿态，而不是凌驾于文本之上的全能叙述者，以一种下定论的口吻告诉读者，小说中某个人物的特点是什么，那样无异于剥夺了读者调动自主体验去解读文本含义、推敲人物性格特征的乐趣。

但是，叙事的目的是交流，其根本目的在于向读者传递故事及其意义。如果将《霍华德庄园》的叙述者看作是小说故事的重要组成部分，他给人物下的定论，其实是他对这个人物所属阶层的理解。这些人物所具有的象征意义是非常强的，这就省去了读者理解人物属性所需花费的时间，使得读者能够更集中地关注各个阶层的矛盾冲突，进而感受各个阶层联结的必要性和所面对的困难。同时，多变的叙述声音，高低起伏，与以故事为支撑的背景旋律形成一种节奏，共同谱写以"联结"为主题的交响曲。

第六章 存在主义视角

小人物无法冲破的存在藩篱
——《霍华德庄园》中巴斯特形象的存在主义解读

摘要：《霍华德庄园》除了再现当时英国中产阶级上层社会的生活情况，还展示了一个小人物伦纳德·巴斯特的生存悲剧。本文运用存在主义的相关哲学理论，分析福斯特笔下的人物伦纳德自我对抗、异化、矛盾的一生，意在揭示其追寻自我的人生悲剧的成因，探究存在主义视角下小人物的生存前景。

1. 引言

存在主义是 20 世纪重要的哲学思潮之一，它具有超越时空的普适性。将其发扬光大的是法国的萨特，他提出的存在主义三原则触及了这一理论的本质性问题，即"存在先于本质"，"世界是荒谬的，人生是痛苦的"及"自由选择"（萨特，2000）。这三大原则表现在无神论存在主义文学里，就反射出世界的荒谬和个人的孤独。但是人的价值应高于一切，人真正的价值在于超越生存其中的环境，自由地选择成为什么样的人。从这一方面来说，存在主义哲学视角下的人应该是有强烈自尊的，向往自由的，能体现生存价值的生命主体。

《霍华德庄园》的背景时代是 20 世纪初的英国，具有浓重的维多利亚色彩，小说通过三个家庭之间的故事，呈现出那个时代存在于富有资本家、中产知识分子以及下层穷人之间的冲突与矛盾。故事中还塑造了一个物质匮乏却有高尚精神追求的小人物伦纳德·巴斯特形象。他虽然贫穷，但却是个有理想、讲信用、有骨气的人。他终其一生想要实现自我价值，确定自我身份，但却始终无法冲破存在主义的藩篱。

之前在对福斯特这部小说的研究中，批评家和学者更多的是从连接主题、叙事策略、女性主义、生态批评等角度发现小说的文学价值。本文则尝试以萨特的存在主义的哲学观来分析书中塑造的小人物伦纳德·巴斯特，从而更深刻地理解小说蕴含的人生哲理。

2. 荒谬的存在处境

萨特把存在的基本方式分为两种：自在的存在和自为的存在。他认为，人之外的一切事物属于"自在的存在"，这个"自在的存在"是一个偶然的、荒谬的、不可名状的王国，是一个敌视人，使人异化的世界。"自为的存在"包含作为一个意识的主体的存在，即人的存在。人作为"自为的存在"是一种非存在，一种虚无，人活在这个荒谬的世界里，要经历一个自我否定、不断更新、转换自身、超越自我的过程。但是由于自在世界敌视人的特性，作为自为的人会遇到内存于自在世界各种力量的百般阻挠。"只要我存在，我就会被投入不同于我的存在物中，这些存在物逐步显现出他们包围我，反对我的潜在性"（萨特，1986）。《霍华德庄园》中伦纳德的生存境遇为我们展示了一个异己的困境，一个荒谬的世界。人只是这个荒谬、冷酷处境中一个痛苦的人，世界给人只能是无尽的苦闷，失望，悲观消极，人生是孤独的。

2.1 "边缘"化的阶级处境

"那个青年，伦纳德·巴斯特，站在上流阶级的最边缘。他不在最底层，但他看得见最底层，有时他认识的人掉下最底层就销声匿迹了。"（Faster，2000）伦纳德·巴斯特属于城市中产阶级的下层，他在中产阶级的阶级边缘挣扎，社会地位飘飘摇摇。他是自耕农的后代，出身于体面的下层中产阶级，但是因为杰姬这个女人，他与自己的家庭割裂了联系，和下层社会连接在了一起。他在一家保险公司做小职员，收入微薄，生活窘迫，和妻子蜗居在伦敦一个逼仄、肮脏的公寓楼半地下室，生活举步维艰。一把满是接缝的雨伞是他为数不多的财产之一，但是他认为只要这把雨伞还在，他便还是有一个明确的中产阶级身份。他虽然生活拮据，却不吝惜购买丝质礼帽和燕尾服，试图通过这些来标榜自己的中产阶级身份。但是，他也明确知道自己是处在

"体面的最边缘"。对于他而言，一旦失去了工作，交不起房租，随时都可能成为伦敦街头朝不保夕的落魄流浪者。

2.2 日复一日的机械工作

加缪指出："现代社会里，有许多工匠式的人们，像西西弗斯一样，每天做着同样的工作，这种命运无疑是荒诞的。但更可悲的是，人们对这种状况，还毫无知觉。"（Albert，1976)

伦纳德为了生存糊口，待在一家保险公司，每天做着机械的工作，"计算成本，写信，向新的客户解释规章，然后把这一套向老客户再做解释"（Faster，2000）。当施莱格尔姐妹问及伦纳德是否了解公司的运营状况时，他一无所知。"他只了解这架机器他自己所在的角落。此外，就什么都不清楚了"。他只是一个巨大机器的一个小零件，注定将成为城市化进程中机器大生产体制下的牺牲品，可以毫不留情地被随意替换和处理。他处于像物一样的生存方式，机械的生活剥夺了他选择和行动的自由，他的存在是一种毫无生气、简单的存在，即自在的存在。

2.3 孤独感和压抑感

萨特认为："因为客观世界包括自己周围的人，都是偶然存在，所以生活于其中的任何个人的主观感受都有一种荒谬感，在灵魂深处无法与他人完全沟通，因而精神上也必然产生一种恐惧感和孤独感。"（杨昌龙，1998）物质生产和精神生活的矛盾，不同社会阶层思想的摩擦，人与人之间关系的疏离，在这样的现实生活中小人物所面临总是不可知的境遇，因而会经历不同程度的异化，产生孤独感和压抑感。

"这种习惯类似于一种登徒子的行为，一种发泄，哪怕是一种最糟糕的发泄，为了无法克制的本能而发泄。这种习惯让他担惊受怕，只有把他内心的秘密倾吐给那些他很少见到的人，才会镇压住他的种种猜忌和谨慎。"（Faster，2000）伦纳德被工业化的浪潮卷入了城市，既脱离了土地，又无法在城市立足，只能在城市文明的夹缝中挣扎，他渐渐迷失了自己原有的身份，他的个人理想在那个社会背景下完全无法实现，他的浪漫主义情怀又无法和同一屋檐下只会捕风捉影，在物质生活上对他不断施压的杰姬分享，他感到他人和世界对他而言是陌生的、疏远的，感到自己处于一种孤独的、情感无家可归的状态。他的自我孤立，自我封闭，对周围人事的猜忌和谨慎，看似荒谬可笑，却有着让人心酸的缘由。他在雨伞这件不足挂齿的小事上也充满戒心，是因为"这个年轻人在过去曾经'受过骗'——骗得很惨，也许惨不忍睹——现在他主要精力都用来保护自己免遭暗算"。他不愿与外界接触，是因为曾经的一些经历和挫折使他失去了对外界、对他人的信任。对现实的压抑和疏离感，正揭示了孤独生命的脆弱。存在主义把孤独当成人类最基本的生存状态，认为孤独是人的宿命。小人物的生存境遇注定他很难与周围的人建立友谊，自己永远被排除在主体世界之外。

3. 存在之路的探寻

存在主义文学描绘世界和人生现实的荒诞性，剖析人的忧虑和绝望的情感，但要求人们必须有为了光明合理的生活而斗争的勇气。萨特在他 1946 年简短而精彩的讲演《存在主义是一种人道主义》中有这样精辟的论述："人在谈得上别的一切之前，首先是一个把自己推向未来的东西，并且感受到自己在这样做。人确实是一个拥有主观生命的规划……在把自己投向未来之前，什么都不存在……人只是在企图成为什么时才取得存在。"萨特认为，人是先出现在这个世界上，然后才界定自己，规定自己成为什么样的人，决定自己的本质，拥有个人的追求（萨特，1988）。虽然伦纳德显然已经意识到自己作为"自为的存在"与周围"自在的存在"之间的冲突，意识到在这个荒谬的世界中，个人的处境必然孤独而痛苦，但他还是决定以他自己的方式对抗这个荒谬的"自在"世界。他开始审视自己的内心，体现了他由存在走向本质，由"自在"走向"自为"的心路历程。在这种意识中，他成了"自为的存在"的人，他已不是认识对象的自我，而是作为认识主体的自我，立足于自我发现。

在萨特看来，自由是一种具有主观性又具有超越性的纯粹意识活动，自由是人的本质，自由是选择的自由。人们可以通过"自由选择"完成从自在到自为的转化。人生而自由，存在着的人自由地谋划和塑造自己的本质，人自己主宰自己，自己创造自己。这个世界的价值和意识是人自由选择赋予的。伦纳德和施莱格尔姐妹在贝多芬音乐会上因为一把雨伞发生了一段插曲，在送施莱格尔姐妹回家的路上，他见识到了她们深邃的思想、高雅的素养，在情感上找到了一种久违的认同感。他被她们丰富的知识、贵族的气质、一丝不染的纯真、精致而有品位的生活所吸引，不再满足自己孤独压抑的失意生活，他决定依照自己的意愿选择，其选择的自主性体现了他存在的价值。"他觉得他是可造之才，觉得如果他孜孜不倦地研究拉金斯，经常到女王听音乐会，悉心琢磨瓦茨的一些画作，那么总有一天他会出人头地，让人另眼相看。"（Faster，2000）他一心想通过自己的勤奋和坚持不懈，通过提高自己的文化素养和艺术修养来提高自己的社会地位，实现他一直汲汲追求的梦想，成为高品位的精英文化圈中的一分子。在这种寻求身份认同的努力过程中，他内心追求的自我挣扎从未中止，他不断与异己的环境抗争，在荒谬的世界里寻求自我的价值，真正的自我。伦纳德是孤独的，但这种孤独是他甘愿为终将到来的更好生活付出的，他跟随着来自内心深处那个自我的声音，发现自我，探寻自我。

"萨特所言的自由乃是一种思想与精神的独立性，是无条件的，无限的自由，其主要表现就是人能够自由的思想，决定自己的一切事情不受任何外界条件的限制。"（李超杰，2009）伦纳德在一天晚上逃出伦敦幽闭的空间，将一切的生活重压抛诸脑后，在萨里郡乡间的旷野里走了整整一夜。"他走访了萨里郡，在塞满东西的小小心境中，蕴藏着一些东西，远比杰弗里斯的书更非凡——那就是引导杰弗里斯写出书来的那种精神；他的拂晓，尽管现实出来的只是灰蒙蒙的一片，却是永恒日出的一部分，照亮了乔治·博罗笔下的巨石阵。"（Faster，2000）萨里郡的历险是伦纳德自我释放的一种方式，体验并证明自己的存在，来达到一种自我回归。他不再像以前一样只局限在一间屋子里一劳永逸，在城里为三餐温饱上下奔波，他开始尝试新的活法，走出去接触外面的世界，寻找与自然的一种富于情感的精神联系。他内心渴望从当代城市文明的废墟中站起来，回归土地，回归自然，恢复旺盛的生命力。

4. 无法冲破的存在藩篱

在存在主义者眼里，外部世界是一个荒诞异己的世界，人总是处于逆境。人在这个冷酷陌生的世界里孤立无援。小人物对于这个难以衡抗的外部世界，根本无力改变自己的命运，无力改变在社会中的生存法则。失去工作的伦纳德掉入了社会阶级的底层，穷困潦倒，恳求得到中产阶级上层的帮助，却遭到了冷酷无情的拒绝。他所有的理想和美梦都在他丢掉工作后破灭了。在他最绝望黑暗的时候，他一直追求的精英文化和高雅品位毫无用武之处。奥尼

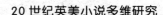

顿一夜情后，这个做父亲的只能看见自己的罪孽，每日在忏悔和绝望中度过。"伦纳德彻底毁掉了，在海伦看来，成了一个孤立于社会之外的人。"（Faster，2000）他前往霍华德庄园忏悔，被查尔斯用施莱格尔家珍藏的那柄德国古剑击倒在地，死于心力衰竭。

伦纳德自我意识的觉醒带给他的只能是痛苦，因为荒谬的现实决定了他的一切反抗都无济于事，只能一步步走向自我沦丧。在存在主义理论中，荒诞来源于这个世界无意义性。世界本身不具有任何意义，它体现的意义都是人类赋予的。这种无意义性导致了社会上道德的沦丧和不公平现象。善有善报，恶有恶报的因果报应在这种理论体系下就会失败，因为存在主义者认为这里本没有"善报"和"恶报"的概念，发生了的事情就是存在，它既可能降临在"善人"身上，也可能发生在"恶人"身上。这个生活在社会底层，有着梦想和追求的小人物最后在中产阶级上层的打压下死去。伦纳德的悲剧与中产阶级上层人士的自私麻木，社会上人与人之间的隔膜和疏离是分不开的。现代资本主义社会所谓的自由环境下，资本、市场及竞争日趋激烈，断裂了人与人的正常关联。但探究其悲剧的原因，最重要的一点还是伦纳德自我追寻历程在思想上的导向错误注定了他存在的失败。他错误地把外在强加的自我身份认同等同于自我本质，认为只有先确认自我身份并使之得到社会认同，他才能立足社会。殊不知，缺乏经济基础一味追求高雅的精神生活是虚妄的，对于为生机奔波的小人物而言，根本脱离了他们的生活现实，非但没有得到他所向往的身份认同，还在寻找悠闲生存空间的过程中迷失了原有的身份，彻底变成了无依无靠的漂泊者。

伦纳德终其一生，以灵魂和生命为代价，努力寻找迷失的自我，向往自由的灵魂，但是，不合理的社会现实作为"自在的存在"阻挡着，否定着"存在"走向"本质"的自我选择，努力改变命运的人性之路，最终以悲剧性的人生失败而告终。

5. 结语

文学的功用性决定了小人物在文学艺术中存在的必要性。《霍华德庄园》中的伦纳德是一个典型的小人物，他注定只能成为资本主义机器生产和自由思想下的牺牲者，他是萨特理念中自由选择的存在主义者，他想要与命运抗争却无法冲破存在的藩篱。伦纳德形象展现了现代社会小人物的生存状态，揭示了现代人的精神危机，强调了个人命运或存在的虚无性，让我们看到了人类生存价值的荒谬性对命运的影响，引起了读者内心沉重的反思。

刻画畸人形象　寄寓美好希望
—— 解读奥康纳的《善良的乡下人》

摘要：美国著名女作家奥康纳在其短篇小说《善良的乡下人》中通过刻画多个丑陋的畸人形象，揭露了现代文明社会中普遍存在的信仰危机和价值危机，表达了对社会现状的忧虑和深刻反思，呼吁人们建构新的道德体系和价值观念，并寄寓了对社会的美好期望。

1. 引言

弗兰纳里·奥康纳（Flannery O'Connor）是著名的美国南方女作家，也是一位具有高度社会责任感的作家，其文学成就主要体现在短篇小说上。她以作家所特有的敏锐把握着时代的脉搏，怀着高度的使命感和强烈的忧患意识，用自己独特的写作方式从事文学创作。她擅长用充满悲剧性的文笔描述当代美国南方的生活以及美国当今社会中的丑恶变态现象。她深切关注现代社会中人的生存状态，对生活的观察细致入微，其作品中充满了现实主义色彩，小说中的角色多为社会底层人物，通过深入刻画这些丑陋的人物形象，揭露了现代文明社会中存在的种种弊端以及人们信仰的缺失和人性的堕落，表达了对社会现状的忧虑并对现代文明进行了深刻的反思。

她之所以揭示现实社会中存在的种种丑恶现象以及变态而畸形的人物，是因为："作家的神圣使命感驱使她为'警世''醒世'而创作，将笔触伸向社会的诸多方面。"（石云龙，1999；2001）她的作品深刻表现人物心理，揭示他们心灵深处的丑恶，并进行道德探索，剖析人们道德堕落背后的社会、文化心理根源，产生了非常强烈的艺术效果。她的小说描写了美国南方社会存在的丑恶现象以及对人性的摧残和压制，揭露了现代社会生活中人的畸形、冷酷和道德堕落、精神危机等扭曲现象。她在其作品中所刻画的诸多"畸人"

既有肢体残缺者也有身强力壮的精神畸形者，他们是现代社会的受害者，他们的存在同时也体现了文明社会的种种弊端，他们在这个异化的世界中寻求着情感的宣泄与病态的自我满足。奥康纳深刻剖析了人的本性，暗示了人们精神上的残疾比身体上的残疾更严重。她深刻地刻画了他们的病态心理、虚伪的言行和生理、心理上的残疾，让读者体会到存在于现实生活中的普遍邪恶。

2. 刻画丑陋的人物形象

在小说《善良的乡下人》中，奥康纳通过对两位主人公乔伊（Joy）和波因特（Manley Pointer）的描写，揭示了他们自私的内心世界以及内心深处的丑恶和卑微，把人物性格中令人厌恶的扭曲的一面淋漓尽致地展现给读者，无情地揭露了现实生活中存在的种种丑恶现象及其对人性的摧残。

女主人公乔伊是一个否定一切的虚无主义者，她怀疑一切，厌恶一切，否定一切传统价值观念，认为到处都充满着邪恶，一切都是虚空。她也是一个性格上的扭曲者，她极力突出、强化自己外表的丑陋以强调其"内在的美"，以反常的行为来对抗周围的一切，以发泄对现实的不满。她自命不凡、鄙视一切，标榜自己是"看透一切，一直看到无有的人"，处处都显露出她内心深处的傲慢。她企图改变波因特的信仰，她的盲目自大最终使自己陷入尴尬、可怜的境地，其实她是一个隐藏在丑陋外表下的内心丑陋的人。

奥康纳把乔伊的外表和心灵的"丑"描写得淋漓尽致。乔伊"曾经想了又想，直到她碰巧想到任何语言中最难听的那个名字。于是她便去把那个美丽的名字乔伊改掉"。乔伊之所以特意找一个最难听的名字，不是因为自卑，恰恰相反，她把这个最难听的名字看作是她最高超的创作行为的象征，这体现出她高人一等的心态。除此之外，本来会影响其外貌的木腿也成为乔伊高人一等的资本。乔伊的盲目自信和傲慢还体现在其自以为学识渊博而高人一等上。为了弥补生理上的缺陷，她发奋读书，三十多岁获得了哲学博士学位，从此便自命清高，鄙视周围的一切，也瞧不起母亲的目光短浅，成了一个其貌不扬、自命不凡的老处女。而她所受到的学识教育给她最大的认识便是似是而非的"无有"论，她标榜自己是"看透一切，直看到无有的人"。正是她的这种性格最终使她在与波因特的交往中陷入致命、可怜的尴尬之中。在故事的结尾，当虚无主义者乔伊被波因特骗走木腿时，却不再是"一直看到无有"了，开始哀求着希望波因特是一个"善良的乡下人"，而波因特恰恰是和她标榜的那样是一个不相信上帝的人，拿着她的假腿扬长而去，把她独自丢在谷仓里。作者在这里辛辣地讽刺了乔伊所谓的"虚无主义"。也就是当波因特撕下伪装、暴露出邪恶的真面目时，彻底打破了乔伊自欺欺人的虚幻世界，迫使她看清了一个真正的虚无主义者的丑恶内心，才能使她从愚昧、自欺的状态中惊醒，以找回真正的自我。

故事中的另一个主人公波因特是一个虚伪、变态的卖《圣经》的年轻人，为了获取他人的信任，他便装出一副可怜、不幸、贫困、单纯、善良的模样，靠种种伪装来掩饰其内心的丑恶，以达到其卑鄙的目的。他伪装成一个虔诚的基督徒，其实是一个彻头彻尾的虚无主义者，他不仅不相信宗教，而且失去了信仰和灵魂，只剩下一个变态的嗜好，他总是通过破坏现存的秩序来发泄心中的空虚。而且这个一直伪装成虔诚的基督徒的年轻人拿出来的圣经竟然是中空的，里面放着的是亵渎的、淫秽的纸牌和酒，而他原来是一个专门收集假腿、玻璃假眼的变态癖好的收集者。作者形象地描述了这位推销《圣经》的骗子的内心活动，并通过他的话让读者逐渐看到其丑恶的面目和灵魂。

小说中乔伊是一个"什么都不相信"的虚无主义者，认为《圣经》毫无用处；波因特虽是伪装成"虔诚"的基督徒，而实际上也是什么都不相信的。总之，他们（包括弗里曼太太和霍普韦尔太太）都失去了信仰，"远离了上帝"，他们是完全没有信仰、丧失了灵魂的真正的"畸人"。而人一旦背离了宗教信仰就会表现出反常的行为和变态的心理，并且只有通过暴力让他们意识到这一点并与原先的观念痛苦决裂之后，才能获得救赎的机会。

3. 寄寓美好的理想世界

奥康纳立足南方，作品以一种黑色的幽默，平淡地刻画出社会上一些小人物的荒唐、变态行为，把社会中一些矛盾及丑恶的现实，以形似荒诞的笔调加以讽刺，同时也描述了善良的人们的种种不幸和悲哀的命运，成为当时美国社会的一个缩影。"她所有的作品，几乎都表现了作为卑微的人却要拼命寻求人性的救赎，或自以为高等和优越而陷入尴尬、荒唐的境地。"（傅景川，2000）故事中乔伊企图改变波因特的信仰，她傲慢、自大的结果却是被伪装成基督徒的波因特骗取木腿并丢弃在仓库里，使她处于尴尬、可悲的境地；而恰恰是波因特，一个和她一样拒绝相信上帝的人，最终使她的自欺欺人的"虚无主义"遭到破灭。

奥康纳作品的主题意义宽泛而深邃，其中"对现代文明进行反思是奥康纳短篇小说的一大重要主题"（石云龙，1999）。现代文明让人变得卑下、丑陋、畸形，人只有认识到自己的无知、卑微和罪恶，才能去寻求精神上的救赎。"奥康纳在短篇小说中探索的另一重要主题是人性的异化堕落以及弥漫于20世纪的对社会异化的焦虑。"（石云龙，2001）尽管奥康纳的作品中这些人物形象丑陋、可笑、变态，但是滋生他们的土壤却是那个龌龊的社会现实。在异化的世界里，人丧失了自我和本质，人的存在、尊严、情感、价值和意义都不见了，人生活在一个丑陋、陌生、与人为敌的世界里。而作者描写扭曲的人格与变态的心理正是出于对人性异化堕落的忧虑以及对"爱"的渴望和呼吁。总之，"奥康纳的作品对现代人自持清高而实为卑下进行的挖苦与嘲笑，使美国社会精神文化的忧虑不安获得一种恰当的表达"（傅景川，2000）。

故事的主人公乔伊自以为是一位玩世不恭的天才，她要引诱智力低下、老实巴交的波因特，并给他一个生活的教训。殊不知，对自我的盲目导致了对他人的无知，虚无主义的坚强后盾恰恰把她推向了腹背受敌的危险位置而浑然不知。波因特是一个真正的"什么都不相信"的、彻头彻尾的虚无主义者，他把乔伊引诱到无人的仓库，拿走她的假肢，然后扬长而去；而她则不得不无助地坐在荡满尘土的阳光中，在被骗走了假肢的同时还失去了自尊、自信，饱受羞辱之苦。正是她的偏执使她成为一个扭曲了的"畸人"，但在与骗子波因特的经历之后，她不得不面对真实，那个代表着她傲慢僵死的内心、象征着她对现实故意麻木不仁的木腿被卸下了，在无助中她终于意识到了自己的软弱无能，看到了自己连一个"低劣的脑袋"都看不透的愚昧。从这个意义上讲，波因特所拿走的不仅是她的假肢，同时也拿走了她一直沉陷其中的虚假自我。波因特对乔伊的精神蹂躏剥去了她虚撑起的尊严，也剥去了知识与学位给她带来的自大与狂妄，使她被迫向命运低头，从而清醒地意识到真实的自己。作者不是一再地描述不幸而是同时暗示了从不幸中萌发出来的希望。"奥康纳的畸人故事隐含着一种希望，虽然这种希望是一瞬间的，并且充满了痛苦。"（陈红薇，1998）乔伊的悲凉结局也折射出奥康纳在作品中所寄寓的希望：必须走出扭曲的自我，不管这一过程多么痛苦，只有这样才能找到真实的自我。

正是故事的这种结局，使女主人公乔伊从自欺欺人和愚昧的状态中醒悟过来，意识到自己的无知和无助，从而可以真正地去面对现实，以找回真正的自我。作者在此并非仅仅描述了一些不幸，同时也暗含着对上帝的信仰，对"善良"的真切渴望和对社会及人生的美好希望。在故事的最后，孤单无力的女博士乔伊终于坐到了阳光里，纵然那是"飞扬着尘埃的阳光"，阳光曝显了谷仓内的灰尘，也暴露了荡满她内心、障蔽她眼目的虚无主义的经年积尘。这种"精神顿悟"往往发生在故事的结尾处，由于某种经历，主人公顿时认清了自己的窘境，它不仅构成了小说的高潮，而且往往具有深刻的象征意义。

4. 结语

由于作者有着强烈的社会责任感，所以"奥康纳创作的意义已经远远超过了展示畸人本身"（石云龙，2003）。小说描写主人公最后的悲凉结局以及梦想幻灭后的痛苦、无助与悲哀，就是要呼吁人们建构新的道德体系和价值观念，以便获得真正的美好生活。奥康纳在刻画这些丑陋的畸人并对他们进行辛辣的讽刺的同时，也暗含着对"善良"的真切渴望，同时对社会寄寓了美好的期望。

第七章 人本主义视角

从人本主义看《霍华德庄园》中的异化人物伦纳德·巴斯特

摘要： 本文分析《霍华德庄园》中伦纳德·巴斯特的异化身份，从人本主义心理学角度，着重以马斯洛的需求层次理论来探析伦纳德异化的原因，从而体现作者福斯特深厚的人文情怀。

1. 引言

《霍华德庄园》是 E.M. 福斯特的著名长篇小说，围绕霍华德庄园，讲述了以施莱格尔姐妹和威尔考克斯家族为主要人物的故事。女主人公玛格丽特与霍华德庄园的女主人威尔考克斯夫人原本只是萍水相逢，却在一系列的事件后嫁给了丧妻的威尔考克斯先生，并得到了霍华德庄园的继承权，虽然她并不知情，但却一步步走向合理的继承的必然，成为新的女主人。

小说自问世以来，受到了各学者的极大关注，其中著名的"联结"主题是各研究的中心，学者们对小说中以婚恋为载体，不同经济阶层之间、不同文化观念之间、各种矛盾之间的"联结"进行了深刻的解读，探讨女主人公费心在各个阶层间建立联结，寓意这是未来英国发展的希望。小说中有大量的自然景观描写，评论者们也热衷于从生态批评理论的角度出发解读小说中的生态观，充分扩展了小说的艺术审美空间和深度。姜礼福的《〈霍华德庄园〉生态批评视域下的"和谐观"》一文从生态批评的视角分析该小说所体现出的人与人，人与自然的"和谐观"及其时代意义。小说描绘了各式的女性角色，从女性主义角度切入来解读小说也比较常见。罗小燕的《女人是人——〈霍华德庄园〉中人道女性主义探微》一文将文本的解读与作者特殊的生长环境联系起来，从女主人公玛格丽特的人物形象入手，探讨福斯特的人道女性主义关怀。伦纳德·巴斯特（Leonard Bast）不是小说的主人公，但对小说情节的发展起着至关重要的作用，他改变了海伦的命运，加剧了玛格丽特和亨利的矛盾，从人本主义心理学的理论出发，分析他异化者的身份，在现代社会感受到的孤立，疏离是由于身处阶级的边缘却渴望迈向阶级中心的自我选择，以及他最后的幡然醒悟重塑自我的转变，体现福斯特的人文关怀。

2. 伦纳德·巴斯特的异化表现

小说主要讲述了两类代表人物的故事，作为精神文化代表的施莱格尔姐妹和作为生意人代表的威尔考克斯家族，与这两类人相比，伦纳德虽然也是中产阶级，但却是最底层的人物，他是远离乡村来到城市的自耕农的后代，他没有充足的资产，甚至没有一处属于自己的住房。在小说的第六章，作者作为叙述者给予了伦纳德直接的评价："那个青年，伦纳德·巴斯特，站在上流阶层的最边缘。他不在最底层，但他看得见最底层，有时他认识的人掉下最底层就销声匿迹了……所以他不得不自诩为上流人士，否则他就会滑进最底层，什么都不是，对民主的种种说法置若罔闻。"（Foster，2000）

异化是哲学和社会学的概念。它所反映的实质内容，不同历史时期的学者有不同的解释。从马克思主义观点看，异化作为社会现象同阶级一起产生，是人的物质生产与精神生产及其产品变成异己力量，反过来统治人的一种社会现象。反映到现代文学里，异化的概念是指："人们虽然身在社会却不是社会的一部分，是指人们由于与更广泛的人群缺乏联系而在心理上和交往上与社会隔绝起来。他们无法使自己与社会机构建立起富有意义和令人满意的联系。"（Atkins，1977）在《霍华德庄园》中，伦纳德就是一个处于阶级边缘的异化者人物，他的地位与处境致使他无法与主流中产阶级融为一体，他在现代社会中孤立无援，与主流人士的生活相疏离，情感上有种挫败感，生活在阶级的边缘，找不到自己的定位，被主流社会抛弃与忽略。伦纳德的首次出现是在一次与施莱格尔姐妹一同参加的音乐会上，海伦无意中拿错了他的"烂雨伞"，结果伦纳德无法安心欣赏美妙的音乐，"他不能全然忘掉他那把被偷走的雨伞。是的，那把雨伞的确是个麻烦事儿。在莫奈和德彪西的后面，那把雨伞挥之不去，带来不停顿的鼓声节拍"（Foster，2000）。一把海伦根本不记得是"带钩把"还是"球形把"的满是窟窿的雨伞却让伦纳德心怀焦虑，宁愿跟随玛格丽特绕了很久的路也要取回来，只因这把雨伞是跻身中产阶级的象征，倘若失去了他，伦纳德也就跌落到社会底层的深渊里。因为自己的贫穷而对人性不信任，一开始怀疑玛格丽特姐妹的好心，在离开后更是认为她们一定居心不良，图谋不轨，进而增加自己内心可笑的优越感。

伦纳德简陋的居住环境进一步揭示了他异化的特征，为了省钱不坐电车走路回家，进入公寓前"多疑地左右窥视一眼，一如一只正要往洞里钻的兔子"，在门口和邻居打招呼时佯装阅读过报纸，是"很不愿意让人看出来他竟连一张星期天的报纸都买不起"（Foster，2000）。施莱格尔姐妹的住所在威克汉老巷，是伦敦的富人区，住房宽敞，生活无忧；而威尔考克斯家族更是置有多处房产，包括威尔考克斯太太的霍华德庄园，与他们相比，伦纳德是没有修身之所的。他那寒酸的破旧的小公寓是租来的，而且是一处半地下室，进入房间后，便与外面光鲜亮丽的世界所隔绝，这是他异化身份的又一证明。

伦纳德·巴斯特最初的工作是波菲利昂消防保险公司的小小职员，每天机械地完成公司交代的任务：计算成本、写信、向新的客户解释规章，然后向老顾客再做解释。除此之外，他对公司的其他一无所知，当玛格丽特姐妹询问他公司状况如何时，"伦纳德不知道。他只了解这架机器他自己所在的角落，此外就什么都不清楚了"（Foster，2000）。他与公司的其他职员和部门缺乏联系，生活没有交流，局限在自己的一方世界里。在感情方面，他与妻子杰姬的关系也是异化的，孤独感充斥了这段家庭关系。在异化世界里，人与人之间的关系不再是亲密的，而是冷漠与疏离的；人与人变成了纯粹的利益关系。杰姬比他年纪大，在音乐和文学上毫无造诣，他们甚至没有深厚的情感基础，伦纳德抱怨说，"我是在跟整个世界作对呀……""杰姬对他的这些情绪始终表现的一样淡漠"（Foster，2000）。这种异化的关系没有情感来维系，只是像枷锁一样拴住伦纳德，让他无法逃离。

3. 从人本主义心理学进行异化探析

伦纳德的异化不仅是资本主义社会的外在压迫，更是伦纳德自我选择的结果。他突破了需求层次的递进，企图获取无法掌控的精神层面的自我实现，于是被置于自己看不见的精神囚笼，自我异化深深根植于他的内心，他深陷在压抑而令人窒息的生活中却感到自己无力摆脱这样的困境。他无力改变生活，"无能力感"与"无意义感"，或者说异化感由此产生。

人本主义心理学并不是单一的学派，而是观点相近的许多学派的联合。以人本主义为代表的当代人本主义者认为行为主义者只根据一些个别的、互不联系的条件反射把人机械化为一种对当前的刺激机械地发生反应的计算机式的有机体。人本主义强调人的内部的复杂动机，认为人的自我实现和为达到目的而进行创造的能力才是人的行为决定因素，而个人的环境（物质的、社会的、文化的）只能促进或限制人的潜能在或大或小的范围内实现（张世富，2003）。

伦纳德的异化现象从人本主义心理学来探析，将不仅仅归因与社会的环境，资本主义对物质的崇拜和阶级间无法跨越的鸿沟，更重要的是他内心的需求与自我现实的矛盾冲突。人本主义先驱马斯洛用毕生精力潜心研究人的动机系统，他不仅重视外部环境的影响，更主张人的内部动机系统的激发，他创建了著名的动机理论，又名需求层次论。马斯洛指出，个体成长发展的内在力量是动机。而动机是由不同性质的需要所组成，各种需要之间有先后顺序与高低层次之分；每一层次的需要与满足，将决定个人人格发展的境界或程度（Globe，1970）。这些需求分为五个层次：（1）生理需要；（2）安全需要；（3）社交需要；（4）尊重需要；（5）自我实现需要。人们需求的层次是逐渐递进的，先是满足自我生存必需的温饱之后，才能追寻精神层面的需要，在这个金字塔状的排列中，自我实现的需求位于最高层次，是指个体成长中对未来的最高目标和境界的愿望，是个人对于自我发挥和自我完成的欲望，是一种努力实现个人潜力的倾向。自我实现是充分地、生动地、无私地、全神贯注地、一心一意地、没有自我意识地体验——成为一个整体，成为一个自我促动者。一个真正的人，成人而非孩童，掌握自己的命运（霍夫曼，1999）。伦纳德在需求的追寻中，跨越了需求层次，矛盾因此产生，是促使他与社会异化的原因。他只是一个公司的小职员，勉强维持着温饱，还有一个身无所长的妻子要养活，却十分渴望进入更上层的主流社会，明明没有可供休闲娱乐的闲钱却宁愿走路省下路费去听音乐会，阅读大量的文学作品以此希望来获取精神上的富足，认为这样就可以缩小与上流社会的差距。"他觉得他是可造之才，觉得如果他孜孜不倦地研究拉金斯，经常到女王厅听

音乐会，悉心琢磨瓦茨的一些画作，那么总有一天他会出人头地，让人刮目相看……他相信勤奋，只要坚持不懈地干下去，他所渴望的那种变化终会到来。"（Foster，2000）需求层次理论有两个基本出发点：一是人人都有需要，某层需要获得满足后，另一层需要才出现；二是在多种需要未获满足前，首先满足迫切需要，该需要满足后，后面的需要才显示出其激励作用。一般来说，某一层次的需要相对满足了，就会向高一层次发展，追求更高一层次的需要就成为驱使行为的动力。相应的，获得基本满足的需要就不再是一股激励力量。伦纳德一心向往更高层次的需求，希望获得社会的尊重与肯定，希望自己能"抓住那个向上的绳索"，可是在某种程度上说，伦纳德的基本需求尚未被满足，在他失去工作后，没有任何收入，连半地下室都租不起。"他成了伦敦都市社会中漂泊的流放者、中产阶级的弃儿"（樊建红，2011）。求助的失败使他终于意识到施莱格尔一家兜售的高雅文化和悠闲生活情调必须以坚实的经济基础做后盾，音乐厅、文学和冒险激发的想象只是生活的点缀。在基本需求无法满足的前提下却妄图追寻更高层次的需求，伦纳德被推到了深远的边缘，在整个城市中产阶级中成了异己的"他者"。失去了在伦敦社会中的锚地，"无家感"如影随形地困扰着他，"无家感深刻地揭示了巴斯特的主体与中产阶级的生活现实脱节这一事实。他借以确定文化身份的参照点消失了"（陶家俊，2003）。伦纳德异化的悲剧不仅仅是外因的促使，经济地位的悬殊导致他与主流社会的疏离，更主要的是他内因的选择，他拒绝在物质基础上有所努力，一味地希望靠艺术与音乐的文化修养的提高来实现自我地位的跨越，需求层次之间产生矛盾，导致了他异化者的身份。

4. 福斯特的人文关怀

伦纳德·巴斯特是小说中的边缘化人物，在中产阶级的世界里因自我选择的矛盾和外界环境的压迫受到异化，对伦纳德的描写体现了作者对社会发展趋势的敏锐关注，寄予了福斯特本人深厚的人文关怀。

作为人本主义者，福斯特一直注重一种"联结"的作用，他认为只有将丰富的外在物质生活与充实的内在精神生活紧密结合在一起，才能解决社会的弊端，达到一种和谐的发展状态。这一思想在小说中由玛格丽特与亨利的结合来体现，当时社会贫富分化，物质和精神分离严重，作为"文化人"代表的玛格丽特家族和作为"生意人"代表的威尔考克斯家族在经历了一系列事件后连接在一起，玛格丽特试图在文化阶层与商业阶层之间搭建起一座桥梁，以自身的尝试为解决阶级内部的对立提供举措。而伦纳德·巴斯特的悲剧，则是由于他在自我需求层次的连接上尝试失败，他一味地企图通过文化的努力来达到阶级的晋升，摒弃外在的物质经济基础，没有充分认识到自身异化的根由。作为英国中产阶级的一员，福斯特非常了解这个阶级固有的弱点并努力寻找方法去拯救他们，小说中描写的两大家族，包括边缘化人物伦纳德·巴斯特所面临的问题和冲突正是当时英国知识分子所面对的，是福斯特所关注的社会问题的真实写照。从人本主义心理学角度分析伦纳德异化的根由，体现了福斯特对中产阶级的人文关怀，体现一个知识分子对现代文明的思考和责任心。

5. 结论

伦纳德·巴斯特虽然不是小说中的主要人物，但对情节的推动起到了重要的作用，他是中产阶级的边缘人物，一心想抓住进入更上层社会的绳索却无法成功，他是以异化者的身份存在于当时的时代的，也就导致了他最后的悲剧命运，这是他需求层次自我矛盾的内因与物质社会的共同结果，对伦纳德·巴斯特异化者身份的剖析可以体现作者福斯特深厚的人文情怀。

《夜色温柔》的异化主题探析

摘要：《夜色温柔》向我们展示了美国社会中方方面面的人性异化。本文从本性异化、情感异化、阶级异化三方面解析小说中三种关系的异化，分析造成异化的社会原因，尝试找出现代人走出异化状态的途径。

1. 引言

美国历史上，"爵士时代"是指第一次世界大战结束至经济大萧条的时期，也就是20世纪20年代。那是一个镀金的年代，一个疯狂的年代，一个崩溃的年代，一个属于爵士乐的年代。人们一方面对传统道德、宗教、理想

感到幻灭，另一方面面对生活的享受却尽情追求。《夜色温柔》的故事发生在欧洲，但小说展现的仍是美国"爵士"时代的社会生活。小说讲述了出身于中产阶级年轻有为的精神病理学医生迪克与上流社会患者尼科尔相爱并结婚，在精心照顾妻子的过程中荒废了自己的事业并且逐渐崩溃的故事。

国内外学者从小说思想主题、象征手法、叙事结构、空间形式、女性主义、精神分析等各个角度解读分析了这部小说，从各个视角发现了这部小说的价值。在文本细读过程中，我们不难发现，《夜色温柔》的分析还有很大挖掘空间。异化是当代资本主义社会的一个突出特征，并且逐步成为现代人所"无法摆脱"的命运，成为一种无法克服的"本体论"现象。以此关照西方文学，"异化"主题成了贯穿西方文学的基本主题。《夜色温柔》向我们展示了美国社会中方方面面的人性异化，从而表达了作者反抗人性异化，渴望人性复归的美好愿望。本文从本性异化、情感异化、阶级异化三方面解析小说中三种关系的异化，从而分析造成异化的社会原因，尝试找出现代人走出异化状态的途径。

2.《夜色温柔》中的异化主题

"异化"这个概念在不同的学科领域都有不同的指涉，其基本定义是"指个人认为自己同社会、自然、别人或自己相离相违的感觉"。《大不列颠百科全书》关于异化的条目是"无能力、无准则、对文明教化的疏远、社会的孤立、自我疏远"。侯维瑞在《现代英国小说史》中认为："现代派文学中的异化一般说来是指在高度物化的世界里人的孤独感和被抛弃感。"人与人感情上的冷漠疏远与隔绝以及人在社会上孤立无依、失去归宿。

异化是一个永恒的主题，而 20 世纪的异化现象更加普遍。如果说文艺复兴以来人们发现了个人，而 20 世纪的人们则是迷失了自我。许多现代派作家都试图为存在的问题——"我是谁"——寻找出新的答案，其作品的中心问题仍然是孤独寂寞和寻找自我，异化主题也因此在现代派文学中得到深化。

弗洛姆通过对人性的基本剖析，对资本主义的"人性异化"作了深刻的揭露和批判。他认为，所谓异化就是"一种体验方式"，"它主要是人作为同客体相分离的主体，被动地，易感地体验世界和自己"。在异化状态下，"人不是通过自身力量和自身的丰富性来体验自己，而是依赖于自己之外的力量这样一种无力的'物'，他把生活的实质投射到这个'物'上"（埃里希·弗洛姆，1981）。由此看出，弗洛姆所说的异化是人的一种"体验"，即精神和心理的过程。这种"体验"失去了主体的主动性。主体觉得不是依靠自己而是依靠外部力量，而这种外部力量正是自己行动所产生的结果。于是，人不再感到自己是自身行动的主宰，而是受自身行动的主宰和支配，感觉不到自己与自己以及外部世界的紧密联系。"在异己力量的作用下，人类丧失了自我和本质，丧失了主体性，丧失了精神自由，丧失了人性，人变成非人，人格趋于分裂。"人感到自己成了一个对自己对社会的异己者（蒋承勇，1998）。人们精神上的压抑，心理上的挫伤和生活中的孤独，以及人们在相互交往中所产生的矛盾和冲突，既是异化社会的代言人，又是异化社会的牺牲品。

2.1 本性异化：自我的失落与寻找

寻找自我是现代西方异化文学最重要的主题之一。寻找自我实际上就是寻找失落的自我。失落的自我即人与自我的异化，主要指人的个性的异化与自我的消失。格尔认为异化是根植于世界上的人存在的一个本体论事实。在作为实体的人之间，有一种固有的疏远特性。埃里希·弗洛姆认为："资本主义对个性产生影响的中心问题是异化现象。异化是一种体验方式。在这种体验中，个人觉得自己是一个外人，或如人们所说的他变得和自己疏远起来。他体验不到自己是自我世界的中心'自己行动的创造者'——而他的行动和行动的结果却变得成了他的主人，他要服从它们，甚至要崇拜它们。"本性的异化意味着"人格的分裂及人与'本我'之间的疏远对立"。

迪克人道主义理想被现实社会击打得粉碎，他的高尚理想和天真善良不被人接纳。社会上充斥着美丽面纱遮盖下的拜金主义、享乐主义和极端个人主义，迪克与社会格格不入。他的精神支柱遭到破坏，心理状态失去平衡，既得不到别人的理解同情，又无法改善自己处境。精神支柱一旦动摇，思想发生了混乱，产生了所谓的"自我本质危机"，他不知该怎样认识周围的现实，怎样来对待和安排自己的生活，甚至弄不清自己的生活究竟在那里。当人失去了自我意识，主体体验不到自己是自我世界的中心，自己的存在变得与自己的本质疏远了，人事实上不是他潜在的那个样子。

在《大不列颠百科全书》的异化条目中，异化最通俗的含义包含有"无能力"与"无意义"等内容。"无能力"表示一个人感到自己的命运不由自己掌握，而是被运气、被他人等外在因素决定。"无意义"表示人体会不到自我

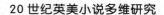

价值的实现后带来的身心合一的愉悦感，时常没有目标感及感受不到生活的意义所在。迪克为自己制作了一个他人看不见的精神囚笼，最深的自我异化深深根植于他的内心。迪克深陷在这般压抑而令人窒息的生活中却感到自己无力摆脱这样的桎梏。生活对他是没有意义的。"无能力感"与"无意义感"，或者说异化感由此产生。当初迪克毅然抛弃了那块生他养他的土地，只身前往欧洲，准备在精神病学方面打下一片属于自己的天地。"书中的主人公像百无聊赖闲荡于利纳货店中的格兰特一样，将随时应命运的召唤走向一个微妙的未来"。可是沃伦家的浮华生活逐渐磨去了迪克的昂扬斗志。与罗斯玛丽的相识更是把他逼向了颓废的尽头。他的天才和学识在无理的嫉妒中消失殆尽。小说的第二部分主要以迪克的自我意识活动为中心，详实地叙述了他一步步走向堕落的过程。被从监狱领出后，"迪克的愤怒稍稍平息了一些，发生在他身上的事情都不可弥补，但由于这不可能做到，他不禁感到绝望起来。从此，他将是另一个人了。处于这种无经验的状态下，他对新的自我会是什么样子产生了一种奇异的感觉。这件事具有一种非人力所及的性质，是上帝从中安排的"。此时的迪克已不再是血气方刚、精干结实、前程远大的精神病医生，他已由尼科尔的庇护所衍化成了苟且于沃伦家族钱财势力之下的可怜堕落者。在荣华富贵的表面下所暗藏的悲观、失望和消沉的潜流始终挥之不去，时刻处于休眠状态下的思想慢慢麻痹了，最终都归于痛苦和幻灭。

2.2 情感异化：美好爱情的幻灭

在异化的社会中，孤独感达到了不可救药的程度，原本应该是温情脉脉的家庭关系也被异化了。异化充斥着每个角落，影响着每个人。人与人之间的关系不再是亲密的，而是冷漠与疏离；人与人之间也不再有亲情、友情和爱情，人与人之间变成了纯粹的利益关系。上流社会的人认为金钱能解决所有问题。人与人之间的相互关心和爱护的传统美德已经消失了。

尼科尔原先是迪克诊所的精神病人，迪克从一个医生的职责到被她的青春、美貌、楚楚可怜吸引，婚后一直尽一个医生和丈夫的责任悉心照料她，为她付出了巨大的精力。而尼科尔只想完全拥有他，不考虑他在事业上的成功，甚至鼓励他在工作中的懈怠。他的才智和梦想在焦虑和迷惘中慢慢逝去。丈夫和妻子之间的情感是隔绝的、陌生的，似乎有一道看不见却厚厚的墙牢牢地矗立在他们之间。迪克和他精神病妻子尼科尔之间其实是剥削与被剥削的关系。从小失去了父爱的罗斯玛丽渴望从迪克那里弥补自己缺少的那部分关爱。她依赖并且占有迪克，自信能牢牢控制住她。"尼科尔想要控制他，想要他永远保持原状。他稍有散漫，自然便加以怂恿，而且千方百计地让他淹没在源源不断提供的物质和金钱之中"。在与尼科尔的婚姻生活中，尼科尔才是这场婚姻的真正主人，这种由经济地位所控制的尊卑感难免使迪克在内心与尼科尔产生了疏离感。在尼克尔的疾病逐渐恢复后，她不再希望迪克去操纵她的行为，控制她的喜怒。而这样她就想到了离开迪克，转而去寻求新的刺激，与他人寻欢作乐。似乎迪克是她呼之即来、挥之即去的玩偶。"尽管尼科尔经常感激迪克把她带回她所失去的世界里，但是，她一直真的认为他有着使不完的力气，从不知疲倦。……现在他再也控制不了她了"。她从来没想过要设身处地地为迪克着想。即使是在迪克堕落后，她还是认为这一切都是迪克咎由自取，与她毫无关系。

她的姐姐巴比，冷酷、好胜、专横，利用迪克的感情实现了为妹妹买保姆医生的计划，并一次次击碎了迪克重新振作、东山再起的梦想，给他重重的精神打击。她通过交谈和观察选中了迪克，告诉他尼科尔美丽、富有、天真、迷人，她的家庭具备帮他实现理想的条件。然而"她已经用世俗的眼光观察过他，也用英国人带有偏见的尺子衡量过迪克，发现他并不符合标准——尽管她也认为他相貌英俊，但在她看来他太理智了；……不会是一块真正适合的材料，她看不出怎样把他造就成她心目中的贵族"。在尼科尔姐姐的眼里，迪克对尼科尔的纯真感情只不过是一种买卖关系。迪克虽觉察出了她的目的所在，但无法摆脱诱惑，从此失去了自我。虽然迪克对尼科尔做出了巨大的牺牲，但巴比只是把迪克"当作一个可以差遣的人想随手利用一下"而已。对于像迪克这样来自社会下层，要靠自己的职业谋生的人，巴比始终是拥有优越感的，她始终认为财产的多少与一个人的优秀程度是成正比的。当迪克在罗马因酗酒斗殴而遭拘禁时，巴比设法把他保了出来，"这真是难熬的一夜，但她有一种满足的感觉，即：无论迪克以前的记录如何，眼下，她们取得了对迪克精神上的优势，这种优势将持续到他失去作用为止"。迪克落于沃伦家族的金钱海洋，只能听其摆布，无法驾驭自己的命运。

迪克一方面因为与妻子畸形的爱情而苦闷。另一方面，当他失去了资本主义社会人际关系的基础——名和利时，资本主义社会人与人之间赤裸裸地金

钱情感得到了淋漓尽致的表现，这种金钱所维持的情感会变异。异化情感得不到理解和宣泄，他内心产生了浓重的疏离感，精神上陷入了失落与苦闷的深渊，美好的爱情幻想被现实击打得遍体鳞伤。

2.3 阶级异化：无法跨越的鸿沟

随着资本主义的发展，阶级对立和阶级冲突变得越来越激烈，各种矛盾都集中在政治和经济层面。在 20 世纪，人类经历了深刻的文化冲突与文化危机。"科学技术的飞速发展和科技理性的过度发达，在促进社会生产力高度发达和社会财富急剧增长的同时，也引发了人与自然关系的破坏和人与人之间异化的加剧，人不但面临着阶级冲突和阶级矛盾，而且更加普遍地经受着异己的文化力量对人的束缚和统治，因此，文化层面开始从历史进程的深处凸显出来，成为各种社会矛盾的集中点。"（衣俊卿，994）人和人因为阶级和文化，被社会分割和固定。阶级和文化成为一种强大的异己力量，束缚和统治着人们。

迪克的家庭条件一般，但他渴望成为上流社会的一分子，当他在接受家境富裕的尼科尔的同时，也接受了富人世界。中产阶级的迪克在资产阶级的上流社会中挣扎、斗争，他竭力想保持经济上的独立，以避免被"收买"的难堪。他抓住每一个机会来表现自己，不断地对自我施加压力，努力寻找一种具有独立人格的自我。疲惫的身心让迪克选择逐步放弃了对自我事业和梦想的寻求，迷失于上层社会的花花世界中。他已不再自我约束，开始接受物质利益带来的好处。随着时间消逝，迪克变得越来越孤独和冷漠，面对强大的金钱权利，无度的物欲放纵，他的道德原则逐渐被上流社会腐蚀。

可是金钱并非他所有，他仅仅是为他人服务的工具。虽然他依靠婚姻关系进入上流社会，处处表现得英俊潇洒、彬彬有礼，受到周围人的喜爱，但永远无法成为上流社会的一部分。

迪克受到上流社会的诱惑，最后又被上流社会毁灭，在物质上享受了荣华富贵，在精神上却是伤痕累累，痛苦无助，最后趋于崩溃。迪克力图融入上流社会，并把善良和温情奉献给了他那个生活圈子里的所有人，但却是一种无谓的牺牲，最后一事无成。他选择了酒作为逃离现实的工具，只有在酒的世界里，他才能忘记在上层社会的异己感和孤独感。

这种游离于两者之间又无法属于任何一边的现象，这种长期生活在夹缝中的现实处境，使主人公有一种自我身份的困惑和自我意识的感受，有一种被世界排斥的感觉。强烈的局外感和边缘感，这种阶级心理牢牢嵌入主人公的无意识底层。

置身于上流社会，尚有抱负之心的迪克只能被误解和利用，从而变得颓丧、厌恶和冷漠。尼科尔的父亲为满足私欲与女儿乱伦，尼科尔背叛丈夫，罗斯玛丽为了攀附权贵出卖贞操，野蛮无比的汤姆为了金钱愿意和任何国家交战。这些上层人物任由自我原欲放大，不可避免地摧残了迪克的精神世界，让他走向自我放逐。迪克的最终离去，也许是因为他忽然从上流社会的迷梦中惊醒，想要重新找回自我。"他常骑自行车外出，深受那儿妇女的推崇。他的办公室里总是放着一大堆论文，据说都是论述某个医学专题的重要论文，差不多快完成了，他是人们认为举止文雅的人。"当然，在那些已经被资本主义生活方式异化的人眼中，财富和社会地位的丧失就意味着人生的完结，迪克亲手毁掉多年经营的一切在他们眼中是愚蠢和堕落的。

3. 异化的原因探究

异化所反映的是"人们的生产活动及产品反对自己的特殊性质和特殊关系。在异化活动中，人丧失了能动性，受到了异己的物质力量和精神力量的奴役，从而使人的个性不能全面发展，只能片面，甚至畸形发展"（王祖友，1997）。异化问题是人类发展进程中一个非常难以逾越的痛苦经历。人类的发展目的是为了人本身获得更多的幸福、自由和价值，现实却把人变得越来越不幸福，自由空间越来越小，个人价值越来越得不到尊重。造成人际之间异化现象的原因可以归为以下的几个方面：

物化的资本主义社会。在现代资本主义社会所谓的自由环境下，资本、市场及竞争日趋激烈，断裂了人与人的正常关联。被物化了的现代人，在现实生活中体验到的是双重自我，既是市场上的卖主，又是待出售的商品。物质世界造成了人类的虚无感、威胁感和恐惧感。人被物质世界制约而走上了异化。主人公迪克虽然开始抱负远大，然而他还是脆弱的，社会上虚荣糜烂的气味时刻影响他的进取，身边都是追名逐利的人，自己很容易被同化，最后唯有彻底远离繁华的交际场，才能寻求到内心的宁静。

人文主义的衰落。20世纪初是一个焦虑的年代，第一次世界大战在物质和精神上都给了西方社会重重一击，虚无主义和无价值论充斥着战后一代人。人文主义具体而言，就是寻找一种人类和世界统一的状态，捍卫自由的理想，重视人的社会价值和个人尊严。然而，在资产阶级私欲人性张扬的相互利益冲突中，人们衡量一切的标准只是金钱。尼科尔的姐姐巴比从来不把迪克看作同类，而是把他当成一个理想的仆人。家人之间的冷漠、赤裸裸的金钱关系代替了原先应有的尊重、友善、信任、互助。在这样的环境下，迪克始终是孤立无援的，被包围在自私、虚伪之中，以至于后来失去了自我。

现代人的个性丧失。现代人的个性丧失也导致了异化。20 世纪，西方社会进入一个物质极为丰富，科学技术获得了极大发展的阶段。当人们沉溺于物质享受时，个人价值丧失及压抑自我等问题也随之出现。个体磨灭了个性，丧失了自我及掌握自己命运的能力。人在强大的社会面前显得渺小无力，传统的道德观念正在失落，人的文化根基被切断，人们的精神变得扭曲、异化、畸形和荒凉冷漠。环境与社会的堕落固然是造成迪克悲剧的原因，但内因却是迪克由于这些外因产生的心理冲突，婚后滚滚不断的财富使迪克难以保持之前节俭、简朴的美德，自制力在财富面前土崩瓦解，人物的精神和意志被彻底解构，本真的自我逐渐丧失。当内心深处的压抑无处排遣时，他只能在酗酒和自我放逐中麻痹自己。

4. 走出异化的困境

异化主题揭示了人类异化的普遍现象，它为依旧沉浸在声色犬马、纸醉金迷之中的人类敲起了丧钟，它揭示了人类的虚无、萎缩和精神的枯竭，让人们不得不以审视的眼光重新看待这个世界。

镀金时代完美的仅仅在于外表，一旦深入其中，后果自是苦不堪言。奢侈的生活很容易造成心灵的空虚，而心灵空虚的背后潜伏的永远是灵魂的颓丧。唯一能使人走出精神荒原的途径是坚守以往的一些价值观念，回归本真，追逐自由意志，提高自己精神的境界。

在这个不值得做出自我牺牲的社会里，迪克甚至都无力保全自己的完整人格和美丽梦想。理想幻灭、精神家园崩溃的迪克选择了自我放逐，远离上层社会的金钱、权利、浮华和堕落，消失在茫茫人海中，"不是在这个镇子，就是在那个镇子"之间漂泊。只有摆脱了所谓的物质上的优越性，告别他曾经追求的高贵的社会地位，他才能够回归自我的本性，才能真正地摆脱上层社会给他带来的束缚，才能真正实现自我的解放，成为自己的主人。纷扰落尽，迪克以一种平凡的姿态慢慢重拾失去的自我存在感。他最终的清醒体现了在物欲横流的社会中，寻找人格上的独立，精神上回归的重大意义。

5.结语

《夜色温柔》以爱情为载体，叙述了迪克因理想的破灭，人生的失败而沉沦的故事。

在作品宏大的叙事中，异化现象得到了最好的解读，为认识现代人的精神困惑和精神危机提供了一个新的视角。在这个物欲横流，人性逐渐丧失的时代，人如果随波逐流，将只能生活在异化、绝望和孤独之中，唯一能让人们走出精神荒原的途径是寻找人格上的独立，找回失落人性中最宝贵的东西，摆脱异化感和失落感，在追寻自我本性的过程中获得解放和重生。

菲茨杰拉德主要作品中的"美国梦"解读

摘要："美国梦"是贯穿美国文学作品中的一个永恒主题，它曾经象征着美国人的精神追求和积极进取的精神，然而在 20 世纪 20 年代"美国梦"却遭到了前所未有的冲击。菲茨杰拉德的主要作品中反映了这一时期"美国梦"的幻灭这一主题并对此作了深刻的剖析和批判，让人们看清了"美国梦"的内在矛盾及其实质。

"美国梦"作为一个永恒的主题，始终贯穿于美国文学之中。不同历史时期的"美国梦"有着不同的表现形式，如殖民时期的开拓致富梦、建国后的自由民主梦、内战后的扩张发迹梦，而第一次世界大战后"美国梦"开始出现了迷茫与失落。在不同的历史时期，"美国梦"在美国文学作品中有着不同的体现：有的表现了"美国梦"的实现；有的则反映了"美国梦"的扭曲和幻灭。"差不多所有的美国作家都写过'美国梦'这一主题，但就描写的广度和深度而言，却无人能与菲茨杰拉德相匹敌"（邓年刚等,1997）。本文拟在简要回顾"美国梦"产生的历史背景的基础上解读菲茨杰拉德（Fitzgerald）主要作品中的

"美国梦"这一主题。

1."美国梦"的产生

"美国梦"指的是:"在美国条件下(尤其在新大陆'开拓'时期)形成与发展的一种具有相当普遍吸引力的理想或追求。"(谢元花,1998)"美国梦"的产生有其特定的历史背景。美国得天独厚的自然条件是"美国梦"形成的基础,新大陆是一块充满希望的土地,美国又是一个自由、民主的国家,有着人人均等的机会,任何一个人只要对自己充满信心并通过个人奋斗,都可以在这里获得成功。正因为如此,那些实现了"美国梦"的人便成了发奋图强、乐观向上的美国人的象征,他们代表着美国人的形象、理想和价值观,他们的成功向人们证明了在这个自由的国家里,贫穷不是一个人前进的阻力,证明了在这个新生的国度里,只要抓住机会,梦想就会实现。因此,在美国文学中"美国梦"也就成了一个不可避免的主题。

"美国梦"是一个被众多美国人普遍信仰的信念。虽然从理论上讲任何人都有实现梦想和成功的可能,但在现实生活中事实并非如此,反映在美国文学作品中也是如此。在美国历史的早期,"美国梦"曾作为一种真诚的信念激励着美国人民生生不息地奋斗,因此早期美国文学作品中的"美国梦"充满了希望、积极进取和乐观的精神。但随着资本主义的高度发展和物质文明的发达,美国人的那种人人均可发财致富、获得成功的梦想便开始破灭,"美国梦"破灭的主题开始出现在美国文学作品中。

2."美国梦"的扭曲和幻灭

从内战后到 20 世纪初,美国经济处于高速发展的繁荣时期,伴随着美国工业资本主义的飞速发展,社会状况也发生了巨大的变化。然而经济的发展并未带来美国人心目中那种人人平等、自由民主的社会状况,相反,社会的两极分化日益加剧,贫富差距日趋明显。受"美国梦"的影响,人们纷纷涌入大城市,希望靠自己的勤奋和努力获得成功,拥有财富和社会地位,然而在严酷的社会现实面前,曾为一代代美国人魂牵梦绕的"美国梦"却化为泡影,理想的幻灭让这一代人变得失落、迷茫。此外,受经济浪潮的冲击,物质主义的迷狂充斥着社会生活的各个角落,社会的各个阶层都在为金钱而奔走，其结果必然就是道德的沦丧、价值的失落，自由、民主、平等和节俭等资本主义赖以生存的价值准则和道德观念遭到践踏，物质繁荣的外壳下掩盖的是人们精神生活的空虚。

曾经朝气蓬勃的"美国梦"在这一时期受到了前所未有的冲击，锐意进取的创业意识和个人奋斗精神逐渐为不择手段的巧取豪夺所取代，"美国梦"也慢慢地演变成了虚幻的"发迹梦"。"美国梦"所面临的幻灭危机，导致了这一时期许多作家在描写"美国梦"这一主题时，透露出一种深深的幻灭情绪，表现出对社会现实的极度失望。从 20 年代开始美国文学的一个主题就是"美国梦"的幻灭：金钱梦、权力梦和感情梦统统破灭，这些作家揭示了"美国梦"的破灭以及资本主义社会所充斥的种种矛盾和危机，尤以菲茨杰拉德为代表。

菲茨杰拉德揭开了"美国梦"的面纱，揭示了物质文明背后的精神堕落，让人们看到了"美国梦"的幻灭。他所选择的题材和描写的主题都紧扣时代的脉搏，具有鲜明的时代色彩，栩栩如生地再现了那个时代的社会风貌和生活气息。菲茨杰拉德描写"美国梦"侧重于表现梦幻对个性的影响，理想与现实的严重脱节和理想与现实之间的关系被破坏之后所带来的后果，即现代人对理想的幻灭情绪。他笔下的人物开始时都有梦想并为之奋斗，到头来却是梦想的破灭和随之而来的绝望。他的两部代表作《了不起的盖茨比》和《夜色温柔》集中体现了他的创作主题，即"美国梦"的破灭。

在小说《了不起的盖茨比》中，菲茨杰拉德深刻地描绘了"爵士时代"美国社会的风貌，再现了 20 世纪 20 年代发生在大多数美国人身上的"美国梦"破灭的历程。主人公盖茨比是一个出身寒微的青年，在美陆军当军官时与黛西相爱，但黛西却嫁给了有钱人汤姆。盖茨比后来通过非法经营成为暴发户，并打算与黛西重温旧情，汤姆对此十分嫉恨，利用一次车祸陷害盖茨比并置其于死地。盖茨比用毕生心血所筑的美好梦想就这样在严酷的现实面前破灭了，最后他的"金钱梦"和"纯洁爱情梦"同时幻灭。盖茨比不只是一个爱情牺牲品，实际上他是"美国梦"的牺牲品。在这部作品中"作者对'美国梦'作了淋漓尽致的批判，通过盖茨比的毁灭，揭示了美国梦必定破灭的规律"（何亚惠，1997）。盖茨比的遭遇以及悲剧性的命运深刻地揭示了 20 世纪 20 年代"美国梦"的幻灭，他的悲剧是具有普遍意义的。

在盖茨比的眼中，黛西象征着理想中一切美好的东西，黛西对他来说已不仅仅是一个难以忘怀的恋人，还是他梦想的一个载体，得到她的爱情便是拥有了一切。于是他不顾一切地追求这种理想，残酷的社会现实迫使他采用不正当的手段来实现自己的理想。他所追求的黛西只是虚假理想的化身，然而现实中的黛西属于其丈夫汤姆所在的现实世界，而不是盖茨比的梦幻世界；她只不过是个世俗的美人，她之所以抛弃盖茨比而与汤姆结婚，就是因为汤姆所拥有的财富和地位。盖茨比是一个极富想象力的人，他心中始终有一个浪漫的梦想，而黛西恰恰缺少这个东西，她的精神境界实际上和汤姆之流差不多，她只不过是依附于权势地位的寄生虫，根本就不是盖茨比理想中的女人。然而盖茨比并未意识到自己与黛西之间那条无法逾越的鸿沟，他相信金钱的魅力可以打动黛西的心，为了能和黛西重温旧梦，他苦心经营。盖茨比在黛西身上倾注了他所有的人生理想，并且完全沉醉于幻想之中，仿佛得到黛西是他人生价值最终实现的标志，这样他的人生才是有意义的、完美的。这个旧梦成了盖茨比的精神支柱，他为此付出了沉重的代价，最终失去黛西预示着盖茨比梦想的破灭。盖茨比的失败表明了由汤姆代表稳固的财产以及有安全感的生活对黛西更具有吸引力，同时也表明了盖茨比的梦想太天真，距离现实太遥远。盖茨比以失败而告终，是因为他所追求的东西在当时的美国社会中缺乏实现的条件。由于人与人之间的金钱交易割断了一切人间感情，所以他的"美国梦"无可挽回地破灭了。

盖茨比的了不起在于他对自己理想矢志不渝的追求，在他的身上体现出一种可贵的向上进取的精神，只不过这种精神从一开始就没有实现的机会，因为它追求的是资本主义社会的一种虚假的理想。盖茨比为了实现得到黛西这一梦想，不惜一切代价从社会的底层奋斗上来，最终却牺牲了自己的一切。因为黛西不过是一个自私冷酷、无情无义的人，她虽爱盖茨比，但她更爱汤姆的地位和家产，盖茨比为她而死，她竟然一走了之。分不清现实与梦想的盖茨比用尽毕生的精力为自己构建了一个美丽的梦幻世界，他所追求的目标完全是一种虚无缥缈的梦境，这也是盖茨比的悲剧性所在。"在盖茨比身上我们可以看到美国梦的另一个主要矛盾，那就是想象与现实的矛盾。"（张礼龙，1998）盖茨比与汤姆分别代表了"美国梦"的两种内在力量，一个是远离了现实的理想主义，一个是自私、冷酷的物质主义。盖茨比的悲剧实质上就是美国理想主义以及"美国梦"的悲剧，这也说明了当时整个美国已成了一个唯利是图、道德混乱、缺乏理想、拜金主义横行的社会。

　　"作者用小说主人公盖茨比的一生来演绎理想与现实，即精神与物质这两种难以界定的渴望在现实生活中的冲突，并最终将盖茨比在这种冲突中的毁灭与美国历史联系在了一起，从而隐喻了美国民族的悲剧，并对美国梦的不可企及性进行了辛辣的讥讽。"（杜永新，2002）如果说在盖茨比身上折射出了一种精神力量，那么汤姆身上所体现的便是现实世界中物质财富对精神的一种摧毁力量。作者在这里隐喻了在美国这个物欲横流的世界中，当盖茨比所代表的精神追求与执着与汤姆所代表的巨大的物质财富相抗衡时，盖茨比的力量显得那样的单薄。因此，这场较量的结果就是盖茨比的彻底毁灭。这让人意识到理想主义在遭遇现实时的脆弱，以及精神追求在一个只注重物质拥有和物质享受的社会里注定走向毁灭的命运。

　　小说《夜色温柔》描写的是夫妻从相爱到背弃的故事。迪克由一个富有理想、才华横溢的青年沦为精神懊丧的酒徒，最后无声无息地告别人世，他是一个追求—奋斗—幻灭的典型。他出身低微，但勤奋好学，他开始要当一名有前途的心理学家，后来愿做一个好医生，以后又努力做一个好丈夫、好父亲。为了治好妻子的精神病，他牺牲了自己很有前途的研究工作，但当尼科尔病愈时，竟另结新欢，抛弃了迪克。迪克的巨大牺牲却换来如此下场，于是他精神懊丧，以酗酒减轻痛苦，后来被解雇。他回到了美国，在一个小地方了却余生。迪克悲剧的原因在于他"把爱情与抱负结合在一起，但爱情和成就之梦却被财富的价值所扭曲"（方杰，1998）。他对上流社会充满了幻想，过分相信自己的能力，以为尼科尔离不开他，将自己的一切都押在尼科尔对他的需要上。但无情的现实击碎了迪克的美梦，使他成为又一位"美国梦"的牺牲者。因此，当他的精力和感情消耗殆尽，不再被人需要时，他只好消失在温柔的夜色之中。他所追求的"美国梦"一旦破灭，一切都随之烟消云散，剩下的唯有幻灭后的痛苦和悲哀。

　　菲茨杰拉德所描写的人物富有浪漫色彩，更富有悲剧性。两部小说的主人公盖茨比和迪克"都是天真的具有理想主义色彩的中产阶级，却都陷入了有闲阶级的圈子里，殊不知这个圈子中的成员通常是以'我需要'和商品价值为标准去处理包括爱情在内的人际关系的"（籍晓红，2002）。虽然他们"经历不同，但命运相似，都体现了梦想和现实之间的冲突，都上演了一出从追求、奋斗到理想幻灭的悲剧"（籍晓红，2002）。盖茨比和迪克都是悲剧性的人物，其悲剧的实质是理想主义陷入道德堕落、物欲横流的现实世界的矛盾，他们的失败和理想破灭是"美国梦"破灭的戏剧化表现。他们的悲剧命运体现了扭曲了的"美国梦"，因为它已经失去了在美国开拓时期所包含的那种勤奋和道德使人致富、人人机会均等的美好理想，取而代之的是对财富和地位不择手段的追求和有钱人的专横跋扈。

菲茨杰拉德的作品深刻地反映了 20 世纪 20 年代美国的时代特色："美国梦"的破灭，表现了他对"美国梦"的反思以及对产生这一社会现象的根源所作出的深刻的剖析和批判。他的作品"表现了美国战后的典型社会特征，反映了上层社会的虚伪、金钱的罪恶、家庭关系的毁坏及病态的社会现象"（何亚惠，1997）。菲茨杰拉德对上流社会的揭露和批判实际上指明了"美国梦"的虚幻性，所谓"人人都有均等机会、人人都有成功的希望"，只不过是资产阶级的谎言而已。出身卑微的盖茨比无论怎样奋斗也不会娶到黛西，也不会实现他的"美国梦"。

菲茨杰拉德所塑造的人物形象在生活经历和精神世界方面都与其有着密切的关系，从中也可以看出他本人从追求"美国梦"到梦想破灭的历程。"菲茨杰拉德本人就是'美国梦'的积极参与者，他比其他作家更受到那种金钱与爱情相互作用带来的痛苦经历。他笔下的人物均夹杂着他本人的色彩，他是在顿悟后对'美国梦'的反思过程中，将自己的感受注入他的小说之中，使他笔下的'美国梦'更具有典型性和可信性。"（何亚惠，1997）

3. "美国梦"的实质

"美国梦"有着悠久的历史，它作为美国人的一种精神追求，其产生和发展是与美国的历史进程基本一致的，并在美国的历史进程中发挥了不容忽视的作用。早期的"美国梦"是北美移民开拓进取精神的延续，他们坚信在美国这块充满生机和活力的土地上，只要肯吃苦耐劳、善于经营，就能够摆脱贫困、获得成功，甚至建立丰功伟绩。早期的"美国梦"强调人的精神价值，倡导了通过不懈努力取得非凡的成就以及为创建新世界的理想而奋斗的精神，展现了早期美国人通过开拓创造从而致富的过程，并强调了在劳动和创造中实现人的自我价值和社会价值。早期的"美国梦"包含着一种锐意进取的创业意识和人人均可发财致富的梦想,反映了资本主义上升时期北美移民对建立新生活的乐观情绪和追求自由、憧憬未来的精神面貌。早期的"美国梦"是一种美国式的民主理想,充分肯定了人的价值和争取自由生活、实现个人欲望的权利,不仅强化了个体意识,而且孕育了美国独特的民主精神。"美国梦"曾体现了一代代美国人的理想和追求,激励着千百万美国人民为之奋斗不息,说明了它具有一定的进步性,并对美国的发展起了重大作用。从个人本身以及对社会的贡献的角度来讲,这样的梦想是具有积极意义的。但这只是它的一个方面。

另一方面,"美国梦"从一开始就具有一种虚幻的性质。因为在美国这样一个以私有制为基础的资产阶级国家,对于资产阶级来说,"美国梦"在某种程度上是可以实现的;然而对于广大的普通劳动人民而言,"美国梦"只能是一种不切实际的幻想,不可能人人都发财致富,也不可能人人都享有真正的自由、民主、平等。在美国处于上升时期的历史阶段,"美国梦"曾是一种崇高的美国式理想,穷苦的移民尚有实现自己梦想的机会,然而当美国社会基本定型之后,这种空间就大大缩小了。在不同的历史时期"美国梦"有着不同的具体内容,20世纪20年代美国人的"美国梦"就是获得财富和地位,盖茨比的"金钱梦"和"爱情梦"就是那一时期美国人典型的"美国梦",在为实现这种梦想而奋斗的过程中,他们饱尝了梦想幻灭的痛苦,这些人的悲剧深刻地揭露了"美国梦"的虚幻性和欺骗性,所谓的"美国梦"只不过是资产阶级制造的神话而已。"美国梦"在当时美国社会幻灭的根本原因在于梦想与现实之间不可调和的矛盾,而这种矛盾的焦点就体现在金钱上,美国当时的社会是一个用金钱构筑的梦幻世界,看似富丽堂皇,实则是一个金钱至上、冷酷无情、虚幻飘渺的世界。

第八章　后现代主义视角

《微暗的火》后现代叙事研究

摘要： 后现代主义兴起于对现代主义的传承和批判，追求革新，强调文本的开放性和多元化，推动了小说的创新发展，拓宽了小说的维度和可能性。本文就将以"后现代的叙事"为切入点，从后现代叙事技巧——不可靠叙事、元小说、互文性和文字游戏四方面研究纳博科夫如何运用后现代的叙事策略来创新小说形式。探寻后现代主义作家如何通过文本展现后现代社会的满含不确定性的精神图景。

1. 引言

后现代主义是 20 世纪西方文学发展的一个重要阶段，后现代主义的发展离不开对现代主义的继承和创新，小说在形式上到底还能走多远？小说还能用什么方式呈现人类的生存图景？小说还可以展示什么样的想象时空？后现代主义作家的出现拓展了小说的视界和可能性。大部分评论家认为詹姆斯·乔伊斯的《芬妮根守灵夜》标志着后现代主义的新纪元。"其中一个重要原因是这部小说在一定程度上反映了本体论（ontological）的创作观念，这与以往建立在认识论（epistemological）基础上的小说有明显区别。"（李维屏，2003）这也就是说，与现实主义甚至是自然主义关注、反映现实社会不同的是，后现代主义的小说在更大的程度上关注的是小说本身——小说的语言和文本。因此，小说的形式、文体和文字本身等方面是后现代主义作家新的创作源泉。

《微暗的火》出版之时，许多文学评论家认为这是弗拉基米尔·纳博科夫最杰出的作品。这部小说的形式十分特殊，小说的主要的故事情节是以虚构的美国诗人约翰·谢德所作一首 999 行诗为主，附加上一篇由欧洲流亡学者、谢德的邻居查尔斯·金波特对诗歌所做的怪异评论。自传体长诗讲述的是诗人女儿自杀事件，探讨了人性、死亡等严肃的话题。我们慢慢地知道，在金波特得到这首诗的手稿时，谢德刚被谋杀不久。很快我们又知道，金波特疯了，他认为自己是某个理想中的浪漫国家被放逐的君主。他坚信谢德写的正是关于他个人历史和他的传奇王国——赞巴拉（首都昂哈瓦）的故事；金波特也一直认为谢德是被误杀的，而杀手被派来暗杀的是金波特本人。金波特写那篇评论，目的在于把谢德的诗作与遥远、神秘的赞巴拉国的故事相互联系，金波特对事实怪异离奇的叙述，令读者啼笑皆非。

任何试图拓展小说维度的作家都对小说的发展做出了重要的贡献。《微暗的火》这样一部独特的作品的确提供给读者另一个新的视界。本文就将研究这部后现代主义小说的杰作，探寻《微暗的火》的后现代叙事艺术——极其荒谬的不可靠叙事、独特的后现代元小说写作、鲜明的互文性和在纳博科夫作品中常见的文字游戏并对其文本背后的美学进行分析，为理解《微暗的火》和纳博科夫提供参考。

2.《微暗的火》后现代叙事策略

2.1 不可靠叙事

1961 年，美国文艺评论家韦恩·布斯（Wayne C. Booth）在著作《小说修辞学》（*The Rhetoric of Fiction*，1961）中首次提出第一人称叙事具有不可靠性。他认为："可靠的叙述者在语言和行动方面与作品的思想规范（即隐含作者的思想规范）相一致，否则该叙事即不可靠。"

叙事者是文本重要的一部分，故事的发展必须要由叙事者讲述，而不可靠叙述者表明叙述者所叙述的事情是不准确的，不可以被信任的，有所隐瞒或是扭曲事实的。作者之所以要采用不可靠的叙述手法，目的是造成叙事者所讲的故事与真实事件之间的距离，由此来揭示在表象之下，人物所暗含的情感和思想。如石黑一雄《远山淡影》的叙述者为掩盖自己的故事，把它安排在别人身上，只是在作品的最后，叙述者小心翼翼维护的故事构架才轰然坍塌，揭开了叙述者创伤的过往。

相比创伤与回忆，《微暗的火》中的不可靠叙事要有意思得多。故事的叙事者金波特是冗长前言、谢德999 行诗的注释和索引的作者。英国著名的小说评论大卫·洛奇认为读《微暗的火》的乐趣之一便在于，通过对照谢德诗中的"可靠"叙述和金波特的"不可靠叙事"，读者可以慢慢地发现金波特的错觉与自欺。在谢德写诗之际，金波特与诗人交往甚密，金波特也一直和谢德讲述赞巴拉的故事，满心以为谢德在写一篇关于那里的"传奇诗"。可实际上这完全是叙述者的幻想，最后金波特的自欺也跃然于纸上。

"大家都知道我是多么愚蠢地，多么坚定不移地相信谢德一直在创作一本有关赞巴拉过往的长诗，一种'传奇诗'。大家也曾对那种会使我大失所望的遭遇有所心理准备。噢，我并没有期望他'竭尽全力'写那个主题啊！"（纳博科夫，2008）

在这里，金波特托言没有期望谢德写关于他的《孑然一身的君主》（金波特所希望的诗题），可是却说读《微暗的火》跟"一个怒火上身的年轻人在读一个老骗子的遗嘱一样"，无法表达心中的痛苦。金波特一直在维持表面对《微暗的火》的"怜爱的柔情"，可是"伤痕依然存在"，因此他在注释中重新确立赞巴拉国对诗歌创作和诗人的重要影响，金波特写注释似乎是为了寻找对赞巴拉国感情上的寄托。在纳博科夫看来，金波特是十分糟糕的读者，"也有人特别钟爱某一本书，只因为其中提到某国某地、某处风景、某种生活方式，是他顿生恋旧之情。还有一些读者就更糟了，只顾把自己比作书里的某个人物，这些不同种类的等而下之的想象，当然绝不是我所期望的读者"（纳博科夫，2005）。

除了在诗歌主题上的可笑幻想，更加荒谬的是金波特认为自己是赞巴拉受罢黜的国王，而且从注释的一开始就踏上行程的杀手是被反对党派来暗杀他的杀手——贾考伯·格拉杜斯。从金波特的叙述可以发现，实际上这个角色不过是金波特的荒唐的想象，真实世界中的贾考伯·格拉杜斯只是杰克·格雷，金波特自己也可能只是普通的俄国学者波特金（Botkin），"波特金教授幸好在另一个系任教"。杰克·格雷要杀的人是谢德，把谢德误认为是将他判到监狱的法官。直到最后一刻金波特还执迷不悟，认为贾考伯·格拉杜斯就是杰克·格雷："佯装从精神病院逃出来的杰克·格雷，错把谢德当成那个把他送到那里去的人，以此来欺骗警方和这个国家。"（纳博科夫，2008）

作者要从金波特——一位糟糕的读者和精神幻想症患者——和他所作怪异的注释中，表达一贯对精神分析的讽刺还是对文学评论的嘲讽？纳博科夫认为风格和结构是一部书的精华，伟大的思想不过是空洞的废话。所以，不论金波特的不可靠叙事有多么的荒唐，多么离奇，多么的滑稽可笑，都丝毫不会影响故事的震撼力。纳博科夫用一个精致的谎言，把我们带到了永远都到不了的远方——赞巴拉，"在格陵兰，赞巴拉，或者天晓得在何方"①。在蒲伯那里，"赞巴拉是美妙且极远的北方，是北极星的土地"（Mary Maccarthy，1971）。而在金波特这里赞巴拉真的成了他的时刻思念的故国。"金波特把他那挚爱的王国——赞巴拉，描绘得栩栩如生，让人陶醉、久久无法忘怀。在这个角色中，纳博科夫庆祝的，除了自己滔滔口才，更有他流放经历中强烈的故国之思"（大卫·洛奇，2010）。

2.2 元小说

元小说亦称为超小说，是美国小说家威廉·H.加斯（William H. Gass）在1970年发表的论文集《哲学与小说形式》中创造的词汇。评论家对元小说的解释不一而足，最简洁的概念就是：元小说是关于小说的小说，元小说关注自身的虚构本质和小说的创作过程。"后现代主义元小说是对小说这一形式和叙述本身的反思、解构和颠覆。它虽保留了小说的外表和轮廓，但它是一边'叙述'故事，一边告诉读者这篇故事是如何虚构的，是一种关于小说的小说。"（陈世丹，2010）

其次，元小说的出现代表了"作者反映意识"的觉醒，现代主义作家写作方式是作者的完全隐蔽，作者似乎失去了自我，暂住在小说角色的意识中。文本中似乎已经没有作者了，如《尤利西斯》中 Molly 著名的独白。可是，后现代主义作家却不愿藏在人物的意识流中，"他们迫切希望介入作品，不但经常对人物评头论足，而且还不断向读者畅谈自己的创作感受及本人在所造人物和安排事件方面的打算"（李维屏，2003）。美国评论家哈桑也指出现代主义与后现代主义的差异的表现之一就在于，现代主义的疏离性与后现代主义的参与性。②虽然元小说是评论家不久创造的词语，但是元小说这种叙事方式

---

① 赞巴拉国的来源，亚历山大·蒲伯《人论》，是蒲伯创造的词语，表示某个永远无法到达的地方。
② 来自于伊哈布·哈桑在 *The Dismemberment of Orpheus* 中一张关于现代主义与后现代主义差异的图表。

早在《荷马史诗》中的《奥德赛》中就已经出现过，读者很容易想到在故事叙事的大背景下又包含着奥德赛自己所讲的故事。但是，只有现代以及后现代的小说作家才有意识地、自觉地运用这一小说的叙事技巧，如约翰·巴斯的《迷失在开心馆内》、库尔特·冯内古特的《五号屠宰场》。评论家所公认的元小说的始祖是《项狄传》。《项狄传》虽创作于英国小说刚兴起之后不久，但是小说的叙述方式十分奇特，怪诞且极其现代化。文中的叙述者似乎与隐含的读者对话。在事无巨细地叙述自己生平时，又与现实中的读者讲述文章的写作思路和创作过程。虚拟的小说与完整的现实之间即刻架起了桥梁，同时读者也能深刻地意识到小说的虚构性。"如果用反小说、反虚构这一概念的话本并没有准确描述这一重要的叙事技巧创新，因为利用元小说概念写作的作家不仅没有违反或是颠覆小说写作的主要传统，而且他们还在文本中直言不讳地讨论小说的创作。"（Bernd Engler，2004）

《微暗的火》是元小说叙事手法的杰作。元小说叙事的表现形式多种多样，在《微暗的火》中的所采用的有两种形式：一是叙事注脚，评论随着叙事展开。叙事注脚是本文最大的特色，也几乎是文章的主体。"容许我申明一下，如果没有我的注释，谢德的诗没有一丁点人间烟火味儿……其中包含的人间现实不得不完全依靠作者和他周围的环境以及人事关系等现实来反映，而这种现实也只有我的注释才能提供。"

二是小说中包含另一作品，《微暗的火》中包含两个故事，利用注释这一奇妙的手法，打破了传统的线性叙事，形成了结构上的并置。"一般地，现代主义作家总是通过'并置'（jux-taposition）手段来打破叙事的时间顺序，从而使文学作品取得空间艺术的效果"（Joseph Frank，1991）。

我敢肯定我们这位诗人想必会理解他的诗作评注者试图把某件性命攸关的事，也就是那个将会弑君的格拉杜斯从赞巴拉的出发，跟诗人的创作过程，在时间上同步相一致起来。

约翰·谢德写诗写到这里的那一天（7 月 4 日），职业杀手格拉杜斯正准备离开赞巴拉，穿越东半球，坚定不移地干他那桩铸成大错的蠢事（参见第181 行注释）。（纳博科夫，2008）

谢德写到第 230 行那当儿，格拉杜斯在我们驻哥本哈根领事那座避暑别墅里睡个好觉……（纳博科夫，2008）

可谁又会料到就在（7 月 7 日）那天，谢德（在第 23 张卡片上末一行）写下这句机智妙诗时，格拉杜斯，化名戴格莱，已从哥本哈根飞往巴黎，完成了他那邪恶旅途的第二段行程呢……！（纳博科夫，2008）

谢德写诗的过程在金波特的叙述中似乎间隔性的"悬置"了，谢德诗作的时间流暂时性地中断，在这时赞巴拉国和杀手的故事被引入。作者也有意识地在两个故事之间实现平行结构。谢德的故事、赞巴拉国的故事、杀手的故事如花毯般交织，使文本一直处于开放的过程中，文本的意义也延宕开来，无法确定。

2.3 互文性

互文性是后现代叙事的一个重要概念。大卫·洛奇认为："一个文本有很多种方法来体积另一文本：戏仿、拼贴、呼应、典故、直接引述以及平行结构。文学离不开互文性，因为追根究底起来，所有的文本都摆脱不了其他文本的启迪。"（大卫·洛奇，2010）

"互文性"这一概念的提出是索绪尔的符号学概念——词的价值不仅仅是由它本身的概念所决定的，而是要通过其与其他词的比较中，词的价值才可以得以确定——在文本意义上的延伸，表明了文本的意义并不是直接从作者传递到读者，读者和作者都受到了其他文本"编码"（code）的过滤。

《微暗的火》的互文性体现在作者与其《愚人志》的互文。18 世纪英国诗人蒲伯写过一篇著名的讽刺诗《愚人志》，讽刺反对他的人，诗篇用蒲伯擅长的英雄双韵体写成，与《微暗的火》中谢德所著诗所使用的诗韵相同，还附带上了一名虚构的评论家所做的古怪注释以及一个令人发噱的索引（实为对自我中心的学者炫耀学识所做的滑稽模仿）。《微暗的火》与这部作品的结构相似，显然受到了这部作品的影响。

《微暗的火》中还有与纳博科夫自己所做的其他的两篇作品《普宁》《洛丽塔》的互文。

谈到那个臃肿不堪的俄语系的头头普宁教授，一个把下属管得严极了的家伙（波特金教授幸好在另一个系里任教，没有隶属于那个怪诞的"凡事求全者"）。（纳博科夫，2008）

这是暴风雨的一年：洛丽塔飓风从佛罗里达刮到缅因。（纳博科夫，2008）

不论作者对另一文本所持的态度，互文都是作者与文学传统的联系。"互

文性、所知性（knowingness）以及与文学传统的联系——后现代主义在重新审视任何文学传统时都带着讽刺，这一切都定义了后现代主义"。（Seldon，2004）

2.4 文字游戏

文字游戏是纳博科夫在文章中常用的写作技巧，尤其是作者在《洛丽塔》中在人名上的文字游戏令人难以忘怀并且产生了文字上纯粹的美，是后现代主义作家本体论创作理念的体现。后现代主义的代表作《芬尼根守灵夜》所使用的文字游戏和大量的双关语几乎被认定是无法翻译的。"真理就是一支隐喻、双关、拟人等修辞组成的大军"（朱立元，2008）。

文字谜语："pada ata lane pad not ogo old wart alan ther tale feur far rant lant tal told."（纳博科夫，2008）

笔者以为，这个文字游戏是文本中十分有趣的一个，纳博科夫的文字游戏在经过研究之后是可以被理解的，而这个谜语非纳博科夫本人无法理解其中的意义。这是谢德死去的女儿海丝尔写在记事本上，是她去闹鬼的谷仓，鬼魂告诉她的信息。从表面上看来这只是无意义的字符，其实这是鬼魂给谢德的忠告。确切的说是谢德姑妈莫德的魂魄，给谢德带来警告："谷仓好像是由于中了风……胡乱地表达了自己对一场给宇宙带来严重后果的灾难的想像，可又吞吞吐吐说不清楚似的。"（纳博科夫，2008）这一话语是摹仿莫德姑妈中风后言语不清时的讲话方式，莫德姑妈总是喜欢"怪诞的产物和灭亡形象"（纳博科夫，2008）。不管这不成文的变编码究竟是什么意思，纳博科夫在语言上的实验是新奇、有趣的，当文本没有中心的意义时，这些语文本身的美和趣味性就更加凸显。

3. 《微暗之火》叙事特征的美学意义

作者纳博科夫是个典型的美学主义者（art for art's sake），"在我的教学生涯中，我设法向学生们提供有关文学的准确信息：关于细节如此这般地组合是怎样产生感情的火花的，没有了他们，一本书就没有了生命。就此而言，总体的思想毫不重要"。因此，纳博科夫的美学是关于形式，关于风格，关于细节以及原创性的美学。对纳博科夫而言，不是所有文本都需要建筑于确定的思想、价值或意义之上，或许文字本身比起高尚的思想更为重要。他的小说似乎对于空洞不以为意，并且"展现了空洞所含的意义"（Ihab Hassan，1984）。在《微暗的火》中，作者依然践行着这样的美学。

纳博科夫在文本中展示他深厚的文学功力，大量的典故、文字游戏、双关语，戏仿等，小说就像是作者精心创造的迷宫。并非把阅读当作消遣的读者能够理解的，"20世纪的小说令人感到'阅读不再是一种消遣和享受；阅读已成为严肃的甚至痛苦的仪式'"（吴晓东，2003）。

读者或许会抱怨纳博科夫的小说过于混乱，文本没有确定主旨，难以理解。殊不知，纳博科夫所期望的读者并不是囫囵吞枣地阅读的人，而是把"文学掰成一小块一小块——然后你才会在手掌间闻到他那可爱的味道，把它放在嘴里津津有味地细细咀嚼"（纳博科夫，2008）。纳博科夫这样要求读者，他自己也是这样的做的（他是新批评理论的实践者）。想要读好纳博科夫并不是件简单的事，他需要有相当的文学修养，对社会文化有一定的了解，最重要的是有丰富的想象力，带着艺术家的一片赤诚和冷静的科学态度，在文字筑成的迷宫之中探寻出路，且又乐在其中。"读者应该习惯于在无意义的世界中追寻意义，走出非此即彼的罗格斯中心主义，只确立认识的角度，而不要作定性的结论。"（但汉松，2007）因为，后现代主义的文本本身就是反对解读的。在后现代主义的文本中，意义是延异的，是差异之间的游戏，读者若能真正坦然地接受一个浮动的不确定的文本世界，不执着于寻求每件事的中心，或许就踏出了理解纳博科夫小说的第一步。

4.结语

后现代主义是无中心的、在本体上不确定的，是作家们在文本形式上的实验。后现代主义发现了意指本质之上的不确定性。后现代主义作家也试图在文本中展现作家支离破碎的艺术感知和现代人无中心、涣散、迷茫的精神图景。

Mccarthy有一段关于《微暗的火》的著名评论，常常被研究者引用："微暗的火是玩偶匣（jack-in-the-box），是珍宝，是发条玩具，是难解的棋局，是地狱的机器，是为文学评论家下的圈套，是猫抓老鼠的游戏，是一本自己动手的小说。"（Mary Mccarthy，1971）在她的评论中可以知道《微暗的火》可以有各种的可能，却找不到一个确定的中心给渴望逻各斯的读者。

"约翰·谢德边了解边改造这个世界，接收它，拆散它，就在这储存的过程中重新把它的成分组织起来，以便在某一天产生一桩组合的奇迹，一次形象和音乐的融合，一行诗。"（纳博科夫，2005）纳博科夫就像是一个魔法师把现实生活的细节熔化，再重新组合，康奈尔大学、纳博科夫的故国等都在这部作品里以全新的方式呈现。纳博科夫十分在意作品的原创性，"《微暗的火》要读者以一种任何其他文本都没有过的方式阅读，正因为此，这部作品所激起的情感也是其他文本所没有过的"（Brian Boyed，2001）。在开拓小说的新空间，实现小说形式新的可能性的道路上，纳博科夫和他的作品是不可忽视的。

安吉拉·卡特短篇小说的后现代叙事研究

摘要：英国当代著名女作家安吉拉·卡特所著的《焚舟纪》是一部题材特殊，想象诡异，笔触瑰丽的短篇故事集。作品以幻想题材为主，糅合了魔幻现实主义、神话、哥特式风格。小说从童话故事、民间传说和亚文学品种中寻找素材，通过互文、戏仿和独特的女性书写，颠覆了传统的性别角色。小说集中呈现了后现代消解中心，关注他者的特点，体现了安吉拉·卡特文本形式上的创新以及对女性权利和现实社会的严肃思考。

1. 引言

1992 年 2 月 16 日安吉拉·卡特在 51 岁早逝，《卫报》的讣告写到："她反对狭隘。没有任何东西处于她的范围之外：她想切知世上发生的每一件事，了解世上的每一个人，她关注世间的每一角落，每一句话。她沉溺于多样性的狂欢，她为生活和语言的增光添彩都极为显要。"（Guardian，1992）作为卡特的读者和好友，拉什迪在《纽约时报》上发表悼文：《安吉拉·卡特：一位善良的女巫，一个亲爱的朋友》。"我重复，安吉拉·卡特是一个伟大的作家。许多同行和迷恋她的读者都明白她的珍稀之处，是这个星球上真正绝无仅有的存在。她应当被安放在我们时代的文学之中央，正中央。她最精彩的作品是她的短篇小说集"（Rushidie，1992）。《泰晤士报文学增刊》评论道："遇见安吉拉·卡特奇观和魔法般的小说，你必然会得出一个结论：它必然会流传，会被阅读，被膜拜。"

安吉拉·卡特是一位个性鲜明的作家，是"奇迹""诡异""异常"的代名词。《焚舟纪》是她的短篇故事总集，出版于她死之后。其中《烟火》发表时间最早，成型于卡特在日本期间，集子中包含了三篇有关日本的回忆。同时《烟火》也成为她写作生涯的转折点，"在日本我了解何为女人，因而变得更激进"（Rauch，1995）。此外是卡特典型的童话与梦境相互结合的作品。卡特的高明之处在于她用极为真实的笔触处理神话和传说的故事人物，常以第一人称描写模糊了经历与童话创作的界限，以真实的笔触描写虚构的人物。卡特的文学声誉即是建立于对童话故事特殊的改写，《染血之室和其他故事》由于书中对神话、传说以及童话的互文和戏仿，对典型性意象的描绘，以"卡特制造"成为她最著名的文学作品之一。卡特在《焚舟纪》中充满了后现代叙事特征和显现出后现代的反对逻各斯中心的特点，本文旨在分析文本中的后现代叙事特征，展现卡特如何把文本置于文学历史话语之中通过互文性和戏仿颠覆传统，如何消解男性权利中心，建立新的女性形象。

2. 文学与文学史的"对话"：互文性和戏仿

组成后现代话语的，不仅是严肃的文学或历史，从童话到历书到报纸到刊物，一切的一切无不为小说提供有意义且可供参考的文本。安吉拉·卡特在《烟火》的后记中提到她所创造的故事与"色情刊物，民谣，梦境等次文学形式有关"（安吉拉·卡特，2012）。评论家曾评论道，"她接过小说的亚品种（罗曼史，间谍，色情，犯罪，哥特，科幻等），并把它们起先的刻板模式协调起来，变成了精深微妙的神话"（肖瓦尔特，2010）。因此，阅读卡特著作必须将其放置于文学史的历史话语之中，理解两者之间的对话性特征。互文性是后现代叙事的一个重要概念。"一个文本有很多种方法来体现另一文本：戏仿、拼贴、呼应、典故、直接引述以及平行结构。文学离不开互文性，因为追根究底起来，所有的文本都摆脱不了其他文本的启迪"（Lodge，1993）。在后现代的语境之下，读者如果要孤立地看待文本已经是不可能的，任何一个文本的背后都存在无法忽视的多个文本，使得评论者把目光从作家和文本个体转向多个文本的关系，从而得到对于原文本更加深刻和准确的理解。这一互文性已经成为后现代主义文本与文学历史的宏大对话。对于后现代主义色彩明显的安吉拉·卡特而言，这一点尤为重要，因为卡特的创造离不开世界文学的土壤和各式的文学传统。卡特在采访中曾经提到："我总是使用大量的引用，因为我通常把西欧的一切视为巨大的废品场，在那儿，你能够汇集各种各样的新素材，进行拼贴。"（Stoddart，2007）卡特也从来不避讳她的师承：莎士比亚，艾伦·坡，霍夫曼，格林兄弟。卡特对于英国及世界文学很熟悉，这一名单还可以写得更长。但她的后现代主义话语并不晦涩难懂，也很少玩文字游戏。她所写的是一个个以日常经验背后的衍生出的意象组成系统，籍之诠释日常经验，但却高于日常经验的故事。她常用的意象有蛋白石、镜子、布偶、黑猫、古堡等，使她的叙事绚丽多彩，同时带有阴暗、恐惧和危险的气息。

在《焚舟纪》中，她将传统童话、民间故事、名著名剧、经典电影乃至历史人物与事件，利用各种后现代主义的叙事手法——拼贴、指涉、戏仿、互文将其嵌入文本中。《烟火》中的《穿透森林之心》戏仿《圣经》的伊甸园中亚当和夏娃的故事："于是第一棵被她碰到的果实不待采摘便自动掉落，仿佛是她的触碰使它成熟完美。果实看来类似苹果和梨子……'好好吃哦！'她说。'来，你吃'……他接过苹果，咬下；而后，两人相吻。"（安吉拉·卡特，2012）《紫女士之爱》中受人操纵的木偶戏仿童话《睡美人》："木头睡美人醒来了。"（安吉拉·卡特，2012）在《主人》中卡特借用了丹尼尔·笛福的《罗宾逊·克鲁索》，套用卡特的话来说就是"表达对笛福的敬意"（安吉拉·卡特，2012）。一位女性代替了"星期五"这一角色，并且完成了自我救赎。在《染血之室与其他故事》中戏仿与改写被最大限度地利用，其中的十个故事来自于童话或者民间传说：《染血之室》是《蓝胡子》的改写；《师先生的恋曲》《老虎新娘》戏仿的是《美女与野兽》；《雪孩》戏仿《白雪公主》；《狼人》《狼女艾丽斯》《与狼为伴》是对《小红帽》的改写。卡特利用互文性和戏仿用读者和文本的关系取代了传统文学批评中作者与文本的关系，她似乎想抹去作者的自我与文本的关系而把文本放置在话语自身的历史之中。"一本书 永远没有明确的边界；……它陷入了其他书、其他文本，其他句子的一个指涉体系之中：它是一个网络的节点。"（Foucault，2005）卡特对于童话、神话、民间故事的改写从不遮掩，也没有把原文本解构得支离破碎。这样的戏仿开放了原本封闭的文本，使之意义无限延宕，并取得新的解读。这是后现代所要表现的重要方面：开放性和意义多元化。卡特利用这一重要的后现代叙事技巧颠覆经典，质疑权威，从集体无意识的源泉中，为女性解放主题寻得寄居之所。

3. 消解中心，关注边缘：女性权利

卡特是最早公开从事女性主义批评和妇女运动的英国女作家之一。而后现代主义的"戏仿"为卡特的女权主义书写提供了突破口。"戏仿式的双重发生或者异质性不仅是既质疑又肯定差异的一种手法，而且它还自相矛盾地提供了一个话语的集体性、共同性文本的模型。经证明这模型对女权主义和后现代主义都有用处"（哈琴，2007）。卡特的作品中尤其是那些对于欧洲童话改写的部分，探讨了两性身份、性行为和社会期望。她的作品中女性主义观点的色彩浓重，成为卡特利用互文和戏仿颠覆传统的一个重要方面。"如果没有女权主义的影响，我们就不可能以现在这种方式质疑性别与性征、读与写、主题与表达、声音与行为……"（Huyssen，1986）因此后现代主义与女权主义运动是紧密联系的，表现为对中心的质疑和对边缘的关注。卡特在《焚舟纪》中贯穿了对女性解放的思考，这是她的作品深具颠覆性的深层原因。在令人惊诧的戏仿游戏的外表之下，卡特是一位严肃思考的作家。评论家们常常无视这种本质上的严肃性，指责后现代一味地反讽，所以显得浅薄琐碎。评论家们一般认为表达真实性总与戏仿的双重性或是幽默格格不入。然而"正是女权主义作家和黑人作家将这类带有反讽意味的互文性用于意识形态和审美目的，振聋发聩"（哈琴，2007）。

安吉拉·卡特在《焚舟纪》里以反讽的形式使用了人们所熟悉的童话故事。不过只有在读者注意到她的反讽颠覆了性别角色之后，戏仿的意义才显现出来。在卡特看来阻止女性的完全解放，并不仅仅的是男性的偏见，女性对自我的认识也是十分重要的一个部分。这一点在卡特对童话和传说的改写中体现得最为明显。卡特颠覆了童话和作品中许许多多的女性形象，她们不再是柔弱无助的美女，自我牺牲的圣母，落难的公主，好心却可怜的牧羊女，等等。《紫女士之爱》中紫女士是受"亚洲教授"操控的木偶，她起初为娼妓，后来变成了一具木偶、傀儡，"任凭色欲之线操控"（安吉拉·卡特，2012），但她最后因为一个吻而觉醒，不需旁人的操纵，开始了接下来的表演，以一把大火把戏台烧毁。而读者"就像傀儡戏班主目瞪口呆，到最后完全无能为

力，眼睁睁看着他的木偶挣断线绳，抛弃他自从开天辟地以来便为他们规定的仪式，径自过起自己的生活"（安吉拉·卡特，2012）。紫女士像国王小卒的叛变摆脱了受操控的人生。《主人》是卡特既是对笛福的致敬又是某种程度上的质疑。但《主人》带有强烈的"卡特制造"的特点，女主人公亦被称作"星期五"，名称相同，命运迥异。她不再受人奴役，作为猎物的女主人公却"射杀了猎人。……最后只剩爬在他尸体上的苍蝇还活着，他在离家很远的地方"。同名篇《染血之室》和其他故事相比女性主义的色彩更为浓烈。和原本的故事结局不同之处是，《染血之室》中最后赶来解救受困女主人公的并不是她的哥哥们，而女孩的母亲，区别于传统童话故事中"胆小怯懦的老保姆"形象，她像女战神一样展现了自己的能力。此外，《染血之室》以女主人公的第一人称来描写，区别于原作，让读者更为强烈地感受女主人公的心境。在卡特笔下的"我"虽受蛊惑，但渴望自由独立，自我意识强烈，在发现"杀妻"的恐怖秘密之后，幻想逃离，有勇有谋。在原法国民间故事中残忍的男主角显得黯然失色，被"我那曾经打死老虎的母亲"杀死。而另一位新进的男性角色"盲人调音师"却似乎毫无行动力，显得懦弱且悲观。其他故事，如两篇对《美女与野兽》的改写，都描绘了"无能的父亲角色"，而女儿为解救父亲与野兽生活在一起。《穿靴猫》中描绘了一位不愿"守活寡"的女性追求爱情的自由，充满对健康爱情的渴望。《精灵王》与《主人》有异曲同工之妙。而三篇戏仿自《小红帽》，关于狼人的故事，都把小红帽稍显柔弱的形象变得强大，甚至变成狼人。这一切都明确显示了卡特如何运用戏仿这一手段既树立又消解男性形象。大部分的女性作家，在男性话语权利为主导的社会都感受到了强烈的压抑感。安吉拉·卡特也不例外，但是她勇于解构男性作家的作品并进行"卡特式"的戏仿：莎士比亚、波德莱尔、格林兄弟都在她戏仿的名单之列。她曾写道："好多年来，我都被告知应该想什么，怎么做，甚至怎么写。因为我是女人，所以男人们以为可以告诉我如何感受。但是后来我不再听他们的了，我想要自己为自己想。但是男人们从来不曾停止，于是我开始还嘴。"（Carter，1993）从这一系列的例子可以看到，卡特对女性的书写少了原作中感伤的笔触，也拒绝接受童话中女性自我牺牲的形象，她笔下的女性大多自立果敢，反抗压迫，追寻自由和欲望的满足。德勒兹和伽塔利在《反俄狄浦斯》一书中提道："欲望本身就是颠覆性的。"（Deleuze，1992）后现代看似轻松的戏仿，拼贴的文本游戏的表象之下，表达作者对现实、对女性的身份地位严肃的思考。

不仅在小说的主题内容中，在文字方面，卡特文风也形成了独特书写风格，在以男性作家主导的文学世界里，独树一帜。著名的女性主义文论家埃莱娜·西苏几乎在她所有的著作中都否定存在于西方政治和理论传统背后的男性权利，在她所著 *Three Steps on the Ladder of Writing* 中提出了另外一种话语方式——女性书写（Castle，2007）。这一书写方式是为反对男性话语规则而提出的，为小说书写提供新的范式和媒介。作为女性主义的先驱，卡特首先成为解构男性文本，践行女性书写的小说家之一。如果说小说的主题是表达女性的自由与解放，那么卡特独特的女性书写就是在文本和文字形式上颠覆男性中心的言语和文本。

卡特的文风是西苏"女性书写"写照。卡特是典型的文体学家，这一点从阅读她的作品中就能得到直观的感受。她创造了一种类似哥特罗曼司的文体，带有强烈女性色彩：瑰丽的意象，细腻的文笔，夸张且别具一格的比喻，充斥着感官的感受之美，精雕细琢。她这位女性文体学家的文笔毫不逊于任何一位男性文体家，如纳博科夫或是乔伊斯。这样的书写形式也是拉什迪所认可的："她一出手就有的完整自我风格。"（Rushidie，1992）肖瓦尔特亦把卡特文中营造的氛围称为"卡特式的颓废之乡"。女性书写把经验置于言语之前，拒绝以男性为中心的话语规则。她的语言重视文字的感受力和感染力；充斥了逻辑性的语言在卡特这里变成女主人的自身感受的直接抒发。

4. 结语

安吉拉·卡特是一位尝试过多种文体的写作的作家，是1945年后50位最伟大的英国作家之一，也是布克奖评奖委员会的一员，她的作品影响了像拉什迪和阿特伍德这样伟大的作家。《焚舟纪》体现了卡特独特的写作手法、瑰丽想象力和对女性权利地位的思考。通过与文学史的对话，互文性和戏仿开放了原文本，体现后现代主义意义的多元化，以及作者对文学历史话语的理解。通过戏仿，质疑和颠覆了传统童话民间故事中女性形象，探索了后现代中心之外的女性形象和女性权利，思考了女性解放的重要问题。所有这一切都使作品有强烈的自我指涉性和戏仿性，使文学不再通过任何外部指涉过程表达意义。不再把文学看成纯粹对现实的模仿而是承认文学的虚构型，形成了典型的后现代的叙事特征。安吉拉·卡特运用后现代主义的写作手法不仅是为了创新文本和文体形式，也是对主流男性权利的批判。通过后现代的叙事手法，安吉拉·卡特可以更为深刻的做到这一点。

第九章 西方文学理论拓展

西方马克思主义文学理论述评

摘要: 西方马克思主义是 20 世纪最重要的社会思潮之一,在社会和文化领域都产生了深远的影响。本文立足于西方马克思主义的发展历史,介绍了十位西方马克思主义代表人物的文艺理论观点,并对西方马克思主义文学理论进行评述,期望给发展中的中国特色马克思主义文艺理论以借鉴和启示。

1. 引言

西方马克思主义是 20 世纪最重要、影响最广泛的社会思潮之一,涉及社会的各个领域,不仅包括哲学、政治、经济、社会学等理论,而且涵盖了文艺学和美学理论。英国著名的马克思主义历史学家佩里·安德森认为:"西方马克思主义典型的研究对象,并不是国家和法律。它注意的焦点是文化。"(佩里·安德森,1982)西方马克思主义文学理论是 20 世纪 20 年代发轫于德国、奥地利、意大利等国并于 60 年代遍及全欧洲的一股文化思潮。"它以其强烈的意识形态批评、社会批评、文化批评倾向和广泛的学术包容性,成为西方马克思主义思潮中的重要组成部分。"(杜平,2003)全面客观地回顾西方马克思主义文艺理论,不仅可以使我们深刻地认识到马克思主义在当代世界所面临的挑战,而且对了解西方五花八门、不断更替的文艺思潮亦有裨益,同时对我们建立和发展具有中国特色的马克思主义文艺理论亦有借鉴意义。

2. 西方马克思主义文学理论的产生和发展

"西方马克思主义是自 20 世纪 20 年代初期开始企图把马克思主义与西方哲学相结合所产生的具有国际性影响的思潮"（王晓路，2011），1923 年匈牙利共产党人卢卡契发表的《历史与阶级意识》是西方马克思主义产生的标志。西方马克思文艺理论开始于 20 世纪 30 年代卢卡契与布莱希特关于现实主义和现代主义的争论，主要流派有法兰克福学派、阿尔都塞学派和英美新马克思主义，主要的代表人物有卢卡契，法兰克福学派的本雅明、阿多诺、马尔库塞、哈贝马斯，阿尔都塞学派的阿尔都塞、马舍雷，以及代表英美新马克思主义的伊格尔顿与詹姆逊。

西方马克思主义文艺理论家的观点存在很大差异，但他们都主张把文学作品放在历史大背景中理解，反对把文学作品与社会、历史割裂开来。卢卡契认为文学作品本身的形式与现实世界的结构存在对应关系；布莱希特认为现实主义的含义应与时俱进，提出史诗剧理论和间离效果的概念；阿多诺的理论特点是强调绝对的否定性，认为艺术是对现实世界的否定认识；本雅明认为艺术是一种社会生产方式，并以寓言和隐喻方式把现代主义和马克思主义的主题相融合；戈德曼致力于马克思主义的文艺发生学研究；阿尔都塞探讨艺术与社会意识形态的关系；马舍雷关注作品中空白和沉默间接表现出的意识形态；后现代主义文化批评或文化阐释学的马克思主义者詹姆逊和新马克思主义艺术生产理论家伊格尔顿，代表着西方马克思主义与新马克思主义的融合（刘捷等，2009）。

3. 主要代表人物及其文艺理论观点

3.1 卢卡契的现实主义反映文论

卢卡契（Georg Lukács）是西方马克思主义创始人之一，他发展了现实主义的方法论，强调文学是一个展开的体系的反映。他认为，文学艺术作为一种审美反映是反映现实与超越现实的辩证统一。审美反映渗透着艺术家主观成分，包含了主观辩证法通过有意识的选择而超越客观现实。卢卡契明确指出，一部现实主义的文学作品，必须揭示社会秩序中隐含的矛盾。小说反映现实，但不是提供表面现实而是对现实更完整、更真实、更生动、更有力的反映。卢卡契多次指出，一种反映或多或少都是具体的；小说可以是读者更具体地洞察现实，超越对事物的普通理解。文学作品反映的不是单个的孤立现象，而是生活的整个过程。读者总会意识到作品本身并非现实而是反映现实的一种特殊形式。

3.2 葛兰西的"民族—人民的文学"论

葛兰西（Antonio Gramsci）认为文学离不开社会生活，但也不完全等同于社会生活。文学总是表达某种倾向，通过情感伦理观念表达，使欣赏者感受到作者特定的政治态度，文学作为新文化的一部分为广大人民大众服务。葛兰西主张从审美和历史两个层面认识文学作品内容与形式间的关系：文学应既有深厚历史内容又能通过各种艺术手段把内容恰到好处地表现出来，使之具有高度审美价值。葛兰西还提倡坚持真善美统一的马克思主义文学批评标准，主张文学作品内容与形式应当尽善尽美地结合起来。

3.3 法兰克福学派（Frankfurt School）的理论

该学派是现代西方马克思主义思潮中影响最大的一个流派，主要代表人物有本雅明、阿多尔诺、马尔库塞、哈贝马斯。该派理论以控制和压迫为主题，以人的自由和解放为目标，通过对物化世界的批判，揭示人与人之间的深层关系。其批判的主题涉及消费主义、大众文化、劳动异化、工具理性、生态危机、科学技术的社会功能等。对发达社会意识形态的批判是法兰克福学派社会批判理论的最基本或核心的部分。

3.3.1 本雅明的技术主义现代艺术理论

本雅明（Walter Benjamin）把艺术看成一种生产与消费的运动辩证过程，艺术家就是生产者，艺术作品就是他的产品。艺术创作的"技术"即技巧，代表一定的艺术发展水平，构成了艺术生产中的艺术生产力。艺术活动的特点、性质和艺术发展的阶段是艺术生产力与艺术生产关系矛盾运动的结果。当艺术生产力与艺术生产关系发生矛盾时，就会发生艺术上的革命。机械复制时代的艺术论出自于其著作《机械复制时代的艺术作品》，正是艺术作品的可机械复制性，才在人类历史上第一次把艺术品从它对礼仪寄生中解放出来，获得展示价值的主导地位。

3.3.2 阿多诺的否定性文论

阿多诺（Theodor Adorno）通过文艺来彻底否定和抗议资本主义异化现实，

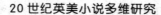

即对资本主义工业文明和受其支配的大众文化采取不妥协的批判态度，就是以他的"否定辩证法"为哲学基础。他认为艺术是对现实世界的否定的认识，否定性成为艺术的本质特征。他把艺术看成完全不同于现实非实存的幻象，提出了反艺术概念。艺术作品生命就在于灭亡，通过否定消解自身的外观而赋予艺术以新的生命。阿多诺认为真正的艺术应不再预言拯救的真理给人以希望，而应该表现现实的无希望性，只有这样它才能避免对现实存在的肯定和顺从。真正的艺术不需要熟悉的、和谐的、有魅力的感性外观，相反它要通过对组织结构的摧毁表现艺术的真实内容，指向不同于现实的异样现实。阿多诺认为现代艺术本质是否定性，其主要功能就是社会批判，而批判的目的就在于拯救。阿多诺提出"要用真正的艺术来拒斥规范化、标准化的文化工业对消费者的侵蚀，使大众从人性分裂、人格丧失的生存状态中获得拯救"（谭善明，2009）。

3.3.3 马尔库塞的新感性文论

马尔库塞（Herbert Marcuse）是法兰克福学派最重要的代表人物。人本主义的社会批判哲学是其文艺思想的理论基础，认为现代资本主义社会罪恶与病态全在于它压抑、扭曲了人的本性，造成了人性的异化。他认为艺术的实质是"革命"和"造反"，艺术创造了与既存现实不同的另一种现实，艺术可以创造一个现实中没有的虚构世界来疏离、超越既定现实，在此意义上，艺术就是反抗。

他还认为艺术具有造就"新感性"的功能，通过艺术的自律性，把艺术和审美的革命性赋予了它，而又通过艺术的感性进一步规定了实现这种革命的途径——建立新感性。新感性体现了一种新价值观，具有改造和重建世界的力量。通过艺术形成的新感性能产生一种生产力，在重建现实过程中将现实变成一件艺术品。艺术和审美造就了主体的新感性，而新感性能变成一种改造，重建社会的现实生产力，这种艺术和审美化的生产力把现实改造为艺术品。他认为在当代资本主义物化世界里，艺术的职能是维护、高扬和解放人的主体性。艺术不能变革世界但却有助于变革能够变革世界的男女们的意识和倾向，即改造人的感觉、想象和理智。

3.3.4 哈贝马斯的"交注合理化"理论

哈贝马斯（Jürgen Habermas）比较分析了本雅明与马尔库塞的美学思想，

力图达到对二者思想的综合与超越。他试图重建以"交往行为"为核心概念的历史唯物主义。交往行为指主体之间通过符号协调和相互作用，以语言为媒介，通过对话达到人与人之间的相互理解，沟通和一致。哈贝马斯的交往行为理论提出了建设一个和谐稳定实现交往行为合理化的新目标以及实现的途径。哈贝马斯独特之处在于坚持美学的现代性，并把文化批判推进到语言批判层次上，最终落实到交往合理化理论上。哈贝马斯的批判美学出发点是其"交往行为"理论，为了实现其通过交往行为合理化来改造现代资本主义目标，哈贝马斯在美学上捍卫现代艺术的立场，抵制后现代主义的冲击。他认为独立艺术的目的是个人的艺术享受，而在艺术的魔法被取消后，目的却是群众的接受。

3.4 布洛赫乌托邦式的幻想艺术论

布洛赫（Ernst Bloch）在其代表作《乌托邦精神》中强调人是乌托邦的主体，是"尚未"实现的可能性的焦点。"布洛赫的艺术理论是建立在他的乌托邦哲学基础上，把艺术的本质和幻想，和对世界审美超前显现联系起来，把艺术看成一种对世界和人的内心未来发展的可能性超前显现或预测，一种能揭示本质的幻想"（朱立元，2001）。布洛赫还吸收了弗洛伊德"白日梦"理论，提出艺术的幻想实质是对白日梦的改造。

3.5 布莱希特以理性为本的戏剧理论

布莱希特（Bertolt Brecht）提出以科学与理性为基础新艺术观。突出艺术的教育功能，帮人们解释改造世界。布莱希特的最大贡献是创造了全新戏剧体系—史诗剧及理论。在布莱希特的史诗剧或叙事剧中，"陌生化"则是其戏剧艺术反传统的表现方法的高度概括。它们共同组成了史诗剧的特征。史诗剧核心特征"陌生化"（间离化），是有意识地在演员和戏剧事件、角色之间、观众与戏剧中角色之间制造一种距离或障碍，"把事件和人物那些不言自明的，为人熟知的和一目了然的东西剥去，使人对之产生惊讶和好奇心"（布莱希特，1990），使演员和观众以旁观者目光审视剧中人物事件，运用理智进行思考和批判。陌生化可以让观众保持超然而不是入迷的精神状态，使观众成为戏剧事件的旁观者而不是介入者。

3.6 戈德曼"发生结构主义"文学理论

戈德曼（Lucien Goldmann）指出"作品就是一个有意义的结构"。有意义的结构在戈德曼文学理论中占举足轻重地位，构成其文学理论的一个基本支撑点。文学创作是作家制造一个由其思想、情感、行为组成的有意义的连续结构，它具有历史运动性和开放性特征，处于部分与整体不断循环中。戈德曼还极端强调文学与经济基础同构性，高度强调文学的阶级性。

3.7 伊格尔顿新马克思主义文论

伊格尔顿（Terry Eagleton）认为意识形态是社会特定团体的信仰和观念，或者这些信仰和观念的生产，它是在一定社会利益刺激下形成的思想形式或具有行动导向功能的话语。文学艺术在特定社会经济基础上形成又以其特殊方式与社会生产力相联系，因此文学艺术具有强烈政治性。其艺术生产理论把文学艺术看成商品，文学艺术也是社会生产，是一种社会经济生产方式。伊格尔顿的艺术生产理论提供了观察艺术的新角度和新思路，不仅从艺术与社会生产关系的联系中认识艺术，而且把艺术生产作为社会生产关系的一个组成部分。作家对文学形式选择并非任意行为，受到所表现内容和文学形式构成因素共同制约，"根本上还是在艺术与现实社会的关系中考虑形式问题，将艺术与人的本性问题联系起来"（马龙潜，2011）。

4. 结语

西方马克思主义文论肯定突出了马克思早期对资本主义异化的批判，结合 20 世纪资本主义社会的现代特点，对现代资本主义的全面异化作了深层次尖锐批判，并对 20 世纪以来文学艺术新发展，特别是现代艺术作了理论上的总结、阐述和美学上的辩护支持。但西方马克思主义文论总体上只从抽象人性出发，停留在精神层面对资本主义的批判，较少触及现实社会根本制度，很多代表人物企图把文学艺术作为拯救现实的主要途径，因而陷入审美乌托邦的空想。如"哈贝马斯虽然试图通过交往理性的重建来拯救畸形发展的现代性，但真正的出路还在于人本身，在于人类自身作出正确的发展选择和价值选择"（马驰，2010）。就西方马克思主义文学批判和文化研究而言，它涉及现代主义、后现代主义、女性主义、后殖民主义、裔族研究、身份研究、新历史主义、全球化等诸多领域。在全球化和后现代的背景下，文化已成为干预社会和政治的真理要素，人们正处于一个文化成为中心的时期，关于人类社会发展和生态等问题都可以从西方马克思主义文化角度进行研究和阐述。

读者批评理论文献综述

摘要：读者批评，是一种以读者为指向的批评，它侧重从读者的角度理解文学及其意义。该批评主张把读者接受作为批评的主要对象，着重探索读者与作家、作品的相互关系和相互影响，强调读者在文学进程中的决定作用。本文对读者批评理论进行了综述，分析阐述了读者批评的兴起、主张、理论特征，读者批评理论的分类和代表人物的观点，该理论的运作范围以及对该理论的延伸思考。

1. 引言

读者反应批评这一术语出自于美国文学批评，它通常指所有以读者为中心的文学理论和批评，它包括 60 年代以来的现象学意识批评、解释学批评、精神分析学的自我心理学派、结构主义和接受理论。值得注意的是，读者反映批评也被用来专指受德国接受理论影响的英美读者反应批评。西方文艺理论中的读者批评又称为"注重读者的批评"（reader-response criticism）。这一批评经历了阅读现象学、文艺阐释学、接受美学等三个不同又有联系的学派，最后才成就为"读者反应批评"。特雷·伊格尔顿在论及西方文学理论的转变时说："人们确实可以把现代文艺理论大致分为三个阶段：全神贯注于作者阶段（浪漫主义 19 世纪）；绝对关心作品阶段（新批评）；以及近年显著转向读者的阶段。读者原先在这个三重奏中一直地位很低，这很奇怪，因为没有读者就没有文学作品。文学作品并非只存在于书架上，它们仅仅是在阅读实践中才具体化的意义过程，为了使文学发生，读者和作者一样重要。"

读者反应批评认为读者是整个文学活动中不可缺少的主体，是文学意义产生的基本要素，读者不仅是作品的接受者，而且也是作家创作活动的参加者。读者存在于文本的结构之中，甚至决定着文本的存在并产生着作品。本文从所收集的相关资料出发，对读者批评理论进行了综述，分析阐述了读者批评的兴起，该批评的主张及其理论特征，主要的读者批评理论，读者批评理论的运作范围以及延伸思考。

2. 读者批评的兴起

2.1 对形式主义批评的反动

形式主义批评特别是新批评和结构主义批评将文学作品从文学发展的历史背景中独立出来，既否定了文学作品与它的作者和读者的联系，也否定了社会存在对文学作品的制约。读者批评理论主张文学作品必须诉诸历史的理解，意义只存在于读者的阅读活动之中，从而将文学批评从以文本为中心的研究转向了以读者接受为中心的研究，重新打开了文学批评通向历史的大门。

2.2 方法论的前提

2.2.1 现象学

现象学关注点是意识现象，意识具有意向性结构："意向活动——意向对象。"读者批评主张文学作品只存在于读者的意识中，只有当读者与文本在读者意识中结合时，才能真正产生作品和意义。

2.2.2 现代阐释学

海德格尔提出，生存就是解释，而生存是历史性的。人对世界的理解依赖于一种"先在"或"前结构"。

伽达默尔提出解释的基础是现在与过去对话。认为存在两个视界：一是阐释者的"个人视界"，即由个人成见出发所形成的对作品的预想和前理解。二是作品本身置身其中的"历史视界"，即文本在与历史的对话中构成的一种现存的连续性，包括不同时期人们对文本所做的一系列阐释。理解总是生产性的，需要视界融合。

2.2.3 接受美学

伊瑟尔的"隐含的读者"、"空白"和审美经验理论。姚斯的"期待视野"和文学史接受理论。

2.3 20 世纪文学范式的转变

19 世纪末以前的文学作品结构清晰，意指明确，读者的任务主要是认识和理解作者的意图和文本所体现的意义。19 世纪末以来的现代派文学文本不确定性大大增加，需要读者调动想象力和创造力来建构意义。20 世纪中叶出现的后现代文学文本成了能指的运动和游戏，读者在阅读中的自主性得到极大释放。

读者反应批评思潮的渊源可以追溯至 20 世纪 30 年代。波兰文艺理论家罗曼·英加登和美国女批评家路易丝·M.罗森布拉特是这一思潮的两个源头。50 年代是读者反应批评兴起的时期。在英美批评界，新批评派受到结构主义的巨大冲击。而结构主义由于打破单部文学作品的确定性和封闭性，也就必然为阐释的多元论和相对主义，进而为转向读者和阅读过程的研究打开了大门。60 年代，读者反应批评进入理论与实践的全面发展阶段，但是在研究方法上明显地受到结构主义的影响。70 年代以来，研究达到了高潮，各国批评家围绕读者反应、文学接受、作者与读者的交流等问题竞相发表见解，论战此起彼伏，产生了一系列有影响的理论，使读者反应批评蔚为大观。

3. 读者批评的主张

读者反应批评研究文学作品的阅读活动，提出了一种具有特色的阅读理论，据以进行文学批评。它主张：（1）文学作品的文本是已完成的含意结构，但它的含意其实是读者个人的"产品"或"创造"。（2）把文学批评的注意力从作品文本转移到读者的反应上，聚焦在读者对作品文本的内容系列的复合解说的反应上。（3）作品文本不存在某种"唯一正确的含义"，没有唯一正确的阅读。对作品的一致意见、解说的一致性，只存在于特定条件的某些读者中。（4）着重分析的是：形成读者反应的主要因素，文本提供的东西与读者个人"主观"反应之间的关系等。（5）以精神分析学的理论和概念为工具，分析读者的反应，如用"抵抗机制"分析如何抵制作者对他的影响。

4. 读者批评的理论特征

4.1 对读者性质的重新认识

传统文学批评将读者作为被陶冶、影响和教化的对象。如亚里士多德的净化理论。形式主义批评认为读者是在文本指导之下的接受者，读者的个人情感和经验不允许带进作品。新批评曾用"意图谬见"（intentional fallacy）割断作品与作者的关系，又用"感发谬见"（affective fallacy）割断了读者与作品的关系。维姆萨特（W. K. Wimsatt）与比尔兹利（M. C. Beardsley）在合著的《意图谬见》一文中认为，"意图谬见"是将诗与其产生过程相混淆，是从写诗的初始心理原因中推导批评标准，最终是传记式批评或相对主义。形式主义学派与新批评派运用类似于牛顿力学的"隔离法"，将文本从与作者、读者和世界的关系中孤立出来，过分强调文本的独立性与客观性，将文本当成了一个自足的封闭系统。

就文学批评发展本身而言，读者反应批评是对形式主义批评与新批评的反拨，主张读者是整个文学活动中的一个不可缺少的主体，是阅读和产生意义的基本要素。从读者和文本的关系上看，文学作品是为读者阅读而创作的。从意义的角度看，意义是在阅读过程中产生的，读者对文学作品意义的实现具有决定性的作用。读者是促进文学创作、推动文学发展的重要因素。

4.2 突出文学文本的未定性

在读者反应批评思潮发展的不同阶段中，批评家们自觉或不自觉地在破坏着一个概念，即"文学文本的客观性"。英加登指出文学作品结构中存在着"未定点"。伊瑟尔的"空白理论"提出空白是交流的基本条件，空白是阅读中不可或缺的积极动力，空白是联结创作意识和接受意识的桥梁。姚斯认为文本的未定性不仅存在于文本结构之中，也存在于历史之中。

4.3 强调文学史的接受因素

传统观点认为文学作品的价值取决于自身的思想与审美内涵，其价值与内涵是固定不变的。文学史就是作家和作品的编年史。

姚斯说："过去的文学史家都在生产和表现美学的封闭圈子里理解文学事实，因而都使文学丧失了一种无疑属于其审美本质和社会功能的因素：文学的接受与作用的因素。"读者批评理论中，文学作品的历史价值、影响和地位是由作品自身的质量和接受意识共同作用的。一部文学史是文学接受的效果史，决定文学作品历史地位和价值的主要因素是读者的接受意识。而文学接受的历史性突出地表现在"期待视野"这个概念上。期待视野包括三个方面：过去的审美经验、文学知识、文学观念等，接受者所处的社会历史环境、经历，接收者自身的人生观、价值观等。"期待视野"是一个动态结构。文学史研究实际上是读者"期待视野"变化史的研究。

5. 读者批评理论的分类及代表人物

读者反应理论家可以分为三类，一类为重视个体读者阅读体验的"个人主义者"（individualists），一类为对特定的读者群进行相关的心理实验的"实验者"（experimenters），还有一类则主张所有的读者对阅读作品有着一致的体验反应，即"同一论者"（uniformists）。

5.1 个人主义者

斯坦利·费什（Stanley Fish）

斯坦利·费什（Stanley Fish）是当代读者反应批评的重要理论家。费什的读者反应批评在西方产生较大影响，他的"意义即事件""介绍团体""反对理论"等提法都具有独特的内涵。其批评理论又称感受文体学，他提出了读者反应批评的方法，即"把读者当作一种积极地起着中介作用的存在而给予充分重视，因此把话语的心理效果当作它的中心所在的分析方法"。

他提出了"意义是事件"的重要论点，认为阅读是一个读者做的事，而意义或理解则是阅读事件的结果。在他看来，文学文本中的句子不提供作品的客观意义，文本的意义乃是读者阅读作品这一事件及阅读时的经验和反应，费什称之为"意义经验"文学批评应是对这种意义经验的分析。这种理论重视了读者的阅读活动，而又走向了一个极端，即把文学批评变成批评家（理想读者）个人主观阅读经验的忠实描述，否定了批评中的价值评判，并易于导致批评的主观随意性和相对主义。斯坦利·费什最早提出"阐释群体"的概念，他认为读者都是该群体的成员，他们进行交流和互动，构建共同的现实和意义，并且在阅读文本的过程中运用这些意义。因此，意义实际上是位于读者的阐释群体里。这种团体决定一个读者的活动形态，也制造了这些活动所制造的文本，即读者群构成了文本的权威之源。费什的这种解释概念旨在取消文本和读者的对立，把二者放在一个地方——赋予其活力的团体或体制语境当中。读者群共有的审美习惯或解读方法被他称之为"解释策略"或"解释原则"，费什认为，这种"解释策略"不仅仅出现在阅读的过程中，更为重要的是所有书写活动也是按照某种策略或原则去实现的。

费什的读者反映批评否认文本形式特征的先在性，认为文本的形式特征始终存在，但他们总是阐释行为的结果，换言之，文本不是阐释的对象，而是阐释的产物。既然文本是阐释的产物，那么阅读成了读者和文本之间不断发生交互作用的过程。这一过程变为读者在阅读过程中不断产生期待，不断打破期待，不断得出结论，又不断推翻结论的动态过程。强调阅读过程的动态性，费什读者反应批评与形式主义结构主义批评界限更为明显，而与姚斯和伊塞尔等接受美学批评家的批评观点比较吻合。但另一方面，费什读者反映批评与伊塞尔的接受美学批评又有很大分歧，费什坚持文本是阐释的产物，因此阐释之外无文本存在，而伊塞尔则认为阐释总是受文本牵制，因为文本中未写出部分虽留下了大量空白等读者填充，但读者填充空白却必须以文本中写出部分为依据。从这一点看。费什比伊塞尔更接近，更具有后结构意识。

乔纳森·卡勒（Jonathan D.Culler）

乔纳森·卡勒是美国著名学者，在文学批评、文学理论和比较文学研究中均取得突出成就。乔纳森·卡勒不像费什那样走极端，他研究的重点不在阅读行为，而在读者的潜在能力，他从读者阅读文学作品的需要和能力出发来探讨文学作品的特性和意义，指出："文学作品具有结构和意义，其原因在于人们用一种特定的方式来阅读它，在于这种可能的特性，隐藏在对象自身之中，被运用于阅读活动中的叙述原则所现实化了。"其意是，文学作品的结构、意义、特性只是一种潜在的可能性，只有当读者按文学原则或阅读文学作品的方式去阅读时，这种可能性才转化为现实性。

他提出"文学能力"的概念，认为使读者按文学原则去阅读的前提条件是他具有一定的"先入之见"，即"文学能力"，也即一种带有群体性的文学接受的习惯系统，文学作品"只存在与一种被读者接受的习惯系统发生关系以后，才会有意义"。

显然，卡勒的观点比费什较为稳健也较为辩证，既强调了读者的文学阅读方式对作品实现其文学特性的重要作用，又注意了群体阅读习惯对个体主观性的制约。但他对文本自身文学特性的忽视也存在片面性。

霍兰德认为，在文学解读中，读者一般经历了一个防御（defense）、期待（expectation）、幻想（fantasy）和转化（transformation）的过程，他取这四个词大写的首字母，将其称为 DEFT 过程，即文学解读四原则，也就是说，读者拥有一个自己的阅读期待，或者说在文本中寻找自己的处世方式（style seeks itself)，进而获得适合自己的防御（defenses must be matched），在这个过程中，读者将投射幻想（fantasy projects fantasies），最后读者进行个性转化（character transforms characteristically），从而获得意义。

诺曼·霍兰德（Norman Holland）

霍兰德后现代精神分析的阅读理论所要解决的主要问题是：读者阅读作品时的快感是怎样产生的，它来自于作品还是来自于文本，还是来自于读者幻想，霍兰德摒弃了非此即彼的研究方法，寻找文本和读者的交流模型，即文本特定的艺术形式、语言、情节、人物激发了读者无意识的幻想，读者通过特殊的心理防御和调节使这种幻想转化为快感，一部作品既能满足我们内心黑暗的、原始的、肉体的欲念，也能使我们获得社会的、道德的、宗教的满足。霍兰德虽然极力强调了读者的作用，但如果没有作者将幻想赋予文本，没有文本的艺术形式，读者的阅读快感也不会产生。霍兰德始终扣住文本和读者的关系来分析读者的反应，特定的文本意向、结构、情节、语言、音调激发读者相应的幻想。精神分析批评家关心的核心不是哲学的、社会的、宗教的、道德的意义，而是读者如何将文本转化为自己的幻想。

霍兰德对现代精神分析的贡献主要体现在他的文学反应动力学模型中。文学反应动力学不同于结构主义和新批评等形式主义理论，认为意义不是文本内的先定之物，也不同于接受美学，认为读者和文本的交流不仅仅局限于社会历史文化，心理层面，而是突破文本限制，通过对文本情节、意向、任务等要素的解读，唤起无意识的幻想，创造意义。不同读者会在同一文本中读出不同的意义，同一个读者可能在不同文本中读出相同意义。读者的本体在阅读中发挥了关键作用，阅读既是本体的展开，也是本体的风度，通过吸收新的经验创造新的自我。霍兰德说：一部作品之所以有意蕴，是因为它将这些在核心的相当令人生厌而又充满着欲望或恐惧的幻想重新加工成社会的，道德的或者理性的主题，使它们既能在意识的层次满足自我又能在无意识的层次满足文学作品展现出来的深层愿望，也就是说，文学作品的意蕴包含两个层次。一个是意识的层次，包括社会、历史、文化的意蕴，一个是无意识的层次，涉及恐惧、欲望等深层幻想，意识层次的意蕴是对无意识恐惧和欲望的防御和加工，创作就是运用艺术形式将无意识恐惧和欲望转化为社会、历史、文化等层面的问题，阅读就是破解历史、社会、文化层面之下的内容，回归"原始本体"，使无意识欲望和恐惧得到满足和宣泄。这里，艺术形式起着关键作用，既是沟通作者无意识和读者无意识的桥梁，也是防御欲望和恐惧的手段，将丑陋的不溶于社会规范和道德规范的东西转化为快感和美感。艺术形式不仅仅是文本的结构，还依赖于读者的感觉，通过感觉的统合、形式获得统一感和整体感。

从总体上来看，这些观念都没有超越弗洛伊德精神分析学的范畴，但霍

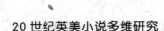

兰德却运用得极为出色，对具体的阅读过程进行了深入的阐释。他将文学研究扩展到了深层空间，发掘了读者阅读时的无意识心理，他始终认为婴儿时期的经验（也就是原始本体形成的基础）是阅读快感和文本意蕴的根本原因，只有回复到婴儿状态，才能进行真正的阅读。这是霍兰德理论的独特之处，也是理论的片面之处。因为如果所有的阅读都照这个模式进行，文学阅读的反应自然太过单一。

5.2 实验者（Reuven Tsur）

Reuven Tsur，以色列学者，在其 1971 年的博士论文里发展了后来被称之为"认知诗学"（Cognitive Poetics）的概念。认知诗学与以往分析诗歌的句法、结构、韵律等形式特征不同，它更侧重进一步挖掘诗歌深度、内涵及哲理，诗歌语篇欣赏不仅是阐释意义的过程，更是读者创造意义的过程。隐喻为诗歌意象的表达创造了无限可能，而诗人又通过隐喻的意境给读者一个充分的想象空间。

理查德·格里格（Richard J. Gerrig）

理查德·格里格是美国纽约州立大学的心理学教授。获 Lex Hixon 社会科学领域杰出教师奖。在认知心理学研究领域有专长，是美国心理学会实验心理学分会的会员。他通过实验主要研究读者在阅读文学作品时的心态。他展现了读者在阅读中如何摒弃原先的知识和价值观念，比如将罪犯当成英雄看待。他还调查了在阅读中读者如何接受一些凭空杜撰、异想天开的事件。

5.3 同一论者

接受理论是读者反应批评的突出代表，接受理论又称接受美学，它不仅是一种文艺理论，也是一种美学理论，兴起于 20 世纪 60 年代后期的接受理论在 70 年代达到高潮，它的主要代表是德国南部的康士坦茨大学的五位教授。他们是姚斯、伊塞尔、福尔曼、普莱斯丹茨和斯特里德，被称为康士坦茨学派。

接受美学理论家反对 19 世纪的历史客观主义，反对文学作品有客观的永恒不变的含义或意义。他们认为历史研究是一种随着认识的增长而不断变化的对经验的研究。历史研究者同样受历史条件的制约，这一历史观是接受美学文学史观的基础。始自 W.狄尔泰、M.海德格尔，由 H.-G.加达默尔确立，P.里科尔予以补充的新解释学哲学，为接受美学提供了哲学基础和方法论。

新解释学的"解释循环""效果史""水平融合"等概念成为接受美学的主要概念。马克思的政治经济学原理启发接受美学把作者、作品、读者作为生产者、产品、消费者，置于交往动态关系中去考察。H. 马尔库塞、E. 布洛赫、阿多尔诺、J. 哈贝马斯的西方马克思主义的意识形态文化批判，以及结构主义美学的共时断面、"关系概念"、本文理论等也被接受美学批判地吸取。姚斯把结构思想与历史思想结合起来，认为作品结构是更高级的结构，它是在作品的历史系列与公众态度系列之间的矛盾运动中产生的一种过程。姚斯还引进了科学哲学家 K.R. 波普尔的"期待水平"的概念，为接受美学划定了一个新的独特的研究范围。

姚斯（Hans Robert Jauss）

姚斯是德国文艺理论家、美学家，接受美学的主要创立者和代表之一，1967 年提出"接受美学"（Receptional Aesthetic）这一概念。

姚斯主要受伽达默尔解释学的影响，他从更新文学史研究方法的角度提出建立接受美学的主张，其关注的重点是重建历史与美学统一的文学研究方法论，尤其强调文学接受的历史性，并对文学史作了具体的历史性接受研究。接受美学的核心是从受众出发，从接受出发。姚斯认为，一个作品，即使印成书，读者没有阅读之前，也只是半完成品。他指出，美学实践应包括文学的生产、文学的流通、文学的接受三个方面。接受是读者的审美经验创造作品的过程，它发掘出作品中的种种意蕴。艺术品不具有永恒性，只具有被不同社会、不同历史时期的读者不断接受的历史性。经典作品也只有当其被接受时才存在。读者的接受活动受自身历史条件的限制，也受作品范围规定，因而不能随心所欲。

姚斯提出新的文学史应是文学作品的消费史，读者作为消费主体是一个能动的构成。通过"期待视界"（Erwartungshorizont），姚斯将作家、作品、读者联系起来，并沟通了文学的演变和社会的发展。"期待视界"（a "horizon" of expectations）是读者接触作品前已有的潜在的审美期待，是由阅读经验的积累而产生的先验心理结构。读者的期待建立起一个参照条，读者的经验依此与作者的经验相交往。期待水平既受文学体裁决定，又受读者以前读过的这一类作品的经验决定。作品的价值在于它与读者的期待水平不一致，产生审美距离。分析期待水平和实际的审美感受经验，还可以了解过去的艺术标准。接受者有三种类型：一般读者、批评家、作家。此外，文学史家也是读者，文学史的过程就是接受的过程，任何作品都在解决以前作品遗留下来的道德、社会、形式方面的问题，同时又提出新的问题，成为后面作品的起点。文学的社会功能是通过阅读和流通培养读者对世界的认识，改变读者的社会态度。因此，姚斯提倡作品的"客观化"，提倡历史视野与现时视野的"视界交融"，认为文学作品不是只关涉现时的静态文献，而是包括传统文学评价与当下文学尝试的动态的、开放的"文本"。文学的社会功能在于其构成性，通过改变读者的期待视界，实现文学的效果与文学的接受的统一，文学的意义、价值、效果，包括作者的赋予、作品的内涵和读者的增补，文学史即效果与接受的历史。

沃尔夫冈·伊瑟尔（Wolfgang Iser）

伊瑟尔与姚斯齐名，被称为接受理论的双星。沃尔夫冈·伊瑟尔是接受美学的重要理论家之一，接受美学的重要理论家，也是康斯坦茨学派的代表人物之一。其 1969 年的力作《文本的召唤结构》与姚斯的《文学史作为向文学理论的挑战》一文同为接受美学的奠基之作。伊瑟尔的另一代表作是《阅读活动：审美响应理论》。

伊瑟尔与姚斯不同，他的理论基础是现象学，其直接思想资源是英加登的现象学文学理论。伊瑟尔不关注对文学接受作具体的历史研究，而主要致力于对文本结构内部的阅读反应机制作一般的现象学分析。在《阅读活动》一书的中文版序言中，伊瑟尔将姚斯的理论称之为"接受研究"，将自己的理论称为"反应研究"。他认为接受研究强调"历史学—社会学的方法"，反应研究则突出"文本分析的方法"。"只有把两种研究结合起来，接受美学才能成为一门完整的学科"。

相对于姚斯，伊瑟尔走的是另外一条截然不同的研究方向，他更加忠实于文本分析，更加微观化和容易切入。他是在英加登现象学研究的基础上提出文本的召唤性，揭示出一个普遍性的事实：作为依赖于读者的再创造才能实现的文本，具有许多"空白"和"否定"，即作为文本中开放未决的可连接性的空白，作为"游移视点"的参照域内部的非主题性部分的"空缺"和"否定"。在这里，伊瑟尔修正了英加登的一个"未定性"的概念，因为后者认为并不存在多种有效的具体化。他认为文本整体系统中存在空白之处，阅读不是简单地将文本中的既定位置内在化，而是引导双方相互作用，达到相互转化，其结果是要使审美对象得到呈现。伊瑟尔讲到的另一个概念，也是读者对文本作用的体现，就是否定。文本之内容本来是存在若干思想体系，而文本中往往呈现出对部分思想体系的肯定，对另外的可能是否定的，而读者在阅读的时候，往往对于这些肯定或者否定加以新的判断，从而有新的第二重否定。

伊瑟尔极力避免的就是外在于作品的任何一个固定的视点，这样只会造成对作品的歪曲。阅读视点是内在的、从作品的内部产生的。任何阅读都离不开时间，离不开历史与未来之间的调节，离不开视野的改变和对文学事件的重新解释。阅读经验是一种形象创造活动，不同读者的阅读，同一读者不同时间的阅读，创造出的形象也是不同的，无所谓准确或误差。他认为，"作品的意义不确定性和意义空白促使读者去寻找作品的意义，从而赋予他参与作品意义构成的权利"。这种由意义不确定与空白构成的就是"召唤结构"，它召唤读者把文学作品中包含的不确定点或空白与自己的经验及对世界的想象联系起来，这样，有限的文本便有了意义生成的无限可能性，文本的空白召唤、激发读者进行想象和填充作品潜在的审美价值的实现，是吸引和激发读者想象来完成文本、形成作品的一种动力因素。根据伊瑟尔的观点，一部作品的不确定点或空白处越多，读者便会越深入地参与作品审美潜能的实现和作品艺术的再创造。这些不确定点和空白处就构成了文学文本的召唤结构。召唤性是文学文本最根本的结构特征。

在阅读过程中，文本和读者之间一直是一个相互作用的关系。这是由于在读者和文本之间存在着不对称性。文本对读者的作用是显而易见的，它为读者提供新的经验、新的形象、新的思想体系。而读者对于文本的作用则在于，他使文本得到一次具体的完成。文本并不是一个封闭固定的存在，而是有待阅读对它进行加工。

当然，伊瑟尔把文学阅读界定为"交流"，其实也是出于阐释论的一种反拨。但是单单这样界定阅读似乎不见得全面，文学阅读作为一种审美活动的特质也有必要得到强调。虽然伊瑟尔号称其理论为审美反应理论，但是，对文学的审美属性，他其实没有给予足够的重视。

6. 读者批评的运作范围

6.1 描述阅读活动

斯坦利·费什的实验主要在句子的层次上考察读者的阅读过程，描述读者按时间顺序对一个又一个词的不断发展的反应。这种方法的基本作用在于使阅读经验"减速"，从而使在正常速度下不被注意但在事实上确是发生了的"事件"在我们进行分析时引起我们的注意。

6.2 发现空白

要求把文本中的空白上升为阅读的主要关注对象，读者应有意识地去发现文本中的空白，充分体味文本中那些沉默的因素，分析空白在文本结构和技巧中的作用，用理智和想象去参与文本的创作。

6.3 建构文学接受史

其主要任务是对文学作品在历史上的各种接受形式和审美经验加以整理和研究，其批评对象是具有评价性质的接受文本，包括文学批评、书评、剧评乃至新闻报道等。首先要发掘和选择接受文本。其次要从历史的角度考察该接受文本的位置以及与其他接受文本的差异，以便在时代发展的坐标上分析期待视野的变化，寻找其接受上的变迁，并在表明文学文本在接受过程中的变化曲线的基础上做出判断。

6.4 调查文学接受现状

调查文学作品接受状况：了解不同读者对同一部作品的评价，阅读后的感想以及对作品中的人物形象、道德判断和艺术质量的看法。

调查文学作品社会效果：了解和分析某一部作品在不同的读者、读者集团和阶层中产生的影响以及带来的后果。

调查阅读行为：通过调查各种年龄、职业和文化水平的读者的阅读习惯、欣赏趣味和阅读心理，了解不同的人对不同文学作品的愿望、要求和需要。

调查文学市场：通过了解不同的文学作品的销售状况和销售量的变化，把握读者对文学的需求动向，从而对读者期待视野的转移和未来的文学需求做出预测。

7. 读者批评理论的延伸思考

读者批评在推翻作者的权威和否定文学作品的自主性之后，又树立了一个新的权威，一个训练有素的读者形象。这种超常的"读者"形象将会使读者批评重蹈绝对意义的覆辙。读者反应批评的批评家们虽然都反对意义是完整地、独立地存在于文学文本之中的说法，且不同程度地论证了这一说法的荒谬性，但正如简·汤普金斯在《读者在历史上：文学反应的演变》一文中所说："读者反应批评和它声称的不共戴天的形式主义批评没有什么不同，和其他任何当代文艺批评方式也无差别。讲穿了，研究读者的批评家不是以形式主义、语言学、类型理论或神话批评中固有的一套术语来撷取文学的意义，而是依赖于可以描述各种精神活动的诸阐释系统（伊赛尔对格式塔现象的制造和破坏、菲什的决定论和修正论、斯蒂芬·布思对内在统一性诸系统的探讨、诺曼·霍兰对本体主题的再创造等）。结果是，意义的所在只是从文本转到了读者身上。"所以，从本质上看，持读者反应批评的理论家"并没有把文学理论翻一个个儿，不过是以新的调头在那里重弹形式主义的老曲子"。

读者批评将读者的能动性视为作品产生效果的决定性因素，这不仅容易导致效果相对论，而且可能促使文学创作越来越迎合读者的需要和兴趣，这是需要警惕的。如何恰当地评价读者在文学作品产生效果的过程中所起的作用，尤其是如何把握文学作品与读者之间的辩证关系，是一个值得继续探讨的问题。我们认为，文学作品一方面应满足读者的需要，另一方面也应该培养和提高读者的情操。

解构主义理论综述

摘要： 20世纪60年代中晚期，批评家们经历了一个所谓的"理论转向"，即转向于从哲学和心理分析角度解读文学的法国后结构主义理论，而解构主义则是后结构主义的重要组成部分。以法国哲学家德里达和耶鲁学派为代表的解构主义从解构传统西方思想中一系列二元对立的等级制度开始，重新审

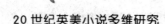

视西方传统哲学和文化。解构主义文学理论，改变了人们的阅读方式和阐释策略，深深影响了 20 世纪后期西方文学批评的基本走向。

1. 引言

20 世纪 60 年代末某个时期，从结构主义中产生了"后结构主义"。后结构主义试图瓦解结构主义以科学自诩的立场。如果说结构主义渴望控制这个人为符号的世界，表现出某种英雄主义色彩的话，后结构主义则是严肃地拒绝接受这一立场，展现出某种滑稽的反英雄主义色彩。后结构主义的性质从根本上来看是指意活动的不稳定性。符号并不是那样一个统一体，能指与所指两个层面之间并不能取得片刻的"固定"。后结构主义这个名词是指一个范围很广的理论，其中包括对客观知识概念的批评和对一个能够认知自己的主体概念的批评。因此，当代女权主义、心理分析理论、马克思主义和历史主义都带有后结构主义的色彩。但是，后结构主义最主要的还是指解构主义。

法国哲学家雅克·德里达 1966 年在约翰·霍普金斯大学的一个研讨会上发表的论文《人文科学话语中的结构、符号和嬉戏》标志着在美国一个新的批评运动的开端。他的中心论点是对柏拉图以及西方哲学中的种种形而上的假设提出疑问。他争论说，在结构主义的理论中，"结构"的观念总是预设了某种意义的"中心"。这一中心控制着结构，但他自身却不受制于结构分析。人们渴望中心，因为中心保证了作为在场的存在。这一"中心"在德里达的著作《论文字学》中被称为"逻各斯中心主义"（Logo centrism）。

简而言之，西方世界存在一系列的二元对立，而解构主义就是要解构构成西方思想按等级划分的一系列二元对立。但是需注意的是德里达并没有指出脱离这些术语来思考的可能性，要解构一个特别的概念的任何意图都必须陷入这个概念依赖的术语之中。引入一个新的中心的危险必须避免，在进入试图要解构的概念系统中，所能做的一切就是拒绝允许这个系统中两级变成中心和在场的保证者。因此，德里达解构"中心"不是要某"边缘"成为新的中心，而是要取效中心，达到多元并生的目的。

2. 理论背景

以德里达为代表的解构主义是西方整个后结构主义思潮主义最重要的组

成部分。后结构主义总体上说是对结构主义的不满、失望乃至否定、反叛。它兴起于 20 世纪 60 年代末，盛行于 70 年代。

从哲学思潮来看，自从尼采提出"上帝死了""重新估价一切价值"以来，西方一直认同这一股否定理性、怀疑真理、颠覆秩序的强大思潮。60 年代法国一些文论家、作家、哲学家组成的"太凯系"集团，明确打出"后结构主义"旗号，对法国学术界产生了巨大的影响。德里达也是其中的成员和经常撰稿人之一。

对语言批判而言，对德里达影响最大的就是尼采。德里达一手主要是尼采的文字超越一切的观念形态的思想。如《白色的神话》中他引用尼采的话："真理就是一支隐喻、双关、拟人等修辞手段组成的大军。"换言之，哲学和一切观念形态，首先是文字。无怪乎德里达要抛弃卢梭式的感伤怀旧情绪，而像尼采那样笑着、舞着来肯定文字的自由游戏。1976 年出版的《马刺：尼采文体论》一书中，德里达还对尼采的辩论风格有专门探讨。尼采对古希腊语文有很深的造诣，其对希腊哲学的批判，所用的策略也直接对德里达有明显的影响。

海德格尔被公认为是结构主义的另一个直接渊源。就解构西方形而上哲学传统而言，海德格尔与德里达有很多相似处。其中语言第一的观点，以及以文学和艺术来解构并拯救哲学的观点，则对德里达发生了直接的影响。

3. 解构主义主要人物及其思想

3.1 雅克·德里达

20 世纪 60 年代后期，由雅克·德里达所开启的解构主义思潮已经风靡欧美学界，而他本人也成为继罗兰·巴特之后最具锋芒、同时也最具正义的法国思想家之一。尽管德里达主要从事哲学研究，曾长期在巴黎高等师范学校讲授西方哲学，但在其数量惊人的著述中，他却频繁地穿行于语言学、哲学、文学、心理学、人类学和社会学等诸多学科的文本之间，几乎涉及人文学科的方方面面。

毫无异议，雅克·德里达是二十世纪最伟大的哲学家之一；他的国际声誉远远超过他那一辈法国知识分子中的任何一个。而且，他的著作根本地改变了我们思考语言、哲学、美学、绘画、文学、交流、伦理与政治的方式。他的早期著作批判了结构主义关于语言可以被描述为一组稳定的法则的预设，

他还展示了那些法则充满偶然，且依赖于可能侵蚀其效力的时间性。(Judith Butler, 1971)

3.1.1 文字和逻各斯中心主义

在德里达看来，自从柏拉图以后，一部西方哲学史始终是围绕"逻各斯中心主义"和"在场的形而上学"而展开的。这一逻各斯中心主义不仅把思想、真理、理性、"道"视为人们认识的终极目标，而且还设置了一系列二元对立，诸如主题与客体、自然与文化、意义与形式、能指与所指，等等。在传统的形而上学中，这些对立的双方并不是一种平等的关系，而是一种从属关系。其中第一项往往处于优先的支配地位，第二项则处于外在的、派生的附属地位。解构主义的一个主要策略，便是要彻底颠覆这些二元对立的命题，德里达曾指出："在古典哲学的对立中，我们处理的不是面对面的和平共处，而是一个强暴的等级制。在两个术语中，一个支配着另一个（在价值上，逻辑上，等等），或者有着高高之上的权威。要消解对立，首先必须在一定时间推翻等级制。"或许可以这样说，德里达对众多文本所做的解读，就试图通过这样一种新的阅读方式和阐释方式，来颠覆思想史上形形色色的二元对立的等级秩序，从而对西方传统哲学展开有力地批判。

德里达在逻各斯中心主义上打开的缺口是从探讨"文字学"即有关书写符号的科学着手的。索绪尔在《普通语言学》中将语言界定为一个符号系统，并向强调任何符号意义都不是由它自身的属性所决定的，而是由它与其他符号的差异所决定的。"一个词的价值不仅仅是由他的概念或意义所决定，还必须通过参照与其他词的可比价值加以确定"。这无疑是背离了逻各斯中心主义，但一旦涉及能指与所指的区分，索绪尔便陷入了"语音中心主义"（phonocentrism）的泥沼。在德里达看来，这种语音中心主义无非是一种"在场的形而上学"，因而也是罗格斯中心主义的一种翻版。在西方传统思想家看来，一切言说都是当下在场的，因而说出来的语音最接近于思想，也最接近于逻各斯。于是，语音就变成了思想的直接呈现。而文字则不然，不仅是与思想相分离的物质记号，只是在言说缺席的情况下才发挥作用，而且他是一种危险的技巧，有时甚至还会对言说造成严重扭曲，阻碍我们对思想和意义的准确把握。

在德里达看来，这种对文字的责难由来已久。但是，尽管索绪尔谴责"文字的暴虐"，可他却不得不借助文字来阐明音位学的问题。他认为，声音一旦脱离了书写符号，就会变得模糊不清。其结果正如德里达所指出："当索绪尔不再明确地考察文字时，当他这一问题已被完全悬置起来时，他也开辟了普通文字学领域。这样文字不仅不再从普通语言学中所排除出去，而且支配它纳入自身之内，于是，人们意识到那个备注出界外的东西，语言学那个四处飘零的流浪者不断涉足语言的领域，把它作为自己最终以爱、最贴近的可能。"至此，德里达解构了索绪尔的"语音中心主义"。

3.1.2 延异

延异是德里达根据法语 différance，别出心裁地新造的一个词。Différance（延异）与 différence（差异）在语音上完全相同，只有根据书写才能将他们区分开来。由于在其中嵌入了 a 这个字母，就可以使它弥补 différence 这一单词的缺憾，既可以用来表示空间上的差异（différance），同时又可以用来表示时间上的延宕（différring）。由此足可以表明，书写比言说更能够体现语言是一个充满差异的系统。

延异的概念用于阅读，意味着意义总是处在空间上的"异"和时间上的"延"之中，而没有得到确证的可能。任何言说和书写都不能概括为一种精确的意义。如果说传统的书写和解读总是将自己固定在限定的意义上，或是试图揭示文本的主要所指的话，那么，在德里达看来，意义恰好是在延异中生成的。因此任何概念和比喻的含义都是开放的、播散的，因而也是无中心的、不可还原的。这意味着把注意力放在文本的多元意义和多元主题上面。

因此，"延异"替代了"逻各斯"，也替代了"在场的形而上学"。

3.1.3 补充

德里达理论中的另一个重要概念就是"补充"。"补充"是卢梭的原话，他认为文字是对语言的补充。《论文字学》中，"补充"成为解构卢梭的一个焦点。德里达使用"替补"来表达言说／书写之类的二元对立概念之间的不确定关系。对卢梭来说，数学只是对言说的补充：他添加的东西是不重要的。在法语中 suppléer 也表示替换的意思。德里达表明，书写不仅补充而且替代言说，因为言说总是书写成的。人类的一切活动都离不开这种替补（添加—替代）。当我们说，"自然"先于"文明"时，我们又肯定了另一个暴力等级。在这个等级中，纯粹的在场自诩优于纯粹的替补。然而仔细探索，就会发现，自然总是已经被文明污染：根本没有什么原处的自热，只有一个我们渴望宣扬的神话。

例如，弥尔顿的《失乐园》可以说是建立在善恶二分的基础上。善具有原初存在的完满，它源自上帝；恶是第二个后来者的一个替补，它污染了善原初存在的统一性。我们发现陷入了深不可测的倒退之中。那是在人类的堕落之前吗？在撒旦堕落之前吗？什么造成了撒旦的堕落？傲慢。谁创造了傲慢？上帝。那个创造了天使和自由犯罪的人类的上帝。我们永远不能达到一个只有善的原初时刻。雪莱认为，撒旦在一般意义上比上帝更优秀。这只不过是颠倒了原来的等级。恶既是补充又是替代。当我们发现文本违反了它似乎为自己建立的法则时，解构就开始了。在这样的时刻可以说，文本破碎了。

3.1.4 互文性

互文性是近年来兴起的一种新的文本理论，其继承了结构主义的优点，并吸取了解构主义和后现代主义的破坏逻各斯中心主义的传统，强调于文本本身的断裂性和不确定性。"互文性"（Intertexuality，又称为"文本间性"或"互文本性"），这一概念首先由法国符号学家、女权主义批评家朱丽娅·克里斯蒂娃在其《符号学》一书中提出："任何作品的本文都像许多行文的镶嵌品那样构成的，任何本文都是其他本文的吸收和转化。"其基本内涵是，每一个文本都是其他文本的镜子，每一文本都是对其他文本的吸收与转化，它们相互参照，彼此牵连，形成一个潜力无限的开放网络，以此构成文本过去、现在、将来的巨大开放体系和文学符号学的演变过程。

概而言之，互文性概念主要有两个方面的基本含义：

第一，一个确定的文本与它所引用、改写、吸收、扩展，或在总体上加以改造的其他文本之间的关系"。

第二，任何文本都是一种互文，在一个文本之中，不同程度地以各种多少能辨认的形式存在着其他的文本；"互文性"概念强调的是把写作置于一个坐标体系中予以关照：从横向上看，它将一个文本与其他文本进行对比研究，让文本在一个文本的系统中确定其特性；从纵向上看，它注重前文本的影响研究，从而获得对文学和文化传统的系统认识。

3.2 耶鲁学派解构批评理论

3.2.1 保尔·德·曼的修辞学阅读理论

德·曼所说的"阅读"也就是惯常所说的"阐释"。他认为，任何阅读都是误读，因为阅读要用语言，而语言总是一种修辞，即说法，从而不可能有唯一的解读，而是有各种不同读法。由此，德·曼提出了他的最有代表性的观点，即任何阅读所获得的洞见同时也是盲点，因为它总是从某种预设出发，从而必然忽略了其他视点。德·曼版本的解构主义最早在美国打开了新的批评空间，在某种意义上也奠定了美国 20 世纪 90 年代以降文学批评与文化批判混化的基础。

德·曼的修辞概念（tropes）与传统的修辞学所理解的不同，传统上把修辞看作一门劝说的艺术，因此修辞总与虚假、炫耀和矫饰相关联，德·曼挑战这种观点，他认为任何语言都是通过修辞手法来指意，文学语言的虚构性、比喻性是语言使用的常态、典范，而不是变异和特例。这种意义上的修辞不仅仅只是辞格（figures of speech），而是语言得以形成并行使功能的基础。德·曼在《阅读的寓言》中对此举过一个例子：一个原始人在碰到另一个人时，第一个反应是吓了一跳，他的恐惧使他觉得这个人比自己高大，于是他称之为巨人（giant）。后来他发现许多别人并不比自己高大，于是称之为人（man），而把巨人这个词用来称那个最初使他害怕的人。所以"巨人"这个词并不表示实指，而是表征着一种心理状态，是内在恐惧投射在外在尺寸上而产生的用法，是一种误差（error），当然不是一种谎言，但是却因此而把一种假设变成了一种事实（或本义）。然而，语言就是这样产生的，"没有这种误差，也就没有语言"，借用福柯的观点，即所有的语言用法都是误用。因此，所说的与所指的永远不可能对等。

从语言的修辞维度入手，语言和存在便没有对等的可能，因此德·曼的结论是一切阅读都是误读，因为，只要阅读或阐释，就必须有语言的修辞性参与进来，因此误读是无法避免的。所谓的"可读性"，即意义的确定性，永远是不可能的，我们永远在误读。而我们的任何阅读或阐释也如同我们所阅读的文本一样只有意义的多元化，而没有中心、本原或疆界。总之，阅读就是对认知的否定。

3.2.2 哈罗德·布鲁姆"影响即误读"理论

布鲁姆是在其《影响的焦虑》和《误读图示》两书中提出并阐释其"影响即误读"论的。

首先他吸收了德里达的"延异"概念和德·曼的解构思路，提出"阅读总是误读"的观点。他认为阅读总是一种延异行为，文学文本的意义是在阅读过程中通过能指之间的无止境的意义转换、播散、延异中产生的，文本的确定意义根本不存在。

其次，他把上述观点应用于文学史（主要是浪漫主义诗歌史）上的影响研究，提出了著名的"影响即误读"理论。这一理论主要是就英美浪漫主义诗歌史上一些强劲有力的诗人接受前辈的影响而言的。他认为，这种"影响"不是对前人的继承，而是主要对前人的误读和修正。他对诗和史论总体上持否定态度。他认为当代诗人就像是一个具有俄狄浦斯恋母情结的儿子，面对着的是"诗的传统"这一"父亲"形象。两者是绝对的对立，后者极度压抑和毁灭前者，而是和无意识的误读，来贬低前人，否定传统的价值观念，从而达到树立自己诗人形象的目的。这是一种故意反常的"修正主义"。就此，布鲁姆认为，误读实际上是后辈与前辈的斗争与冲突，一部诗歌史，至少部分是伟大的诗人们同他们的伟大的前辈们，譬如布莱克就是在为弥尔顿的决定性影响和"重写"《失乐园》的斗争中确立他自己的地位的。在此意义上，布鲁姆提出："一部诗歌的影响是，即从文艺复兴起西方诗歌的主要传统，就是一部焦虑和自我适合的歪曲模仿的历史，一部曲解的历史，一部翻唱、任性、故意的'修正主义'的历史，而若无这种'修正主义'，现代诗歌本身也不可能存在。"（Bloom，1989）

最后，布鲁姆从解构主义"互文性"的观点来论证"影响即误读"。结构主义认为任何文本不存在派生的原文，一切文本都处在相互影响、交叉、重叠、转换之中。布鲁姆认为"影响""不是指从那个较早的诗人到较晚的诗人的想象和思想的传递承续"，相反，"影响意味着压根不存在文本，而只存在文本之间的关系，这些关系则取决于一种批评行为——一位诗人对另一位诗人所做的批评、误读和误解"。

3.2.3 希利斯·米勒解构批评

19 世纪初希利斯·米勒深受日内瓦学派现象学批评的影响。从 1970 年开始他的著述转而集中对小说做解构批评。这个阶段开始的标志是 1970 年他采用雅各布森关于隐喻与转喻的理论讨论狄更斯的一篇精彩论文。在这篇文章中他首先提出《勃兹速写》的现实主意说不是模仿的，而是比喻的。在蒙马思街上，勃兹看见了"各色物件、人工制品，交错的街道、高楼大厦、来往的车辆、估衣铺里古旧的衣裳"。这些事物都是转喻，暗示了某些不在场的事物，他从这些转喻中看出"人们已经经过的生活"。不过米勒的讨论并没有仅仅停留在对现实主义做相对解构主义的分析上，他还进一步从这些逝者估衣的转喻想象出他们故去的主人的形象："穿马甲的总是烦躁焦虑的要命。"人与周围时务护卫转喻的"交换"，"正是狄更斯小说使用大量隐喻的基础"。转喻引发估衣及其从前主人的联想，而隐喻则暗示两者间的相似性。

3.2.4 杰弗里·哈德曼解构主义理论

杰弗里·哈德曼出自新批评，后又投身解构主义，留下一些分散片段有关这方面的文本。像德·曼一样，他认为批评是内在于文学，而不是处在文学之外的。

杰弗里·哈德曼背叛了阿诺德那种学者式的通常的批评传统，他更多采用后结构主义方法，即拒绝科学那种"要通过专业技术，预测权威公式掌握……其主体（文本，心理）的野心"。不过对于哲学家，批评家那种我完全不接触文本的"天马行空"式思辨和抽象，他也深表怀疑。他自己的批评既是思辨的，又是紧密联系文本的（华兹华斯的诗歌是他批评实践的主要场地），可以说是一种调和折中的尝试。对于德里达激进理论，他既表示赞赏而又不无恐惧。他欢迎由此引入批评的暗中创造性，担忧徘徊在那将给批评带来混乱的不确定性深渊边缘上。

4. 结语

解构主义文论出现之后，一度风靡欧美，声势显赫，大有扫荡传统文论和批评之势。解构主义文论彻底反传统、反中心、反权威、反社会的超前倾向，表现出后工业文明时代知识分子对资本主义现存秩序的一种普遍心态，与西方马克思主义反对现代资本主义异化的思潮异曲同工。解构主义推翻了逻各斯中心主义，根本上动摇了西方全部哲学传统赖以安身立命的始源范畴的语言学基础，揭示了文本的开放性和互文性，把包括文学文本在内的一切都堪称无限开放和永恒变化的动态过程。"解构试图理解某些文本的现象：如语言与元语言之间的关系，外在与内在的效果，或冲突之逻辑相互作用的可能性，等等。如果这些分析所产生的公式本身令人生疑，是应为他们被卷入了它们声称与去理解的云谲波诡之中。承认这些缺陷，也为批评、分析和移位敞开了大门"。

参考文献

[1] Albert Cmus. *The Myth of Sisphus*[M]. Cleveland: The World Publishing Company, 1976.

[2] Anne Whitehead. *Trauma a Fiction*[M]. Edinburgh: Edinburgh University Press, 2004.

[3] Aroger, Matuzmutuz. Toni Morrison[J]. Contemporary Literary Criticism, 1989(55): 198.

[4] Atkins, John. *Six Novelists Look at Society*[M]. London: John Calder, 1977: 40.

[5] Beauvoir, Simone. *The Second Sex*[M]. tr. H. M. Parshley. London: Lowe and Brydone Ltd., 1953.

[6] Bernd Engler. *Metafiction, The Literary Encyclopedia*[M]. 2004.

[7] Booth, W. C. *The Company We Keep: An Ethics of Fiction*[M]. Berkeley: University of California Press, 1988.

[8] Booth, W. C. *The Rhetoric of Fiction*[M]. Harmondsworth: Penguin Books, 1983.

[9] Brian Boyed. *Nabokov's "Pale Fire": The Magic of Artistic Discovery*[M]. Princeton University Press, 2001.

[10] Burton, E. Mary. *Modern Critical Views of T. Scott Fitzgerald*[M]. New York: Chelsed House Publishers, 1985.

[11] Carter, Angela. *Expletive Deleted: Selected Writings*[C]. New York: Vintage Books, 1993.

[12] Castle, Gregory. *The Blackwell Guide to Literary Theory*[M]. Oxford: Blackwell Publishing, 2007.

[13] Clark, John. *Renewing the Earth: The Promise of Social Ecology*[M]. London: Green Print, 1990.

[14] Clark, V è V è A. et al. (eds.). *Revising the Word and the World: Essays in Feminist Literary Criticism*[M]. Chicago & London: The University of Chicago Press, 1997.

[15] Clenora, H. Weems. *Africa Womanism: Reclaiming Ourselves*[M]. Michigan: Bedford Publishers Inc, 1994.

[16] Danille T G. Conversation with Toni Morrison[M]. Jackson: UP of Mississippi, 1994.

[17] David Herman. *Basic Elements of Narrative*[M]. Oxford: Wiley–Blackwell, 2009.

[18] Deleuze, Gilles and F é lix Guattari, *Anti-Oedipus*[M]. trans. Robert Hurley, Mark Seem and Helen R. Lane. Minnesota: University of Minnesota Press, 1992.

[19] Edward W Said. *Culture and Imperialism* [M]. New York: Vintage Books, 1993.

[20] Edward W Said. *Orientalism* [M]. New York: Vintage Books, 1978.

[21] Foster, E. M. *Aspects of the Novel*[M]. Beijing: Penguin Classics, 2005.

[22] Foster, E. M. *Howards End*[M]. Beijing: Foreign Language Teaching and Research Press, 2000.

[23] Foucault, Michel. *The Archeology of Knowledge*[M]. Oxford: Routledge, 2005.

[24] Freud, Sigmund. *Beyond the Pleasure Principle* [M]. London: Hogarth, 1953.

[25] Frye, Northrop. *Anatomy of Criticism*: *Four Essays* [M]. New York: Princeton Press, 1957.

[26] Frye, Northrop. *The Great Code*: *The Bible and Literature* [M]. New York: Harcourt Brace Jovanovich Publishers, 1982.

[27] Garland Caroline. *Understanding Trauma*: *A Psychoanalytical Approach*[M]. London: Duchworth, 1998.

[28] Globe, F. *The Third Force*: *The Psychology of Abraham*[M]. Richmond: Maurice Bassett Publishing, 1970.

[29] Gurleeen, Grewal. *Circles of Sorrow*, *Lines of Struggle*. *The Novels of Toni Morrison*[M]. Baton Rouge: Louisiana State University Press, 1998.

[30] Harold Bloom. *Ruin the Sacred Truths*: *Poetry and Belief from the Bible to the Present*[M]. Cambridge , Masschusetts: Harvard University Press, 1989.

[31] Huyssen, Andreas. *After the Great Divide*: *Modernism*, *Mass Culture*, *Postmodernism*[M]. Indiana: Indiana University Press, 1986.

[32] James Phelan. *Living to Tell about It* [M]. Ithaca: Ithaca Cornell University Press, 2005.

[33] John, McCormick. *American Literature 1919-1932*[M]. London: Routledge & Kegan Paul Ltd, 1971.

[34] Jonathan Culler. *On Deconstruction*[M]. Ithaca: Cornell University Press, 1982.

[35] Joseph Frank. *The Idea of Spatial Form*[M]. Piscataway: Rutgers University Press, 1991.

[36] Judith Butler. *The Fiction of Realism*: *Sketches by Boz Oliver Twist and Cruikshank's Illustrations*[M]. In Ada Nisbet and Blake Nevius, eds. *Dickens Centennial Essays*,

Berkeley: University of California Press, 1971.

[37] Lodge, David. *The Art of Fiction*[M]. South Carolina: Viking Press, 1993.

[38] Martin, J. S. *E. M. Forster*: *The Endless Journey*[M]. Cambridge: Cambridge University Press, 1976.

[39] Mary Mccarthy. *The Writing on the Wall*: *And Other Literary Essays*[M]. London: Mariner Books, 1971.

[40] Moraga, Cherrie, and Gloria Anzaldua. *The Bridge Called My Back*: *Writings by Radical Women of Color* [M]. Watertown MA: Persphone Press, 1981.

[41] Morrison, Toni. Beloved[M]. Beijing: Foreign Language Teaching and Research Press, 2005.

[42] Morrison, Toni. Beloved[M]. Beijing: Foreign Language Teaching and Research Press, 2005

[43] Parker–Smith, Bettye J. *Alice Walker's Women*: *In Search of Some Peace of Mind. In Mari Evans (ed.). B lack Women Writers (1950 - 1980)*: *A Critical Evaluation*[M]. Anxhou Press/Doubleday, 1984.

[44] Paul, Sherman. *For Love of the World*: *Essays on Nature Writers*[M]. Iowa City: University Press, 1992: 245.

[45] Peter, Gay. *The Freud Reader*[M]. 北京：生活·读书·新知三联书店, 2006.

[46] Peter Selden, Peter Widdowson & Peter Brooker. *A Reader's Guide to Contemporary Literary Theory*[M]. Beijing: Foreign Language Teaching and Research Press, 2004.

[47] Pinion, F. B. *A Hardy Companion*: *A Guide to the Works of Thomas Hardy and Their Background* [M]. London: Macmillan Press, Ltd, 1976.

[48] Rauch, Irmengard. *Across the Oceans*: *Studies from East to West in Honor of Richard K. Seymour*[M]. Ithaca: Hawaii: University of Hawaii Press, 1995.

[49] Rosecrance, B. *Forster's Narrative Vision*[M]. Ithaca: Cornell University Press, 1982.

[50] Rushidie, Salman. Angela Carter 1940–92: A Very Good Wizard, a Very Dear Friend[N]. *The New York Times*, March 8, 1992.

[51] Sage, Lorna. Obituary of Angela Carter: The Soaring Imagination[N]. *The Guardian*, Monday 17 February , 1992.

[52] Springer, Marlene. *Hardy's Use of Allusion* [M]. London and Basingstoke: The Macmillan Press Ltd, 1983.

[53] Stoddart, Helen. *Angela Carter's Nights at the Circus*[M]. Oxford: Routledge, 2007.

[54] Walker, Alice. *In Search of Our Mother's Garden, Womanist Prose*[M]. New York: Harcourt Brace Jovanovich Publishers, 1983.

[55] Wayne C. Booth. *The Rhetoric of Fiction* [M]. Chicago: University of Chicago Press, 1961.

[56] Wayne C. Booth. *The Rhetoric of Fiction*[M]. Chicago: The University of Chicago Press, 1983.

[57] Winchell, Donna H. *Alice Walker*[M]. New York: Twayne Publishers, 1992 .

[58] Wilfred L. Guerin, et al. *A Handbook of Critical Approaches to Literature* [M]. New York: Harpers & Row, Publishers, 1966.

[59] 安吉拉・卡特 . 染血之室 [M]. 严韵 , 译 . 南京 : 南京大学出版社 , 2012.

[60] 安吉拉・卡特 . 烟火 [M]. 严韵 , 译 . 南京 : 南京大学出版社 , 2012.

[61] 爱德华・W. 赛义德 . 东方学 [M]. 王宇根 , 译 . 北京 : 生活・读者・新知三联书店 , 2000.

[62] 艾勒克・博爱默 . 殖民与后殖民文学 [M]. 盛宁 , 韩敏中 , 译 . 沈阳 : 辽宁教育出版社 , 1998.

[63] 艾丽丝・沃克 . 《紫色》[M]. 陶洁 , 译 . 南京 : 译林出版社 , 2008 年 .

[64] 艾丽斯・沃克 : 《紫色》[M]. 杨仁敬 , 译 . 北京 : 十月文艺出版社 , 1988 年 .

[65] 埃里希・弗洛姆 . 资本主义下的异化问题 [J]. 哲学译丛 , 1981(4): 4–6.

[66] 奥康纳 . 公园深处——奥康纳短篇小说集 [M]. 主万 , 屠珍 , 译 . 上海 : 上海译文出版社 , 1986.

[67] 布莱希特 . 布莱希特戏剧理论 [M]. 北京 : 中国戏剧出版社 , 1990.

[68] 博埃默・艾勒克 . 殖民与后殖民文学 [M]. 盛宁 , 译 . 沈阳 : 辽宁教育出版社 . 1998.

[69] 波伏娃 . 第二性 [M]. 陶铁柱 , 译 . 北京 : 中国书籍出版社 , 1998.

[70] 陈红薇 . 浅析《母亲》与《善良的乡下人》——安德森与奥康纳作品中畸人形象比较 [J]. 北京科技大学学报 (人文社会科学版), 1998(3): 27–32.

[71] 陈光亚 . 天使到魔鬼的嬗变——对尼科尔形象的精神分析学研究 [J]. 广东外语外贸大学学报 , 2003(3): 73–79.

[72] 陈茂林 . 生态女性主义文学批评概述 [J]. 齐鲁学刊 , 2006(4): 108–111.

[73] 陈世丹 . 后现代主义小说详解 [M]. 天津 : 南开大学出版社 , 2010.

[74] 大卫・洛奇 . 小说的艺术 [M]. 卢丽安 , 译 . 上海 : 上海译文出版社 , 2010.

[75] 但汉松 : 《拍卖第四十九批》中的咒语和谜语 [J]. 外国文学评论 , 2007.

[76] 德里达 . 多重立场 [M]. 佘碧平 , 译 . 北京 : 生活·读书·新知三联书店 , 2004.

[77] 德里达 . 论文字学 [M]. 王堂家 , 译 . 上海 : 上海译文出版社 , 1999.

[78] 邓年刚 , 脱俚 . 理想之梦的破灭——《了不起的盖茨比》与"美国梦"[J]. 外国文学研究 , 1997(3): 112–114.

[79] 丁文 . 奏响生命的新乐章——读艾丽丝·沃克的《紫色》[J]. 国外文学 , 1997(4): 55–59.

[80] 杜平 . 西方马克思主义文论的文化取向及其文化研究的影响 [J]. 西华师范大学学报 (哲社版), 2003(5): 157–159.

[81] 杜永新 . 美国梦的幻灭 : 盖茨比形象的历史与文化解读 [J]. 外语教学 , 2002(6): 70–75.

[82] 樊建红 . 被忽略的异化者——论《霍华德庄园》中伦纳德·巴斯特 [J]. 绍兴文理学院学报 , 2011(2): 57–60.

[83] 方杰 . "美国之梦"的结构与解构——试析《夜色温柔》中的深度模式 [J]. 山东外语教学 , 1998(4): 60–63.

[84] 费什 . 读者反应批评 : 理论与实践 [M]. 文楚安 , 译 . 北京 : 文化艺术出版社 , 1989.

[85] 傅景川 . 美国南方"圣经地带"怪诞的灵魂写手——论奥康纳和她的小说 [J]. 吉林大学社会科学学报 , 2000(5): 81–85.

[86] 傅守祥 . 西方文明的历史摇篮和精神源泉——试论希腊神话和传说的民族性与现代性 [J]. 中南民族大学学报 (人文社会科学版), 2006(1): 129–133.

[87] 傅治平 . 神话与民族意识——中西神话比较浅探 [J]. 社会科学战线 , 1994(2): 113–119.

[88] 施瓦布 . 希腊古典神话 [M]. 曹乃云 , 译 . 南京 : 译林出版社 , 1995.

[89] 何江胜 . 神话·象征·社会 [J]. 解放军外国语学院学报 , 1999 (6): 87–89.

[90] 何江胜 . 西方神话研究综述 [J]. 西安外国语学院学报 , 1999 (4): 93–97.

[91] 何亚惠 . 菲茨杰拉德与他的"美国梦"[J]. 徐州师范大学学报 (哲学社会科学版), 1997(3): 104–107.

[92] 霍夫曼·爱德华 . 洞察未来 : A. H. 马斯洛未发表过的文章 [M]. 许金声 , 译 . 北京 : 改革出版社 , 1999(1).

[93] 侯维瑞 . 现代英国小说史 [M]. 上海 : 上海外语教育出版社 , 1985.

[94] 胡志 . 弗洛姆异化理论研究 [D]. 重庆 : 西南师范大学 , 2005.

[95] 马克斯·霍克海默 , 西奥多·阿道尔诺 . 启蒙辩证法 : 哲学断片 [M]. 渠敬东 , 曹卫东 , 译 . 上海 : 上海人民出版社 , 2003.

[96] 荒林，王光明．两性对话：20世纪中国女性与文学 [M]．北京：中国文联出版社，2001．

[97] [德] 汉斯 – 格奥尔格·伽达默尔．真理与方法 [M]．洪汉鼎，译．沈阳：辽宁人民出版社，1987．

[98] 籍晓红．菲茨杰拉德的"美国梦"主题——小说《了不起的盖茨比》和《夜色温柔》之比较 [J]．晋东南师范专科学校学报，2002(4): 44–46．

[99] 简·汤姆金斯．读者反应批评 [C]．北京：文化艺术出版社，1989．

[100] 姜礼福，石云龙．《霍华德庄园》生态批评视域下的"和谐观"[J]．四川教育学院学报，2006(5): 50–53．

[101] 蒋承勇．现代文化视野中的西方文学 [M]．上海：上海社会科学院出版社，1998．

[102] 蒋橹．从阿历克和安琪儿看德伯家的苔丝的悲剧实质 [J]．重庆工商大学学报 (社会科学版)，2006(3): 3–5．

[103] 杰罗姆·诺伊．弗洛伊德 [M]．北京：生活·读者·新知三联书店，2006．

[104] 康拉德．黑暗的心 [M]．黄雨石，译．北京：人民文学出版社，2002．

[105] 康正果．女权主义与文学 [M]．北京：中国社会科学出版社，1994 年．

[106] 雷纳·韦勒克．近代文学批评史：第 7 卷 [M]．上海：上海译文出版社，2006．

[107] 李超杰．现代西方哲学的精神 [M]．北京：商务印书馆，2009．

[108] 李赋宁．欧洲文学史：第 3 卷上册 [M]．北京：商务印书馆，2001．

[109] 李文娣．《黑暗的心》一书中女性的他者形象 [J]．今日南国，2009(6): 127–129．

[110] 李维屏．英国小说艺术史 [M]．上海：上海外语教育出版社，2003．

[111] 琳达·哈琴．后现代诗学 [M]．李杨，李锋，译．南京：南京大学出版社，2009．

[112] 刘捷．二十世纪西方文论 [M]．北京：外语教学与研究出版社，2009．

[113] 卢卡契．历史与阶级意识 [M]．杜章智，任立，燕宏远，译．北京：商务印书馆，1992．

[114] 卢卡契．审美特性 [M]．徐恒醇，译．北京：中国社会科学出版社，1986．

[115] 鲁枢元．生态文艺学 [M]．西安：陕西人民教育出版社，2000．

[116] 罗钢，刘象愚．文化研究读本 [C]．北京：中国社会科学出版社，2000．

[117] 罗婷．女性主义文学与欧美文学研究 [M]．北京：东方出版社，2002．

[118] 玛丽·伊格尔顿．女权主义文学理论 [M]．胡敏，译．长沙：湖南文艺出版社，1989．

[119] 马驰．西方马克思主义文艺理论研究中值得关注的几个问题 [J]．文艺理论与批评，2010(1): 51–57．

[120] 马尔库赛 . 单向度的人 [M]. 刘继 , 译 . 上海 : 上海译文出版社 , 2008.

[121] 马尔库塞 . 审美之维 [M]. 李小兵 , 译 . 桂林 : 广西师范大学出版社 , 2001.

[122] 马克思 . 马克思政治经济学批判 [M]. 徐坚 , 译 . 北京 : 人民出版社 , 1955.

[123] 马龙潜 . 西方马克思主义美学与当代中国美学的理论指向 [J]. 天津社会科学 ,
      2011(3): 92–96.

[124] 马敏 . 从对神的塑造看中国神话与希腊神话比较 [J]. 理论学习 , 2008(1): 58–59.

[125] 马弦 . 苔丝悲剧形象的 "圣经" 解构 [J]. 外国文学研究 , 2002(3): 9.

[126] 马小朝 . 神话的复归与再创——西方现代主义文学的文本特征论之一 [J]. 烟台大
      学学报 (哲学社会科学版), 1999(2): 43–50.

[127] 佩里 . 安德森 . 西方马克思主义探讨 [M]. 北京 : 人民出版社 , 1982.

[128] 纳博科夫 . 微暗的火 [M]. 梅绍武 , 译 . 上海 : 上海译文出版社 , 2008.

[129] 纳博科夫 . 文学讲稿 [M]. 申慧辉 , 译 . 上海 : 上海三联书店 , 2005.

[130] 蒲若茜 . 西丽的新生命仪式——《紫颜色》西丽与莎格情感关系之透视 [J]. 暨南
      大学学报 , 2001(1): 103–107.

[131] 齐亚乌丁·萨达尔 . 东方主义 [M]. 马雪峰 , 译 . 长春 : 吉林人民出版社 , 2005.

[132] 乔纳森·卡勒 . 论解构 : 结构主义之后的理论和批评 [M]. 陆扬 , 译 . 北京 : 中国
      社会科学出版社 , 2011.

[133] 秦勤 . 从女性主义批评看《霍华德庄园》里的女性地位 [J]. 重庆科技学院学报 (社
      会科学版), 2009(1): 142–143.

[134] 邱美英 .《宠儿》的女性身份解读 [J]. 西南科技大学学报 (哲学社会科学版),
      2006(2): 47–50.

[135] 屈婉玲 . 黑人女性的凝聚之力 —— 对《宠儿》中塞丝的女性主义解读 [J].
      2005(5): 54–58.

[136] 让·保罗·萨特 . 存在主义是一种人道主义 [M]. 周煦良 , 汤永宽 , 译 . 上海 : 上
      海译文出版社 , 1988.

[137] 让·保罗·萨特 . 存在与虚无 [M]. 陈宣良 , 译 . 北京 : 生活·读书·新知三联书店 ,
      1986.

[138] 让·保罗·萨特 . 自我的超越性 [M]. 杜小真 , 译 . 北京 : 商务印书馆 , 2000.

[139] 荣格 . 荣格文集 [C]. 冯川 , 苏克 , 译 . 北京 : 改革出版社 , 1997.

[140] 赛义德 . 东方学 [M]. 北京 : 生活·读书·新知三联书店 , 2007.

[141] 尚必武 . 不可靠叙述 [J]. 外国文学 , 2011(11): 103–159.

[142] 申丹 . 何为 "不可靠叙述" [J]. 外国文学评论 , 2006(4): 133–143.

[143] 申丹. 叙事、文体与潜文本：重读英美经典短篇小说 [M]. 北京：北京大学出版社，2009.

[144] 申丹. 叙述学与小说文体学研究 [M]. 北京：北京大学出版社，1998.

[145] 石云龙. 荒诞畸形 警醒世人——解析奥康纳笔下"畸人"形象 [J]. 当代外国文学，2003(4): 114–119.

[146] 石云龙. 试论奥康纳的"怪诞风格" [J]. 四川外语学院学报，2001(4): 30–32.

[147] 石云龙. 试论奥康纳短篇小说特色 [J]. 南京航空航天大学学报（社会科学版），1999(3): 42–46.

[148] 司马迁. 史记卷二十六 [M]. 北京：中华书局，1959.

[149] 苏煜. 梦里不知身是客：《了不起的盖茨比》中的悲剧意识探析 [J]. 上海师范大学学报（社会科学版），2008(8): 2–4.

[150] 索绪尔. 普通语言学教程 [M]. 北京：商务印书馆，1980.

[151] 谭善明. 通向主体性审美救赎的乌托邦 [J]. 江苏社会科学，2009(1): 130–134.

[152] 陶家俊. 客体、文学与接触空间——同乡接触空间的文学之路 [J]. 当代外国文学，2008(4).

[153] 陶家俊. 身份认同导论 [J]. 外国文学，2004(2): 425–430.

[154] 陶家俊. 文化身份的嬗变：E. M. 福斯特小说和思想研究 [M]. 北京：中国社会科学出版社，2003.

[155] 田野. 《了不起的盖茨比》的多维研究 [D]. 上海：上海外国语大学英语学院，2008.

[156] 托马斯·哈代. 苔丝 [M]. 孙法理，译. 南京：译林出版社，1993.

[157] 肖祥. "他者"与西方文学批评——关键词研究 [D]. 华中师范大学，2010.

[158] 谢元花. 盖茨比——美国梦的牺牲者 [J]. 湖北师范学院学报（哲学社会科学版），1998(2): 69–72.

[159] 熊荣斌，张勤. 走出温柔而富贵的牢笼——《夜色温柔》中自我放逐主体评析 [J]. 国外文学，1997(4): 51.

[160] 徐江清. 从原型理论看哈代《苔丝》的主题 [J]. 衡阳师范学院学报，2007(4): 19.

[161] 瓦尔特·本雅明. 本雅明文选 [M]. 陈永国，马海良，译. 北京：中国社会科学出版社，1999.

[162] 瓦尔特·本雅明. 德国悲剧的起源 [M]. 陈永国，译. 北京：中国社会科学出版社，2001.

[163] 瓦尔特·本雅明. 发达资本主义时代的抒情诗人 [M]. 张旭东，魏文生，译. 北京：生活·读书·新知三联书店，2007.

[164] 王逢振. 访艾丽斯·沃克. [J]. 读书 1983(10): 133–136.

[165] 王国英，何江胜. 试论《霍华德庄园》的生态女性主义思想 [J]. 南昌教育学院学报 (3): 4–6.

[166] 王青青. 生态女性主义视域下的《霍华德庄园》[J]. 河北理工大学学报 (社会科学版)2010(4): 218–220.

[167] 王守仁，吴新云. 性别·种族·文化——托尼·莫里森与 20 世纪美国黑人文学 [M]. 北京：北京大学出版社，1999.

[168] 王婷，石云龙. 重构黑人女性身份 再现自我化过程——《宠儿》的后殖民女性主义解读 [J]. 北京航空航天大学学报 (社会科学版)，2001(6): 84–87.

[169] 王晓路. 西方马克思主义文化批评的理论指向 [J]. 外国文学，2011(5): 135–142.

[170] 王祖友. 异化时代的家园信心——赫索格与索尔贝娄的需爱说品格 [J]. 广西师范大学学报，1997(增刊).

[171] 王岳川. 后殖民主义与新历史主义 [M]. 济南：山东教育出版社，1999.

[172] 王岳川. 现象学与解释学文论 [M]. 济南：山东教育出版社，1999.

[173] 沃尔夫冈·伊瑟尔. 阅读活动——审美反应理论 [M]. 金元浦，周宁，译. 北京：中国社会科学出版社，1991.

[174] 吴宏宇. 新世纪国内菲茨杰拉德研究综述 [J]. 外语教育教学，2010(7).

[175] 吴晓东. 从卡夫卡到昆德拉 [M]. 北京：生活·读书·新知三联书店，2003.

[176] 杨昌龙. 存在主义的艺术哲学 [M]. 西安：西北大学出版社，1998.

[177] 杨冬. 文学理论：从柏拉图到德里达 [M]. 北京：北京大学出版社，2009.

[178] 杨康齐. 从女性批评主义角度解读《宠儿》[J]. 哈尔滨职业技术学院学报，2011(1): 36–37.

[179] 杨向荣. 俄国形式主义之后：西方马克思主义的反思与批判 [J]. 江苏社会科学，2010(4): 29–34.

[180] 姚斯. 接受美学与接受理论 [M]. 沈阳：辽宁人民出版社，1987.

[181] 叶舒宪. 后现代的神话观——兼评《神话简史》[J]. 中国比较文学，2007(1): 46–57.

[182] 叶舒宪. 神话——神话原型批评 [M]. 西安：陕西师范大学出版社，1987.

[183] 叶永胜. 现代小说中的"神话叙事"[J]. 文艺理论与批评，2006 (2): 97–100.

[184] 伊格尔顿. 二十世纪西方文学理论 [M]. 伍晓明，译. 西安：陕西师范大学出版社，1987.

[185] 伊格尔顿. 文学原理引论 [M]. 刘峰，译. 北京：文化艺术出版社，1987.

[186] 衣俊卿，孙占魁. 交往与异化：关于现代交往的负面研究 [J]. 哲学研究，1994(5).

[187] 伊莱恩·肖瓦尔特. 她们自己的文学 英国女小说家：从勃朗特到莱辛 [M]. 韩敏中，译. 杭州：浙江大学出版社，2012.

[188] 詹姆斯·费伦. 作为修辞的叙事 [M]. 陈永国，译. 北京：北京大学出版社，2002.

[189] 张德明. 西方文学与现代性的展开 [M]. 北京：中国社会科学出版社，2009.

[190] 张礼龙. 美国梦的演变与破灭——《了不起的盖茨比》评析 [J]. 外国文学研究，1998(2): 107–109.

[191] 张龙海. 美国华裔小说和非小说中属性的追寻和历史的重构 [M]. 厦门：厦门大学出版社，2004.

[192] 张勤. 一曲现代父权文化衰落的哀乐——《夜色温柔》的女性解读 [J]. 国外文学，2001(1): 71–75.

[193] 张世富. 人本主义心理学与马斯洛的需求层次论 [J]. 学术探索，2003(9): 66–68.

[194] 张薇. 海明威小说的叙述声音 [J]. 外国文学研究，2004(5): 90–94.

[195] 赵新林. 从同质到异质——中西创世神话的比较研究 [J]. 重庆师范大学学报 (哲学社会科学版)，2004(3): 70–74.

[196] 钟敬文. 民俗学概论 [M]. 上海：上海文艺出版社，2006.

[197] 周晓明. 一个元神话的建构与拆解——关于现代中国理性主义的反省 [J]. 华中师范大学学报 (人文社会科学版)，2001(6): 49–54.

[198] 朱刚. 不定性与文学阅读的能动性——论伊瑟尔的现象学阅读模型 [J]. 外国文学评论，1998.

[199] 朱立元. 当代西方文艺理论 [M]. 上海：华东师范大学出版社，1997: 346–352.

[200] 朱立元. 当代西方文艺理论 [M]. 上海：华东师范大学出版社，2001.

[201] 朱立元. 当代西方文艺理论 [M]. 上海：华东师范大学出版社，2005.

[202] 朱立元. 当代西方文艺理论 [M]. 上海：华东师范大学出版社，2008.

[203] 朱立元. "寓言式批评"理论的创立和成熟——本雅明文艺美学思想探讨之一 [J]. 外国文学研究，1996(1).

[204] 邹溱. 论 *The Color Purple* 的颜色和主题 [J]. 外国文学评论，1994(6): 87–94.